La fiancée apache

J'AI LU

JOANNE REDD

La fiancée du désert	*J'ai lu* 2926/**4**
Le rêve chimère	*J'ai lu* 2980/**5**
L'aventurière de Fort Alamo	*J'ai lu* 3328/**5**
Danse avec le feu	*J'ai lu* 3429/**4**
La fiancée apache	*J'ai lu* 3663/**6**

Joanne
Redd

La fiancée apache

Traduit de l'américain
par Elizabeth Clarens

Éditions J'ai lu

Titre original :

APACHE BRIDE
Published by arrangement with Dell Publishing, a division
of Bantam Doubleday Dell Publishing Group, Inc.

« Où les arcs-en-ciel attendent la pluie, et la grande rivière est tapie dans une boîte en pierre, où les eaux remontent les pentes et les montagnes flottent dans les airs, excepté la nuit, quand elles s'en vont jouer avec d'autres montagnes. »

Paroles d'un cow-boy mexicain inconnu décrivant, il y a plus de cent ans, la Grande Boucle du Texas et les montagnes Chisos.

1

— Mon Dieu... Les Indiens !

Au cri affolé de sa nièce, Samuel Carr jeta un coup d'œil vers le Rio Grande. Une douzaine d'Apaches mescaleros conduisaient leurs chevaux le long de la grève, soulevant des volutes de sable fin à chaque pas. Les yeux plissés, Sam essaya de discerner les traits du chef de la bande et lorsqu'il le reconnut, il se détendit aussitôt.

A ses côtés, la jeune femme ne cachait pas sa peur et son visage blême soulignait sa chevelure noire comme l'ébène et le bleu intense de ses yeux.

— Ne t'inquiète pas, Alison, dit-il pour la rassurer. Ce n'est que le Chef Miguel et quelques-uns de ses guerriers.

Les Indiens traversaient maintenant la rivière boueuse. Avec leurs bandeaux rouges autour du front, leur allure altière et les canons des Winchester qui brillaient au soleil, les Apaches semblaient bien menaçants.

— Comment savez-vous qu'ils ne vont pas attaquer la ville ? demanda-t-elle.

— Parce que les Apaches ne procèdent pas de cette façon lorsqu'ils envisagent une attaque, très chère. Ce sont les Comanches qui se précipitent sur leurs proies en poussant des hurlements ; les Apaches, eux, préfèrent une approche discrète et silencieuse. Ils fondent sur vous sans crier gare comme s'ils sortaient soudain de terre. Crois-moi, si ces Apaches nous avaient voulu du mal, nous serions morts à l'heure qu'il est.

— On dirait qu'ils sont encore plus dangereux que les Comanches, répliqua Alison en frissonnant.

— C'est vrai. Le Général Crook les combat depuis des années et il les connaît bien. Selon lui, les Apaches sont « les tigres de l'espèce humaine avec une soif inextinguible pour le pillage et le meurtre ».

Un nouveau frisson parcourut la mince silhouette d'Alison. Les Indiens venaient d'atteindre la rive mexicaine du fleuve, au pied de la falaise de craie où elle se tenait avec son oncle. Partant au galop sur la piste de Chihuahua qui menait en ville, ils disparurent.

— Viens, ma chérie, dit Sam en lui prenant le bras. Si nous nous dépêchons, nous les verrons traverser la ville.

Quoique Alison n'eût guère envie de revoir ces féroces Indiens, elle se laissa entraîner par son oncle. Plus grande que la plupart des femmes — elle mesurait près d'un mètre soixante-quinze — elle parvenait sans mal à suivre ses longues enjambées. Ils longèrent une ruelle poussiéreuse qui serpentait entre les maisons aux toits plats, bâties en pisé. La plupart d'entre elles n'étaient que de misérables cabanes, craquelées par le soleil torride, avec des appentis qui menaçaient de s'écrouler d'un moment à l'autre et qui servaient de cuisine aux péons. De temps à autre se dressaient les belles demeures blanches des riches Mexicains et des marchands américains, qui s'enrichissaient grâce au commerce suscité par cette piste de Chihuahua qui passait par Presidio del Norte en direction de Chihuahua City, à quelques centaines de kilomètres plus au sud.

Lorsque Sam atteignit la rue principale de la ville, il s'arrêta.

— Les voilà qui arrivent, dit-il.

Les Indiens avaient ralenti leurs chevaux et avançaient au pas, semblant parfaitement à l'aise dans cette petite ville de la frontière mexicaine.

— Puisqu'ils ne nous veulent pas de mal, pourquoi viennent-ils jusqu'ici ? demanda Alison, effarouchée par ces hommes maigres à la peau brune.

— Ils sont probablement venus commercer avec leurs amis de Presidio. A moins que le Chef Miguel et ses guerriers n'aient été invités à une *fiesta*.

— Les Mexicains n'entretiennent tout de même pas des relations amicales avec ces sauvages ? s'indigna Alison.

— Mais si.

— Je croyais pourtant que les Apaches leur menaient la vie aussi dure qu'à nous.

— Il existe un lien particulier entre les Apaches et les Mexicains, que nous autres Américains avons de la peine à comprendre. A nos yeux, tout Indien est un dangereux ennemi, mais les Mexicains font la différence entre les Apaches amis et ceux qui les agressent. Quant aux Apaches, ils choisissent les Mexicains avec qui ils veulent fraterniser. Presque toutes les tribus s'entendent bien avec certains villages mexicains, alors que les autres Mexicains sont leurs ennemis jurés. Ils n'hésiteront pas à piller régulièrement les villages qui ne sont pas de leurs amis.

— Mais comment les Mexicains peuvent-ils accepter un arrangement pareil ! s'exclama Alison, outrée. Comment peut-on sympathiser avec des sauvages qui tuent vos propres compatriotes ?

— Avant de critiquer les Mexicains, réfléchis à leur situation, répondit Sam avec indulgence. La plupart des villages sont habités par des paysans très pauvres. Ils ne possèdent aucune arme pour se protéger contre les Indiens ou les *bandidos* qui sévissent dans tout le Mexique, et jusqu'à une date récente, le gouvernement mexicain ne les protégeait pas. Seuls les Etats du Nord offraient une récompense pour les scalps apaches. Ce serait du suicide pour un village que de refuser l'amitié des Apaches. D'ailleurs, la tribu amie les protège souvent des autres tribus hostiles. Parfois, ils sont reconnaissants d'avoir des alliés aussi puissants. Comme tu vois, pour les Mexicains, cette entente est une question de prudence et de survie.

— Je comprends que des paysans sans défense acceptent l'amitié des Indiens, mais ici à

Presidio se trouve une garnison de soldats mexicains. Ces gens n'ont donc pas besoin de la protection des Apaches.

— Il n'y a que quarante hommes dans la garnison, ma chère, alors que le Chef Miguel commande à des centaines de guerriers. De plus, pas un soldat mexicain n'est de taille à affronter un féroce Mescalero en combat singulier et ils le savent. Crois-moi, les soldats eux-mêmes sont soulagés que Presidio soit une ville amie des Apaches.

— Bien que le Mexique soit officiellement en guerre avec les Apaches, ces soldats ne feront donc rien contre cette bande d'Indiens? lança-t-elle, perplexe.

— Non. La garnison fera semblant de ne pas les avoir vus. C'est aussi une question de prudence, car ce serait de la folie d'agresser des Indiens qui viennent en paix.

Agacée que tous s'inclinent devant des sauvages, Alison fronça les sourcils. L'amitié des Apaches n'était qu'un chantage pur et simple et personne n'avait le courage de les affronter. Ce n'était pas étonnant qu'ils fussent aussi arrogants. Ils n'oseraient jamais parader avec cette morgue dans une ville américaine: on les abattrait aussitôt.

Au grand étonnement de la jeune femme, au lieu de se cacher à l'arrivée des Apaches, les Mexicains les interpellaient joyeusement et les enfants quittaient les jupes de leurs mères, fascinés par les fiers guerriers. Les Mexicains feignaient-ils d'être accueillants ou leurs regards admiratifs étaient-ils sincères ? Ces sauvages étaient-ils vraiment leurs amis ?

Comme attiré par un étrange magnétisme, le regard d'Alison se fixa sur celui qui chevauchait à la tête de ses hommes. Impassible, l'Apache regardait droit devant, ignorant le tumulte qui se créait autour de lui. Alison devina qu'il s'agissait du Chef Miguel. Avec ce port de tête altier, le visage arrogant aux grands yeux noirs, la parfaite maîtrise de sa monture, cet homme-ci était né pour dominer les autres, qu'ils fussent blancs ou indiens. Une formidable sensation de puissance contenue irradiait de sa silhouette.

Bien que furieuse d'être impressionnée par un sauvage, Alison fut surprise de le trouver séduisant. Des pommettes saillantes, un front haut : le visage ressemblait à celui d'un aigle et le nez fin avait un air de noblesse. Il semblait si jeune...

Contrairement aux autres guerriers, ses cheveux ne pendaient pas jusqu'au milieu de son dos, mais avaient été coupés court et frôlaient sa nuque dans un ondoiement naturel. Elle n'avait jamais vu des cheveux aussi noirs avec des reflets bleutés.

Un rayon de soleil fit briller quelque chose près de son visage : il portait des boucles d'oreilles en argent avec des turquoises ! N'ayant jamais vu un homme arborer ce genre de coquetterie, Alison s'attendait à un air efféminé, mais rien ne pouvait entacher la virilité du Chef Miguel. Au contraire... Les boucles d'oreilles lui donnaient un surprenant côté désinvolte.

En dépit de son air impassible, rien n'échappait jamais au Chef Miguel : ses guerriers juraient qu'il avait des yeux derrière la tête. Miguel avait l'habitude que les Mexicains l'observent avec respect et une admiration non dissimulée, même les Américains de la ville se montraient déférents à son égard, mais qui était la jeune femme brune qui le dévisageait sans vergogne ? C'était la première fois qu'il la voyait à Presidio. Trahie par son habillement et sa peau pâle, elle était certainement une Américaine. *Dios*, ce qu'elle était grande et mince, gracieuse comme un jeune saule, mais les rondeurs féminines se trouvaient toutes au bon endroit. Miguel apprécia la fière poitrine et la douce courbure de ses hanches. Et ces yeux ! Aussi bleus qu'un ciel d'été. Cernés de longs cils noirs, on aurait dit des pierres précieuses posées dans un écrin de pâleur diaphane.

Une onde de chaleur lui enflamma les sens et Miguel sentit monter son désir. Que lui arrivait-il ? Ne maîtrisait-il pas parfaitement ses instincts sexuels ? Il n'était plus un jeune garçon pour se laisser exciter par une belle femme. La plupart d'entre elles se jetaient dans ses bras, les veuves apaches et les divorcées de sa tribu, les *señoritas* mexicaines... Il y avait toujours une femme prête à partager sa couche mais Miguel avait des goûts précis. Alors pourquoi cette Américaine l'attirait-elle ? Elle était une *pindah-lick-oyee* — une ennemie blanche. Et pourtant son corps la désirait ardemment.

Sur leur passage, les Apaches avaient soulevé un grand nuage de poussière.

— Qui est ce Chef Miguel ? demanda Alison à son oncle.

— L'un des chefs apaches les plus puissants et les plus féroces.

Quoique irritée par la fascination que Miguel exerçait sur elle, Alison avait perçu la grandeur du personnage. Comment pouvait-elle admirer un homme qui n'était qu'un vulgaire assassin, un barbare ?

— Je n'en avais jamais entendu parler, lança-t-elle d'un air dédaigneux.

— Il est vrai que dans l'Est, il n'a pas encore acquis la notoriété des autres chefs apaches, mais il est aussi puissant, aussi rusé et dangereux que l'a été Cochise en son temps. Son nom ne te dit rien, mais il est célèbre dans tout le Texas et le nord du Mexique. Il est respecté par les autres Apaches et ne craint pas ses ennemis ! Il est à la tête d'une tribu de Mescaleros installés dans les montagnes Chisos à l'est d'ici, dans cette partie du Texas qui mord sur le Mexique. Pour cette raison, sa tribu est connue sous le nom des Apaches Chisos.

— Il semble trop jeune pour détenir un quelconque pouvoir, insista Alison, cherchant toujours à le discréditer.

— Il doit avoir près de vingt-huit ans, mais l'âge ne compte guère chez les Apaches. On leur donne des responsabilités beaucoup plus tôt que chez nous et ils choisissent leurs chefs pour leurs qualités de meneurs d'hommes et non selon leur âge. Dans le cas d'El Halcon, personne ne peut contester que le choix a été sage. Sous ses ordres, ils n'ont jamais été vaincus et tandis que les autres Apaches sont peu à peu dominés et enfermés dans des réserves, lui seul continue à défier la cavalerie. Il reste insaisissable !

— El Halcon... Le Faucon ? reprit Alison, perplexe. Je croyais qu'il s'appelait Chef Miguel.

— Les Mexicains lui ont donné ce surnom parce que selon eux, le faucon est encore plus rapide et plus puissant que l'aigle.

— Et le faucon est un oiseau de proie beaucoup plus rusé ?

— C'est vrai.

— On dirait que vous l'admirez, reprit-elle.

— Pourquoi mentir ? C'est vrai que je l'admire.

— Mais c'est un sauvage, un meurtrier ! Il est notre ennemi.

— Voyons, très chère, un homme peut admirer le talent et la puissance de son ennemi sans approuver ses actions.

— Je ne suis pas d'accord. Je ne vois rien d'admirable dans le fait de piller et d'assassiner des gens plus faibles que vous. Contrairement à ces Mexicains, je refuse d'ignorer qui il est vraiment.

Sam sourit. Décidément, sa nièce avait du tempérament... Pendant ces quinze jours qu'ils avaient passés ensemble, il avait été séduit par la force de son caractère. Il n'aimait guère les femmes qui s'inclinent toujours devant les opinions des autres ou se laissent dominer par les hommes. Pour cette raison, il était resté célibataire. Il n'avait jamais trouvé une femme qui pût lui tenir tête, et il ne voulait pas d'une compagne qui n'aurait vécu que dans son ombre.

Lorsque le frère de Sam lui avait demandé d'accueillir sa fille Alison à San Antonio et de l'accompagner jusqu'à Sonora où il dirigeait une mine d'argent, Sam avait accepté à contrecœur, craignant de trouver la réplique de sa belle-sœur. Mais Alison ne ressemblait en rien à sa mère, frêle et timide. Sa force et son esprit aventureux ne pouvaient être hérités que du côté paternel. Bien qu'elle eût passé la plus grande partie de sa vie dans la demeure luxueuse de son grand-père maternel, elle n'avait pas été gâtée. Sam s'étonnait encore de la manière admirable dont elle avait affronté le voyage pénible à travers le Texas, sans jamais se plaindre de la poussière, de la chaleur étouffante, du langage cru et des manières grossières des hommes du convoi auquel ils s'étaient joints. Sam n'avait pas eu le choix, sinon il ne lui aurait jamais imposé un voyage aussi difficile, mais il n'y avait pas de diligences jusqu'à Presidio del Norte, ni jusqu'à la mine où ils se rendaient.

— Est-ce que vous vous moquez de moi? s'indigna Alison en voyant le visage souriant de son oncle.

— Loin de là, ma chère. Tu as le droit d'avoir des opinions personnelles. Mais nous avons assez parlé d'El Halcon. Maintenant que tu as passé une journée entière au Mexique, j'aimerais savoir ce que tu en penses.

Autour d'elle, les maisons délabrées réfléchissaient les rayons du soleil. Presidio était construit dans un désert qui ressemblait à s'y méprendre au pays rugueux et solitaire de l'autre côté de la rivière.

— A dire vrai, je pensais que le Mexique serait plus joli.

— Tu ne peux pas juger le pays à partir de ce que tu as vu ici. Il y a aussi des endroits superbes. Vers l'intérieur du pays, on trouve des montagnes majestueuses, des cascades et des forêts de pins. Près de la côte, la végétation devient tropicale, tellement épaisse qu'il faut lutter pour s'y frayer un passage. Des milliers d'oiseaux y possèdent des plumages extraordinaires et certaines fleurs aux couleurs uniques sont aussi grandes que ma main.

— Et Sonora ? demanda Alison, curieuse. Comment est-ce ?

— Bien qu'en altitude, j'ai peur que ce ne soit un peu comme ici, chaud et désertique. Si tu veux changer d'avis, je peux te ramener à San Antonio, ajouta-t-il en voyant la déception de sa nièce.

Alison s'en voulut. S'ennuyant ferme à Baltimore, elle se réjouissait depuis un an à l'idée de ce voyage, de retrouver son père, et voilà qu'à la première déconvenue, elle sentait ses résolutions faiblir. Ce serait l'aventure de sa vie, une occasion inespérée de découvrir un pays et une culture différents des siens. N'avait-elle pas appris l'espagnol avant de venir ? Elle ne se laisserait pas abattre, mais irait jusqu'au bout, dût-elle souffrir quelques désagréments. Comment renoncer aux découvertes excitantes et à son père qui l'attendait ? Non, elle ne pouvait pas le décevoir.

— Je ne changerai pas d'avis, dit-elle fermement. Je vais rendre visite à mon père. C'est décidé.

— J'en suis heureux. Il se réjouit depuis si

longtemps de te retrouver. Sans femme ni famille, il a été très solitaire ces dernières années.

— Mes parents avaient décidé que maman resterait chez elle jusqu'à ce que papa fût installé, reprit Alison, se sentant obligée de défendre sa mère. Mais elle a eu peur d'abandonner sa vie confortable et ses amis. Pour les mêmes raisons, elle n'a pas voulu le rejoindre au Colorado quand il dirigeait une mine là-bas.

— Je comprends ses raisons, dit Sam en mesurant ses paroles. Mais ton père n'a pas eu une vie facile. Excepté les rares fois où il a fait le voyage pour vous rendre visite, il ne vous a guère vues depuis la fin de la guerre. C'est une existence bien cruelle pour un homme, de travailler seul au fin fond du Mexique pour financer une famille qui ne pense pas à lui.

— Ce n'est pas vrai ! Moi, j'ai toujours pensé à lui. Pourquoi croyez-vous que j'aie insisté auprès de ma mère afin qu'elle me laisse venir jusqu'ici ?

— Alors ce n'était pas simplement l'occasion de vivre une grande aventure ?

— Pas du tout. J'avoue que cette idée ne gâchait rien, mais j'avais de la peine pour mon père et je voulais le connaître un peu mieux.

— Ton père aussi avait envie de te connaître et je suis certain qu'il sera aussi enchanté que moi.

— Pourquoi êtes-vous content de moi ? demanda-t-elle, méfiante.

— Parce que tu es une véritable Carr. Tu en as même la couleur de cheveux et la silhouette. Tu as aussi hérité de notre esprit aventureux et de notre courage. De ta mère, tu n'as que les yeux et à mon avis, c'est sa seule qualité.

— Vous n'aimez vraiment pas maman, n'est-ce pas? fit Alison, étonnée par sa franchise.

— Je n'ai jamais prétendu le contraire. C'est une femme faible qui préfère son confort à son mari. Toute épouse digne de ce nom soutiendrait son mari, quoi qu'il advienne.

— Quitter une maison confortable pour affronter les dangers et les rigueurs d'une vie de pionniers, venir dans ce pays arriéré... N'est-ce pas beaucoup demander à une femme?

— D'autres l'ont fait. Toi-même, tu es là aujourd'hui.

Que répondre? Alison savait que sa mère était faible et égoïste. A cause d'elle, Alison et ses sœurs n'avaient jamais connu leur père. Sa mère avait pensé à elle avant de réfléchir aux besoins de son mari et de ses enfants, mais cela ne dérangeait en rien les sœurs d'Alison qui étaient aussi égocentriques que leur mère.

— Je ne ressemble pas à ma mère ni à mes sœurs, dit-elle à mi-voix. Qui sait? Peut-être tomberai-je amoureuse du Mexique comme vous, au point d'y rester?

— J'espère. Je n'ai jamais regretté d'être venu dans ce pays.

Tandis qu'ils avançaient dans la ruelle poussiéreuse, Alison regarda son oncle d'un air intrigué.

— Je sais que mon père a été envoyé au Mexique par la compagnie pour laquelle il travaille, mais vous, pourquoi êtes-vous ici?

— Lorsque nous avons perdu nos plantations après la guerre de Sécession, nous sommes partis vers l'Ouest pour nous forger une nouvelle vie. Ton père a choisi le Colorado dans l'espoir de devenir riche, tandis que moi, j'ai voyagé jusqu'au Texas. Lorsque j'y suis arrivé, j'ai découvert que la piste de Chihuahua permettait un commerce fructueux avec le Mexique. J'ai investi dans une douzaine de chariots et quelques mules, j'ai engagé des conducteurs et je me suis lancé dans le transport de marchandises. Pendant huit ans, j'ai fait l'aller-retour entre Indianola et Chihuahua. Puis, il y a cinq ans, j'ai vendu mon affaire et me suis acheté une maison et une entreprise à Chihuahua City.

Elancé, les tempes grisonnantes, le costume impeccable : l'allure de l'oncle Sam trahissait l'homme qui avait réussi, mais on lisait sur son visage buriné les traces d'une vie qui n'avait pas toujours été facile. A force d'avoir trop plissé les yeux sous un soleil cruel, des rides encerclaient ses yeux. Malgré ses airs domestiqués, la rudesse qu'on percevait encore chez lui faisait de l'oncle Sam un homme très attirant. Alison se demanda pourquoi il ne s'était jamais marié.

— Est-ce que la vie de marchand ne vous ennuie pas après toutes ces années d'aventures ?

— J'ai mangé de la poussière pendant huit ans, conduit un chariot qui secouait mes os et faisait claquer mes dents ; j'ai connu des blizzards, des tempêtes de sable, des pluies torrentielles, j'ai traversé des déserts qui desséchaient ma cervelle, combattant les Indiens sans relâche. Crois-moi, je ne suis plus si jeune et je suis heureux de mener aujourd'hui une vie paisible. D'ailleurs, il faut bien quelqu'un pour vendre les produits transportés sur la piste et les histoires que racontent les convoyeurs me suffisent comme excitation.

Alison se promit de demander à son oncle de lui raconter quelques-unes de ses propres aventures.

— A quoi ressemble Chihuahua City ? demanda-t-elle.

— C'est une belle ville, avec des églises magnifiques qui peuvent rivaliser avec celles d'Europe, des théâtres, un opéra, d'excellents restaurants, des parcs et des places immenses, des affaires en pleine expansion et des demeures imposantes. J'espère que ton père et toi vous me rendrez visite pendant que vous êtes au Mexique et je vous ferai les honneurs de la ville. Il peut sûrement s'absenter quelque temps de la mine. Nous pourrions même assister à une corrida et admirer les prouesses des meilleurs matadors espagnols qui viennent en tournée au Mexique.

Alison n'était pas certaine de vouloir assister à une corrida. On lui avait raconté que le taureau y laissait sa vie.

— C'est très excitant, tu sais, insista Sam. La musique envoûtante, les couleurs, et la foule qui hurle *olé* à chaque passe du matador...

C'était une des raisons de son voyage : Alison voulait découvrir des choses nouvelles et excitantes. Elle serait stupide de décliner pareille invitation.

— Je me réjouis déjà de notre visite, dit-elle en toute sincérité.

Entre-temps, ils avaient atteint la maison du marchand où ils logeaient à Presidio del Norte. Sam poussa le lourd portail en bois et Alison entra dans la cour. Des paniers de fleurs multicolores étaient suspendus aux murs et des plantes vertes égayaient les coins de la cour. Au centre, une fontaine chantait joyeusement et sous un mimosa, un banc en pierre invitait au repos.

— Cette cour est une merveille, soupira-t-elle. On dirait une oasis miniature en plein désert. La maison des Grey est une véritable splendeur.

— Celle de ton père est aussi belle, avec un patio encore plus grand, ajouta son oncle. C'est ainsi que nous appelons ces cours intérieures au Mexique.

La nouvelle ravit la jeune femme. Elle avait pensé habiter une de ces misérables cabanes comme les paysans. Bien qu'elle ne craignît pas quelques désagréments pendant un voyage, la perspective de vivre dans le plus grand dénuement ne l'avait pas enchantée. En dépit de son esprit aventureux, comme toutes les femmes, Alison appréciait les conforts d'une vie civilisée.

2

Alison et Sam venaient de rejoindre la maîtresse de maison, Sarah Grey, dans le salon, quand William Grey se précipita dans la pièce.

— Voyons, Will ! s'exclama Sarah, en apercevant le visage empourpré de son mari. Pourquoi es-tu aussi excité ?

— El Halcon est arrivé en ville avec quelques-uns de ses guerriers...

— Je sais, lança Sarah. Je les ai aperçus par la fenêtre de notre chambre, mais je ne vois pas pourquoi tu te mets dans un état pareil. Ces sauvages sont des visiteurs fréquents en ville.

— C'est la dernière fois que ce maudit Apache va se pavaner dans Presidio, déclara William d'une voix ferme. Nous allons enfin nous débarrasser de ce satané pillard !

— Mesure tes paroles, Will, dit Sarah. Il y a une jeune fille avec nous.

Aussitôt, William eut l'air contrit.

— Et comment penses-tu te débarrasser d'El Halcon ? reprit Sarah.

— As-tu remarqué quelque chose d'anormal quand il est passé ?

— Non, mais je n'ai fait que jeter un coup d'œil distrait par la fenêtre.

— Mme Griffin a heureusement remarqué que ce barbare portait le manteau de son mari.

— Mais comment le Chef Miguel aurait-il mis la main sur le manteau de John ? s'étonna Sarah.

— El Halcon l'a dépouillé, après l'avoir tué !

— Seigneur ! Quand est-ce arrivé ?

— Qui sait ? Il a dû attaquer le convoi de John quelque part sur la piste et lui voler son manteau.

— J'ai en effet remarqué qu'il en portait un, commenta Sam.

— Alors pourquoi diable ne l'as-tu pas interpellé ? s'écria William.

— Interpeller El Halcon ? s'étonna Sam, en éclatant de rire. Tout seul ? Même s'il n'avait pas été entouré de ses guerriers, je ne m'y serais pas risqué. Par ailleurs, je n'ai pas trouvé cela tellement étrange. La plupart des Apaches ont abandonné leurs tenues traditionnelles pour s'habiller comme nous. Ils portent les chemises et les pantalons larges des Mexicains, sauf lorsqu'ils sont sur le sentier de la guerre et qu'ils enfilent des mocassins et des culottes en peau. J'ai pensé qu'El Halcon avait eu envie de mettre un manteau à la dernière mode.

Quant à Alison, elle avait été trop intriguée par l'homme pour remarquer ce qu'il portait, excepté les boucles d'oreilles.

— Il en a eu envie, c'est certain ! remarqua Will. Le connaissant, il faisait probablement exprès de le porter devant nous tous. Il est le plus arrogant des Apaches qui aient jamais marché sur cette terre ! Mais ce sera bientôt terminé. Mme Griffin a porté plainte et El Halcon et ses hommes ont été jetés en prison. Demain, il sera jugé pour meurtre.

— Comment les soldats ont-ils réussi à s'en emparer ? s'exclama Sam. Ne s'est-il pas battu comme un lion ?

— Ils l'ont surpris alors qu'il sortait d'un magasin. Ils se sont jetés sur lui si vite qu'il n'a même pas eu le temps de saisir son poignard.

— Et ses guerriers ? Ils se sont laissé faire ?

— Ils étaient encerclés. Les soldats ont menacé de tuer leur chef s'ils touchaient à leurs armes. Ils auraient tous été massacrés. El Halcon l'a aussitôt compris : il leur a donné l'ordre de se rendre.

Sam s'étonnait qu'un homme aussi farouchement attaché à sa liberté qu'El Halcon eût opposé une si faible résistance. N'aurait-il pas dû se battre jusqu'à la mort ?

— Comment le Chef Miguel a-t-il expliqué la présence du manteau de John ?

— Il a prétendu que John le lui avait donné ! railla Will. Et l'imbécile a pensé qu'on croirait de pareilles sornettes. Lorsque les soldats ont exigé de connaître la vérité, El Halcon s'est enfermé dans un mutisme absolu. Enfin... Le voilà derrière les barreaux et ce n'est pas trop tôt ! Demain, lorsqu'il aura été jugé, il sera un homme mort. Bon débarras ! Depuis des années, ce sauvage entretenait un désordre constant sur la piste de Chihuahua entre ici et Pecos River.

En quatre mois, il a attaqué trois convois et cette cavalerie est incapable de l'arrêter. Il disparaît avec le butin dans ces montagnes où il vit avec sa tribu. La seule façon pour l'armée de le faire sortir de sa tanière serait de dynamiter ces fichues montagnes !

— Ça suffit, Will ! dit fermement Sarah en se levant. Plutôt que de laisser libre cours à ton animosité envers El Halcon, nous ferions mieux de rendre visite à la pauvre Mme Griffin. Elle doit être effondrée.

— Elle a la famille de John pour la réconforter, bougonna Will, que l'idée de consoler des femmes en pleurs ne réjouissait pas.

— C'est notre devoir chrétien de lui offrir nos condoléances. Vous ne nous en voudrez pas si nous vous laissons seuls ? demanda-t-elle à Sam et à Alison.

— Bien sûr que non, répondit Sam.

— Si nous ne sommes pas rentrés à l'heure pour dîner, les domestiques vous serviront le repas. Entre-temps, faites comme chez vous, mes chers amis.

Dès que les Grey eurent quitté la maison, Alison se tourna vers son oncle.

— Vous disiez que les soldats n'affronteraient jamais le Chef Miguel.

— Je ne crois pas que le commandant l'aurait envisagé une seconde si Mme Griffin ne l'y avait pas incité. Les Griffin sont une des familles les plus puissantes de Presidio del Norte. Le commandant n'a pas osé refuser. Même s'il n'y a pas eu de sang versé, ce fut très risqué de s'en prendre au Chef Miguel. Je n'arrive toujours pas à croire qu'il n'ait pas résisté.

Aucun homme n'avait troublé Alison comme cet Apache et à la pensée que cet Indien serait bientôt pendu, elle frissonna. Pourquoi s'en faire ? N'était-il pas un sauvage assoiffé de sang ? Un assassin ? Il méritait de mourir. Il avait déjà assez longtemps vécu. Alors pourquoi se sentait-elle si... si triste ?

— Tu sembles inquiète, ma chère ?

Ne se comprenant pas elle-même, Alison n'osait pas avouer ses sentiments à son oncle.

— Il me semble en effet que les accusations contre le Chef Miguel ne sont pas fondées. Je veux bien qu'on l'accuse de vol, puisqu'il est en possession du manteau, mais il n'y a aucune preuve qu'il ait commis un meurtre. On dirait qu'il est jugé à cause de sa réputation et non pour ses actes. Même s'il mérite de mourir, ce n'est pas juste.

— Nous ne sommes pas aux Etats-Unis, ma chère, et même si nous étions de l'autre côté de la frontière, je doute que nous ayons affaire à une justice équitable. Un homme blanc ne pourrait pas être condamné sur des preuves si légères, mais nous parlons d'un Indien, enfin, d'un métis.

— Comment cela ?

— Le Chef Miguel n'est qu'à moitié apache. Son père est un Mexicain qui a été kidnappé dans son enfance par les Apaches et adopté. Si j'en crois les histoires qu'on raconte, il serait issu d'une riche famille créole.

— Créole ?

— Ce sont les Mexicains qui ont du pur sang espagnol, les aristocrates de ce pays.

— Comment est-il devenu un chef guerrier, s'il n'est qu'un métis? s'enquit Alison, comprenant enfin l'origine des cheveux ondulés et du nez aquilin de Miguel.

— Lorsqu'ils choisissent un chef, les Apaches ne se préoccupent ni de son âge, ni de ses origines. La couleur de la peau ne compte pas. Un homme est jugé à sa valeur personnelle. Mais attention... Ce n'est pas parce que le Chef Miguel possède du sang blanc qu'il n'est pas cent pour cent apache. Il est né parmi eux et il a été élevé selon leurs coutumes. Il ne connaît rien d'autre. Ils l'ont choisi pour ses qualités de leader et son habileté aux armes. Les Apaches ne cessent de combattre. Leur chef doit avoir les capacités d'un excellent général d'armée et El Halcon est un maître en guérilla. Sa manière d'attaquer et de se replier aussitôt rend la cavalerie impuissante.

— N'est-ce pas une méthode un peu lâche?

— L'Apache est loin d'être un lâche. Il cherche à obtenir les plus grands succès en perdant le moins d'hommes possible. Pour survivre, ils n'ont pas d'autre solution. Parce qu'ils sont inférieurs en nombre, les Apaches sont de grands tacticiens. Ils choisissent l'endroit et l'heure de leur attaque et n'hésitent pas à s'enfuir si cela tourne mal. Pour eux, il n'y a aucun déshonneur à fuir. Le déshonneur serait de perdre un guerrier inutilement.

— Est-ce pour cela que le Chef Miguel a ordonné à ses hommes de se rendre? demanda

Alison, étonnée que les Apaches respectent autant la vie individuelle. Parce qu'il savait que c'était perdu ?

— C'est possible, mais je ne pense pas que les Mexicains vont libérer les guerriers. Il sera le seul à être jugé pour meurtre, mais ils veulent les garder tous. A mon avis, le Chef Miguel pensait qu'on croirait son histoire, sinon il aurait essayé de se sauver.

— Croyez-vous qu'on lui ait vraiment donné le manteau ?

— Oui, car connaissant sa réputation, je ne pense pas que le Chef Miguel mentirait. Ce serait lâche et El Halcon n'a rien d'un lâche. S'il avait assassiné Griffin, il n'aurait pas hésité à l'avouer.

— Alors pourquoi a-t-il refusé de donner d'autres explications ? M. Grey disait qu'il s'était tu.

— C'est un homme fier qui ne s'incline devant personne. Peut-être ne voulait-il pas s'humilier en ayant l'air d'implorer. Ou alors, il a choisi de se taire jusqu'au procès. Je suis très tenté de m'y rendre, veux-tu venir avec moi ?

— Oui, répondit Alison, le cœur battant la chamade à l'idée de revoir le fascinant guerrier.

Le lendemain matin, Alison et Sam traversaient les rues poussiéreuses de Presidio pour assister au procès d'El Halcon. Sam dévisageait sa nièce.

— Que se passe-t-il ? demanda-t-elle. Vous me regardez comme si j'avais une verrue sur le nez.

— Pardonne-moi, répondit Sam, amusé, mais

je me disais que tu avais bien changé. Où donc est passée la petite fille gauche de six ans aux grands yeux bleus et aux taches de rousseur que j'ai rencontrée lors de ma dernière visite ?

— Je n'ai pas tellement changé. Les taches de rousseur reviennent à l'assaut si je ne me cache pas sous un bonnet et je suis toujours godiche, mais un peu plus grande.

— Je suis désolé de devoir te contredire. Tu n'as rien de godiche et ta taille est remarquable. Une femme plus petite n'aurait pas ta grâce. Tu es devenue superbe.

— Merci... J'aimerais que maman vous entende. Elle était horrifiée quand elle m'a vue grandir. Elle est certaine que je ne trouverai jamais de mari.

— Est-ce que ta taille te gêne ?

— Pas le moins du monde. Elle offre même certains avantages.

— Lesquels ?

— Grâce à elle, je domine les foules et les plus hautes étagères ne me font pas peur, mais elle m'aide surtout en ce qui concerne les hommes. Ils n'aiment pas les grandes femmes. Je vais peut-être vous choquer, oncle Sam, mais je prends un certain plaisir à intimider les hommes par ma taille. C'est une excellente manière de se débarrasser d'un vendeur insistant, d'un arrogant qui essaye de vous impressionner ou d'un cocher malpoli. Bien des hommes tentent de culpabiliser les femmes à cause de leur sexe. Si un homme m'agace, je me redresse et je le regarde droit dans les yeux. Ils rétrécissent sur place, ajouta-t-elle en riant.

— Mais est-ce que cela ne t'inquiète pas de ne pas trouver de mari ?

— Pas du tout ! Le mariage ne m'intéresse guère pour l'instant. J'ai envie de voyager avant de fonder un foyer.

— Tu as parfaitement raison. Une belle fille comme toi pourra toujours se marier et ta taille sera un atout. Bien des hommes seraient fiers de t'avoir comme épouse.

« Mais aucun ne m'intéresse... se dit Alison. Ils sont tous si ennuyeux. » Lorsqu'elle serait prête pour se marier, peut-être trouverait-elle quelqu'un à son goût ; pour le moment, elle avait l'intention de profiter de la vie.

Quand ils atteignirent le *juzgado* où se tenait le procès, une foule de curieux se pressait déjà devant la porte. Tandis qu'ils attendaient patiemment leur tour d'entrer dans la salle, Alison regarda distraitement en direction du Rio Grande. Sur la rive texane, un convoi se frayait lentement un passage à travers les collines. Les mules qui tiraient les chariots peinaient dans le sable mou. Personne ne semblait se préoccuper du convoi — il en passait tant par Presidio — mais Alison ne pouvait en détacher les yeux. D'une manière étrange, elle pressentait que ce convoi concernait El Halcon... Si seulement il se dépêchait d'arriver... Une prémonition lui serra le cœur.

Assise à l'extrémité d'un des bancs en bois qui occupaient la salle du procès, Alison étudiait les spectateurs, ces riches marchands de Presidio. Les paysans brillaient par leur absence. Leur avait-on interdit l'accès du tribunal ou marquaient-ils par là leur désapprobation de voir juger un homme qu'ils considéraient comme leur protecteur ?

Les Apaches étaient installés dans un coin de la salle. Impassibles, ils regardaient droit devant eux. El Halcon manquait... Les soldats mexicains auraient-ils décidé d'éviter le procès ? L'auraient-ils tué pendant la nuit ?

— Où est El Halcon ? demanda-t-elle d'une voix impérieuse à son oncle. Pourquoi n'est-il pas avec ses guerriers ?

— Il n'a pas encore été amené, répliqua Sam, surpris par le ton de sa nièce. Ils ne l'ont pas enfermé avec ses hommes pour éviter qu'ils ne cherchent à s'échapper.

— Je vois, dit la jeune femme, soulagée.

A quelques mètres devant elle se dressait une table, dominée par un drapeau mexicain et le portrait d'un homme à moustache et à cheveux blancs. Il portait un uniforme militaire et de nombreuses médailles sur sa poitrine. Elle déchiffra le nom au bas du portrait.

— Ainsi, voilà Porfirio Diaz, le président du Mexique, dit-elle.

— Il y a quelques années, il a renversé le gouvernement et désormais il dirige le pays avec une main de fer.

— C'est un dictateur ?

— Plus ou moins, mais il a réussi à garder le pouvoir dans un pays qui était déchiré par des révolutions et où les présidents changeaient sans arrêt. Ce n'est pas un mince exploit. C'est aussi le seul qui essaye de contrôler les bandits. Il a formé une police nationale montée qu'on appelle les *rurales*. Pour la plupart, ce sont d'anciens bandits eux-mêmes mais ils savent comment coincer leurs camarades d'antan. Ils sont très brutaux, mais les *rurales* obtiennent des résultats surprenants.

— C'est tout de même un dictateur, insista Alison, l'air désapprobateur.

— Je sais, et nous autres démocrates avons de la peine à l'accepter, mais malheureusement le Mexique a besoin d'une main de fer et Diaz lutte contre la corruption dans l'armée et cherche à donner une meilleure économie au pays. Il encourage les investissements étrangers. C'est pour cela que l'entreprise pour laquelle travaille ton père a obtenu la permission d'exploiter la mine.

Quoi qu'il en soit, Alison n'aimait pas l'idée qu'un dictateur gouverne le pays. Elle attachait beaucoup d'importance à la liberté et au droit des gens à disposer d'eux-mêmes.

— Où vont s'asseoir les jurés ? demanda-t-elle.

— Ils n'ont pas de jurés au Mexique. Trois juges s'occupent des cas importants.

— Est-ce que ce ne serait pas plus équitable avec des jurés ?

— Nous pensons que oui, mais les coutumes sont différentes ici. Vu les circonstances, El Halcon sera peut-être jugé de manière plus juste devant un tribunal qu'avec des jurés. Surtout si les jurés étaient choisis parmi les gens dans cette salle, ajouta Sam en baissant la voix. Ils sont presque tous marchands ou convoyeurs et liés au commerce de la piste de Chihuaha qu'El Halcon attaque régulièrement. Ils ne le portent pas dans leur cœur, crois-moi.

« Ils sont décidés à le punir pour des crimes passés », se dit Alison. Outrée, elle ne pouvait accepter qu'on jugeât El Halcon pour un autre crime que celui pour lequel il avait été arrêté.

Les minutes s'écoulaient lentement et Alison se demanda pourquoi on attendait. Soudain, les doubles portes à l'arrière du tribunal furent ouvertes et la pièce inondée de soleil.

Flanqué par quatre soldats qui le menaçaient de leurs armes, El Halcon se tenait dans l'embrasure de la porte. Bien que ses poignets fussent enchaînés, il se tenait droit, la tête haute, le visage impassible. Vêtu d'une chemise rouge coordonnée au bandeau qui lui enserrait le front, des pantalons blancs enfouis dans des bottes en peau souple qui lui arrivaient aux genoux, il était magnifique. Par sa prestance, il dominait l'assemblée.

L'un des gardes lui envoya une bourrade dans les reins et El Halcon s'avança dans la travée, sa démarche féline donnant l'impression qu'il flottait. Autour du cou, il portait un collier de turquoises rappelant les boucles d'oreilles, mais rien ne pouvait faire douter de sa virilité. Sous ses pantalons étroits, les muscles de ses cuisses saillaient à chaque pas, et ses larges épaules tendaient le tissu de sa chemise. Une chaleur inconnue envahit la jeune femme et l'excitation lui noua l'estomac. Incapable d'en détacher les yeux, elle le dévisagea alors qu'il s'asseyait sur une chaise près de la table. On aurait dit qu'elle essayait d'imprimer son visage dans sa mémoire.

A l'entrée des juges et du commandant, tous se levèrent. Parce qu'elle n'avait pas cessé de le regarder, seule Alison nota l'éclair de colère qui filtra dans les yeux du Chef Miguel avant qu'il ne reprît son visage impassible, mais bien que très brève, l'intensité de cette émotion glaça la jeune femme.

Comme preuve, le commandant montra le manteau. Emue, les yeux rougis, Mme Griffin l'identifia.

— Est-ce qu'il comprend ce qu'on raconte? chuchota Alison à l'oreille de son oncle.

— Bien sûr! Comme tous ces Apaches, le Chef Miguel parle couramment l'espagnol.

Se tournant vers El Halcon, le commandant lui demanda s'il n'avait rien à ajouter. Sans sourciller, les lèvres serrées, le Chef apache regarda à travers le Mexicain comme si celui-ci n'était que du vent.

— N'avez-vous rien d'autre à dire, excepté ce mensonge qu'on vous aurait donné ce manteau? insista le commandant.

On aurait dit que l'Apache s'était changé en une statue de pierre. Agacée qu'il refusât de se défendre, Alison se pencha vers son oncle.

— Pourquoi est-ce qu'il ne parle pas?

— Je n'en sais rien.

— Pourquoi est-ce que son avocat ne plaide pas en sa faveur? Ce n'est pas parce qu'il est en possession du manteau d'un homme qu'il l'a forcément tué. On ne voit même pas de traces de sang.

— Il n'a pas d'avocat. Il a refusé d'être assisté.

— Pourquoi diable a-t-il fait ça? siffla Alison d'une voix plus forte, oubliant ses bonnes manières. Est-ce qu'il ne sait pas que ce procès est une comédie? Qu'ils veulent le faire payer pour des crimes passés? Regardez les visages des juges... C'est évident qu'ils l'ont déjà condamné.

L'indignation d'Alison lui attira quelques coups d'œil furieux des spectateurs qui l'entouraient. Même les juges lui jetaient des regards furibonds, mais Alison refusa de se laisser intimider et elle les toisa à son tour.

— Tu devrais peut-être te proposer pour être son avocat, s'amusa Sam.

— Je me le demande, rétorqua Alison.

— Pourquoi es-tu si nerveuse?

— C'est l'injustice de tout ceci qui me révolte! Il était coupable avant même d'entrer dans le tribunal.

— C'est un Apache, grommela un Américain assis sur le même banc qu'Alison.

— Tout homme est innocent jusqu'à ce qu'on ait prouvé sa culpabilité... répliqua Alison. Et qu'il soit en possession de ce manteau ne prouve en rien qu'il est coupable de meurtre. Vous ne savez même pas si un meurtre a été commis. Si vous le désirez, vous pouvez le juger pour vol, mais pas pour meurtre!

— Silence! siffla un marchand mexicain en se retournant.

— Vous ne m'empêcherez pas de parler! Je refuse de laisser un homme, fût-il un Indien, être jugé pour meurtre quand il n'y a aucune preuve. Ceci n'est pas un procès... C'est une farce !

Brusquement, les portes à l'arrière de la salle s'ouvrirent en coup de vent. Craignant une attaque de guerriers apaches, les spectateurs se retournèrent affolés. En voyant l'homme qui se tenait sur le seuil, Mme Griffin s'écria :

— John ! Tu es vivant !

L'Américain couvert de poussière saisit sa femme dans les bras et la serra contre lui. Puis, lorsque l'assistance se fut calmée, le convoyeur raconta comment El Halcon était entré en possession du manteau.

Griffin s'était joint à deux autres convois qui se dirigeaient vers Presidio avec des chargements en provenance des mines de sel près de Pecos River. En éclaireur, Griffin avait patrouillé un col de montagne où les Apaches aimaient tendre des embuscades. Il avait été agressé par un puma qui s'était élancé sur lui d'un rocher et l'avait fait tomber de cheval. Alors que Griffin contemplait la mort en face, El Halcon était soudain apparu et avait tué le puma d'un coup de carabine. Au grand soulagement de Griffin, l'Apache l'avait ensuite laissé partir. Pour le remercier de lui avoir sauvé la vie et puisque l'Apache refusait de l'argent, Griffin lui avait donné son manteau. Plus tard, après que le convoi eut passé le col sans encombre, il avait été attaqué par El Halcon et ses guerriers. Des heures durant, les convoyeurs avaient combattu les Apaches sans qu'il y ait de pertes d'un côté ou de l'autre. Fatigués, Griffin et un de ses camarades avaient demandé à El Halcon de parlementer. Lorsque le Chef apache s'était avancé sur le terrain neutre entre les chariots des Blancs disposés en cercle et ses propres hommes, les deux Américains avaient dégainé les revolvers qu'ils avaient dissimulés et menacé de le tuer s'il n'ordonnait pas à ses guerriers de se retirer. N'ayant pas le choix, El Halcon avait obéi.

Tandis que Griffin relatait son histoire, le visage fermé d'El Halcon prouvait qu'il ne lui avait pas pardonné de l'avoir trahi. Si jamais les deux hommes se retrouvaient, Alison devinait que le dénouement serait tragiquement différent. Le regard cruel de l'Apache la fit trembler. « Pourquoi l'Indien est-il si furieux ? se demanda-t-elle. N'a-t-il pas été aussi traître que Griffin en l'attaquant après lui avoir sauvé la vie ? Pourquoi l'a-t-il aidé avec le puma ? L'Indien et le Blanc ne sont-ils pas des ennemis jurés ? » D'un seul coup, Alison comprit pourquoi El Halcon avait refusé de parler. Il avait su que Griffin ne tarderait pas à arriver à Presidio et qu'en apprenant la nouvelle, il se rendrait aussitôt au tribunal. Elle en avait le souffle coupé... Pendant qu'elle s'inquiétait pour lui et le défendait devant toute la ville, cet Apache arrogant attendait patiemment son heure !

Lorsque le commandant dit à El Halcon qu'il était libre de s'en aller, Alison se tourna une nouvelle fois vers son oncle :

— Pourquoi le laissent-ils partir ?

— Parce qu'il n'a pas volé le manteau. Il avait dit la vérité au commandant : on le lui avait donné.

— Mais il a attaqué le convoi. Ne vont-ils pas le juger pour tentative de meurtre ?

— Ils vont s'en abstenir parce qu'il a sauvé la vie de Griffin. D'ailleurs, ce n'était qu'une tentative de meurtre et à moins de réussir, on n'y attache pas trop d'importance dans ces régions. Tu as entendu Griffin : personne n'a été blessé.

— Mais en attaquant le convoi, El Halcon avait l'intention de tuer !

— Nous avons nos propres règles par ici, expliqua Sam. Une vie pour une vie. Aucun mal n'est arrivé au convoi, sinon, les choses auraient été très différentes.

— Je ne comprends pas pourquoi El Halcon a sauvé la vie de Griffin.

— Pour cela, tu dois apprendre comment fonctionne l'esprit indien. Le Blanc et le Peau-Rouge sont des ennemis mortels, jusqu'à ce qu'un ennemi commun apparaisse, dans ce cas, le puma. Cet animal dangereux est l'ennemi de l'homme depuis la nuit des temps et dans l'esprit d'El Halcon, Griffin et lui étaient devenus des alliés. Un Blanc n'aurait probablement pas agi de la même façon. Il aurait laissé l'Indien se débrouiller. El Halcon, lui, obéissait à son code de l'honneur.

— C'est un drôle de code de l'honneur, lança Alison d'un air dédaigneux. Il sauve la vie d'un homme, puis il l'agresse.

— El Halcon et Griffin n'ont été des alliés que pendant un laps de temps très court. Une fois l'ennemi commun détruit, ils retrouvaient leurs positions habituelles. Griffin n'en attendait pas moins. Il vit dans ce pays depuis longtemps et connaît bien les Apaches. Cela ne l'a pas empêché de défendre El Halcon devant ce tribunal. De même que Griffin savait qu'El Halcon attaquerait le convoi, de même El Halcon ne doutait pas que Griffin viendrait dire la vérité. Quelqu'un de Baltimore comme toi peut trouver notre façon de vivre étrange, mais comme je te l'ai déjà dit, ici, nous avons notre code de justice et nos règles.

« C'est en effet une justice étrange... » se dit Alison. En premier lieu, les citadins jugent un homme pour meurtre, alors qu'ils n'ont guère de preuves, puis ils ignorent le fait que l'Apache a attaqué le convoi avec l'intention de tuer pour piller et ils relâchent un ennemi dangereux sous prétexte qu'il a sauvé la vie de Griffin et parce qu'il n'y a pas eu de victime lors des combats... Elle n'avait jamais rien vu d'aussi grotesque. Mais c'était aussi la première fois qu'elle entendait parler d'un Indien qui porte secours à un Blanc. On aurait dit un jeu d'échecs, chaque partie adverse avançant et reculant ses pions sans crier gare... A leurs yeux, était-ce un jeu, dont eux seuls connaissaient les règles ?

On retira les chaînes qui emprisonnaient les poignets du Chef Miguel. Le fier Apache se dirigea d'un pas décidé vers la sortie. Au bout de son banc près de la travée, Alison était secrètement heureuse qu'on le relâchât avec ses hommes. Lorsqu'il arriva à la hauteur d'Alison, El Halcon s'arrêta et la regarda dans les yeux. Clouée sur place, Alison eut l'impression que le regard brûlant la transperçait de part en part.

Puis El Halcon partit, la laissant tremblante et désemparée par leur étrange rencontre.

Décidément, Alison ne comprenait pas en quoi l'Apache énigmatique pouvait la bouleverser à ce point. Par quel étrange pressentiment avait-elle compris que le convoi aperçu sur les collines apportait la réponse attendue par El Halcon ? Même les citadins n'avaient pas reconnu le convoi de Griffin. Devant tant de mystère, un frisson glacé lui parcourut l'échine.

3

A la nuit tombée, Alison se tenait près de la fenêtre de sa chambre, contemplant la ville assoupie à ses pieds. Ici et là, une bougie éclairait une maison. Dans l'obscurité opaque, ces lumières vacillantes semblaient presque irréelles.

Toute la journée, elle avait pensé au regard pénétrant d'El Halcon sans croire à l'explication de l'oncle Sam. Celui-ci prétendait que l'Indien, l'ayant entendue plaider sa cause, l'avait dévisagée par simple curiosité. Mais son regard avait été trop pointu, comme s'il cherchait à lui faire comprendre un message... ou un ordre!

Pourquoi s'en soucier? L'Apache était parti. Selon M. Grey, El Halcon et ses guerriers avaient quitté la ville peu après leur libération. Ils étaient probablement à mi-chemin de leur village perdu dans les montagnes. A la pensée qu'elle ne reverrait jamais ce Chef étrange et magnétique, Alison éprouva un pincement au cœur.

Etait-elle devenue folle pour regretter un sauvage ? Devenait-elle comme ses sœurs, ces petites dindes qui s'étaient bercées de rêveries romantiques avant de se marier ? Qu'auraient-elles pensé d'El Halcon ? Ces idiotes craignant leurs propres ombres, elles se seraient probablement évanouies en le voyant ! Jamais elles n'auraient eu le courage d'entreprendre un voyage comme celui-ci, pour aborder un pays ravagé par des sauvages et des bandits assoiffés de sang.

Le lendemain, Sam et Alison quitteraient Presidio avec l'un des convois qui se dirigeaient vers Chihuahua City. Ils suivraient le Rio Concho jusqu'à mi-chemin, puis prendraient congé du convoi et couperaient à travers le désert vers Sonora où habitait son père. Le trajet prendrait encore des semaines, mais c'était une aventure que peu de femmes américaines avaient l'occasion de vivre. Lorsqu'elle serait de retour à Baltimore, Alison se vanterait d'avoir parcouru des milliers de kilomètres, dont une grande partie à cheval, à travers des paysages arides. Ce courageux défi lui procurait une joie indicible.

Se déshabillant rapidement, Alison enfila sa chemise de nuit, mais l'excitation et la chaleur étouffante la tinrent éveillée. A Baltimore, la chemise à manches longues, boutonnée jusqu'au cou, était confortable, mais dans la chaleur de cette fin de printemps au Mexique, l'épais vêtement devenait insupportable.

Une heure durant, Alison se retourna dans tous les sens, n'osant pas retirer sa chemise et dormir nue. Enfin, à bout de nerfs, elle se leva et découpa les manches à hauteur des épaules, puis se déboutonna jusqu'à la poitrine. Allongée sur le dos, ses bras et son cou se rafraîchirent rapidement mais ses longues jambes étaient encore brûlantes. Remontant la chemise jusqu'aux hanches, elle parvint enfin à s'endormir.

Quelques heures plus tard, elle fut réveillée par le matelas qui s'inclinait. Ouvrant les yeux, elle aperçut une silhouette qui la dominait. Terrifiée, elle voulut crier mais pas un son ne sortit de sa bouche : un bâillon lui fut enfoncé dans la gorge et noué derrière sa tête. En repoussant le torse musclé de l'inconnu, Alison devina qu'il s'agissait d'un homme. Instinctivement, elle voulut lui griffer le visage avec ses ongles. Elle fut contente d'entendre un juron lorsqu'elle lui lacéra une joue. Mais en une seconde, l'inconnu s'était placé à califourchon et lui attachait les mains à l'aide d'une lanière de cuir.

Se débattant, Alison donnait des coups de pied, mais avec une agilité surprenante l'agresseur changea de position et se mit à lui attacher les chevilles. Bien qu'elle lui assenât une volée de coups sur les épaules, il ne broncha pas. Puis, l'inconnu la balança sur son épaule comme si elle n'était qu'un vulgaire sac de farine. D'un pas rapide, il traversa la chambre, tenant fermement les jambes d'Alison contre son torse. Elle ne cessait pas de se démener mais en vain... La jeune femme n'avait jamais eu aussi peur de sa vie et s'était rarement sentie aussi impuissante.

Bien qu'il fît nuit, l'homme descendit l'escalier sans hésiter. Qui était-il ? Pourquoi était-elle enlevée ? Etait-il l'un de ces *bandidos* qui réclamaient ensuite une rançon ? Ou avait-il des intentions bien plus malveillantes ? Voulait-il la violer... ?

Elle se débattit comme un beau diable tandis qu'il traversait la maison silencieuse et la cour, d'un pas si léger qu'on ne l'entendait pas. A moitié étouffée par le bâillon, Alison commençait à perdre connaissance. Ses pieds touchèrent un instant le sol, puis elle fut jetée sur la selle d'un cheval. Son agresseur grimpa derrière elle, appuya une main ferme dans le creux de son dos pour la maintenir en place et le cheval s'élança au galop.

Alison ne parvenait pas à y croire. Qui osait l'enlever au milieu de la nuit, au nez et à la barbe de son oncle et des Grey ? C'était sûrement un cauchemar... Et pourtant, elle entendait le martèlement des sabots sur la terre ferme et le vent sifflait à ses oreilles. Lorsque l'eau l'aspergea, elle devina qu'ils traversaient la rivière. Pourquoi un *bandido* l'emmènerait-il au Texas ? Brusquement, elle se souvint avoir senti quelque chose de métallique la frôler quand l'homme l'avait portée sur son épaule... Une boucle d'oreille ! Son kidnappeur n'était autre qu'El Halcon !

Un frémissement la parcourut, mélange d'excitation, de terreur — elle avait entendu dire que les Apaches torturaient leurs prisonniers — et d'indignation envers l'audace de cet homme qui n'avait pas hésité à l'enlever de son propre lit. Pendant l'heure qui suivit, elle écuma de rage, jusqu'à ce que l'Apache arrêtât son cheval et la fît descendre.

Ankylosée, Alison vacilla sur ses jambes mais

El Halcon la serra dans ses bras puissants et l'entraîna vers un arbre. Elle ne pouvait ignorer les muscles de son torse ni la chaleur de ce corps pressé contre le sien. Une odeur de musc envoûtante lui faisait tourner la tête : la virilité de cet inconnu menaçait de l'étouffer. Les mains attachées, elle essaya de le repousser mais il l'avait déjà posée sur le sol et à sa grande surprise, il lui retira le bâillon.

— Espèce de crapule ! voulut-elle crier en espagnol, mais sa gorge desséchée n'émit qu'un faible croassement.

Parce que El Halcon n'en attendait pas moins de cette Américaine qui s'était débattue comme une lionne, l'insulte l'amusa. *Dios*, quel tempérament de feu ! Il était enchanté : les femmes complaisantes, sans courage, l'énervaient. Décidément, il avait eu raison de prendre tous ces risques pour l'enlever.

S'approchant de son cheval, le Chef Miguel en retira sa gourde. Un genou à terre, il l'offrit aux lèvres d'Alison qui détourna la tête.

— Buvez ! ordonna-t-il.

Bien que sa gorge la brûlât comme les flammes de l'enfer, Alison était décidée à ne rien accepter de l'Apache. Les lèvres pincées, elle ne broncha pas. Lorsqu'il lui saisit brutalement le cou et força la gourde entre ses dents, elle fut obligée d'avaler quelques gorgées pour ne pas étouffer. Relevant les mains, elle fit voler la gourde dans les airs.

Avec un juron, El Halcon la ramassa rapidement pour éviter que l'eau précieuse n'imbibe la terre assoiffée.

— Imbécile ! Voilà toute l'eau que nous avons. J'admire une femme qui a du tempérament, mais pas une idiote.

— Ça m'est complètement égal de savoir quel genre de femme vous admirez, espèce de sale sauvage !

Il resta silencieux et Alison regretta qu'il fît nuit et qu'elle ne pût pas voir son visage. Etait-il furieux ?

— Pourquoi m'avez-vous enlevée ? demanda-t-elle, apeurée.

— Nous en parlerons demain matin.

— Non ! Nous allons parler maintenant. Tout de suite. Que me voulez-vous ?

— J'ai dit que nous en parlerions demain matin, répéta-t-il d'une voix glaciale.

Se souvenant de son attitude impassible au procès, Alison sut qu'elle n'en tirerait plus un mot. Personne n'obligerait cet homme à agir contre son gré. Ayant retiré la selle de son cheval, il s'allongea sur le sol à quelques mètres d'elle et lui tourna le dos.

— Avez-vous l'intention de me laisser comme ça toute la nuit ?

Pas de réponse.

— Je ne peux pas dormir attachée.

Autant s'adresser à une pierre... Elle essaya de dénouer les liens avec ses dents.

— Cessez cela, dit El Halcon qui avait pourtant le dos tourné. C'est un nœud apache, vous n'arriverez jamais à le défaire. Vous allez mouiller le cuir avec votre salive et en séchant, il se rétrécira et commencera à entailler vos poignets.

Surprise, Alison se demanda comment il avait deviné son geste. Le nœud qui lui enserrait les chevilles devait être de la même facture. Frustrée, la jeune femme réprima l'envie de dire « s'il vous plaît » pour qu'il lui vienne en aide : jamais elle ne supplierait ce barbare.

Avec difficulté, elle se glissa sur le côté. Longtemps, elle le fixa d'un regard haineux, puis, fatiguée par la journée mouvementée, elle s'endormit.

Lorsqu'elle se réveilla, il faisait jour et l'ombre d'El Halcon tombait sur elle. Il avait l'air menaçant. S'apercevant que ses chevilles étaient libres, elle se dépêcha de se relever. Le Chef Miguel la détaillait et elle s'aperçut soudain qu'elle ne portait qu'une chemise de nuit : elle se sentit nue.

— Défaites-les, demanda-t-elle en lui tendant ses poignets.

— Pas encore.

— Je vous ordonne de me ramener à Presidio. Mon oncle est sûrement en train de me chercher. Il vous tuera ! ajouta-t-elle, furieuse de voir son regard amusé.

— Là où je vous emmène, personne ne vous trouvera.

Se dirigeait-il vers sa tribu ? Mais elle n'était pas une rude paysanne, elle ne ferait pas une bonne esclave.

— Pourquoi m'avez-vous enlevée ?

Admiratif, El Halcon contempla le beau visage de sa captive. Lentement — très lentement — il la regarda de la tête aux pieds, s'arrêtant sur la fière poitrine avec une telle intensité qu'Alison eut l'impression qu'il la touchait au lieu de la caresser des yeux. Il ne pouvait cacher le désir qui filtrait dans son regard.

— Je vous ai demandé pourquoi vous m'aviez enlevée, insista-t-elle, parcourue par un étrange frisson.

— Cela me semble pourtant évident, répondit El Halcon avec un léger sourire. Je vous veux.

— Parce que vous me voulez! hurla-t-elle, outrée par cette insolence. Je ne suis pas un objet mais un être humain!

— Seriez-vous venue avec moi si je vous l'avais demandé?

— Bien sûr que non.

— Je m'en étais douté, c'est pourquoi je vous ai enlevée. Quand un Apache veut quelque chose, il le prend.

Alison blêmit. Pour la première fois, elle avait vraiment peur.

— Avez-vous l'intention de me violer?

— Je ne crois pas que j'aurai besoin de vous forcer.

— Que voulez-vous dire?

— Nous éprouvons le même désir l'un pour l'autre.

Se souvenant des sentiments étranges qui l'avaient assaillie lorsqu'elle avait aperçu le Chef Miguel pour la première fois, Alison se sentit mortifiée. Il semblait si sûr de lui... C'était insupportable!

— C'est ridicule! lança-t-elle.

— Vous m'avez dévisagé quand j'étais à Presidio.

— C'était la première fois que je voyais un Chef indien.

— Vous ne me quittiez pas des yeux pendant le procès.

— Ce n'est pas vrai, mentit-elle en rougissant.

— Vous m'avez défendu. Vous disiez que vous ne les laisseriez pas me condamner pour un crime dont j'étais innocent.

— J'ai dit que je ne laisserais accuser *aucun* homme s'il n'avait rien fait. Cela n'avait rien de personnel.

— Vous niez être attirée par moi ?

— Etes-vous sourd ? J'ai dit que je ne vous supportais pas. Jamais je ne me laisserai séduire par un assassin, un sale métis barbare !

Aussitôt, Alison regretta son insulte. L'attitude d'El Halcon avait changé aussi vite que le vent : il avait l'air assez furieux pour l'égorger de ses mains nues. C'était un prédateur dangereux : elle avait tort de le provoquer.

Vif comme l'éclair, il lui attrapa les épaules :

— Vous mentez ! Vous vous mentez à vous-même.

— Non, je...

La bouche d'El Halcon s'abattit sur la sienne, ses lèvres exigeantes brûlant de fièvre. Il la força à ouvrir la bouche et sa langue en fouilla les recoins les plus intimes. Horrifiée, Alison se raidit. Aucun homme ne l'avait jamais embrassée de cette façon. Comment osait-il prendre de telles libertés avec elle... ? Comment osait-il violer sa bouche avec sa langue odieuse... ?

Se débattant, elle essaya de se libérer, mais El Halcon l'avait serrée contre lui. D'une main, il lui tenait fermement la tête, tandis que son baiser brutal ne semblait jamais vouloir s'arrêter. Prise dans cet étau, Alison n'arrivait plus à respirer. Son cœur battait si fort qu'elle craignait qu'il ne s'échappât de sa poitrine. La tête soudain légère, elle se laissa aller contre lui.

Curieusement détachée, elle sentait ce corps mâle contre le sien, le torse musclé, le ventre d'acier, les jambes solidement campées... Bercée par une étrange chaleur, elle fut parcourue de picotements. C'est alors qu'elle sentit le membre palpitant pressé contre sa cuisse et elle frissonna d'excitation.

Soudain, El Halcon releva sa tête. Son regard noir brûlait de désir. Sa virilité sembla brusquement immense et terrifiante.

— Ce n'est pas la peine d'avoir peur, dit-il. En dépit de ce que vous avez entendu, les Apaches ne violent pas leurs captives. Nous sommes trop fiers pour nous imposer à une femme. Ceux qui le font n'ont aucun orgueil et nous les méprisons.

Il fit un pas en arrière.

— Cependant, si une femme y consent, c'est autre chose. J'attendrai que vous soyez prête.

— Je ne le serai jamais !

— Mais si. Un jour, vous viendrez me supplier.

— Jamais ! s'écria-t-elle.

Il rit, d'un rire franc et joyeux qui surprit la jeune femme. Elle ne s'était pas attendue à ce qu'un sauvage aussi implacable fût assez humain pour rire.

— Vous êtes une femme butée, reprit Miguel

avec un calme olympien. Non seulement votre corps accueillera le mien, mais vous m'aimerez aussi.

— Aimer un Indien ! Je préfère mourir plutôt que de tomber aussi bas.

— Nous verrons, dit-il d'un air satisfait.

Voilà qu'il lui lançait un défi. Cet odieux personnage était assez arrogant pour penser qu'elle succomberait corps et âme à ses charmes. Qu'il aille au diable ! Il était certainement adulé par toutes les femmes de sa tribu et prenait cela pour un dû. Eh bien, il allait voir !

— Vous faites erreur, El Halcon, dit-elle d'un ton déterminé. Je ne suis pas une faible femme. Aucun homme ne me fera jamais plier et je ne ferai pas la bêtise de succomber à vos avances insidieuses. Je ne vous céderai jamais mon corps et le seul sentiment que j'éprouverai jamais pour vous sera de la haine !

— Nous verrons, répéta l'Apache sans sourciller.

4

Tandis qu'El Halcon se dirigeait vers son cheval, Alison s'en voulut d'avoir relevé son défi. Il avait la ferme intention de la séduire et avec son entêtement, il ne laisserait pas tomber avant d'avoir prouvé qu'il avait raison.

Si elle s'échappait, parviendrait-elle à retrouver le chemin de Presidio ?

— N'y pensez même pas, dit l'Apache, le dos tourné. Même si vous étiez libre, vous ne sauriez pas rentrer en ville. Perdue dans ce désert aride, vous succomberiez rapidement, à moins qu'un serpent ou un animal sauvage ne vous tue en premier.

Ce satané sauvage savait-il lire dans ses pensées ? se demanda Alison, furieuse. Mais il disait vrai : elle ne reconnaissait rien du paysage, si l'on pouvait appeler paysage cette vaste étendue désertique, avec ses collines de sable piquetées de cactus et de buissons épineux. Tout se ressemblait et elle ne distinguait pas le chemin qu'elle avait emprunté avec son oncle pour arriver jusqu'à Presidio. S'agissait-il d'ailleurs du même désert ? La veille, après avoir traversé le Rio Grande, le cheval de l'Apache s'était-il élancé vers l'est, l'ouest, le sud ?

— Prenez cette gourde et ne faites rien d'aussi stupide qu'hier, ordonna El Halcon. Et ne refusez pas de boire ; cette fois, je ne vous forcerai pas, mais c'est la dernière eau que vous aurez avant ce soir.

— Pourquoi ? En avons-nous si peu ? s'inquiéta la jeune femme.

— Nous en avons suffisamment, mais boire durant la journée ne ferait qu'augmenter votre soif. On a alors l'impression qu'un animal vous dévore les entrailles.

Elle but et quelques gouttes glissèrent le long de sa chemise de nuit.

— Ne pouvez-vous pas me libérer les mains maintenant ? J'ai compris qu'il serait inutile de chercher à m'enfuir et c'est très inconfortable de les avoir attachées.

— Vous libérer ? Pour que vous m'arrachiez les yeux une nouvelle fois ? répliqua-t-il en touchant les éraflures qui lui barraient la joue. Il n'en est pas question. Pas avant que vous ne soyez plus soumise.

— Je ne le serai jamais ! lança Alison.

Il lui reprit la gourde et l'attacha au pommeau de la selle.

— Où avez-vous trouvé cette selle mexicaine ? demanda-t-elle d'une voix coupante. L'avez-vous aussi volée ?

— Non, je l'ai obtenue en commerçant, répondit-il amusé. Elle est beaucoup plus solide que les selles des Apaches. Mon peuple ne voit aucun inconvénient à utiliser les biens des Blancs quand ils sont plus commodes.

Il portait d'ailleurs une chemise qui ressemblait à celles des Mexicains, un vêtement sans col qu'on glissait par-dessus la tête et une carabine était accrochée sur son cheval.

— Même le fusil de l'homme blanc ? rétorqua-t-elle.

— Surtout ses fusils. Nous serions stupides de nous battre avec nos flèches.

— Pour les obtenir, je suppose que vous commercez aussi.

— Parfois. Pas toujours.

Aucun doute dans l'esprit d'Alison : quand ils ne les achetaient pas, les Apaches tuaient les Blancs pour s'emparer de leurs armes.

— Et vous utilisez aussi le butin de vos pillages pour faire du commerce ?

— Certainement, les chevaux et le bétail.

— Que vous avez dérobés aux Texas Rangers ?

— Oui. Ne me regardez pas d'un air méprisant, continua-t-il en s'énervant. Votre peuple ne vaut pas mieux. Cette terre nous appartenait : vous nous l'avez volée. Vous avez massacré mon peuple pour l'obtenir. Vous avez pris ce que vous vouliez, et maintenant vous nous critiquez de faire de même. Nous pillons pour survivre, vous, vous l'avez fait par cupidité.

— Cupidité ? s'indigna Alison.

— Absolument ! Les Blancs veulent toujours plus. Plus de terres, plus de bétail, plus de chevaux... Avec qui croyez-vous que nous échangeons ces chevaux volés ? Avec les Blancs qui habitent le Nouveau-Mexique. Ces fermiers savent d'où viennent les bêtes, qu'elles ont été dérobées, mais ils s'en fichent. Les prix sont bas et les Blancs sont avides. Alors ils nous les échangent contre des fusils afin que nous en ramenions d'autres.

— Je ne le crois pas! Je ne crois pas une seconde que des Américains feraient des choses pareilles à d'autres Américains.

— Alors vous êtes tristement naïve.

D'un mouvement souple, El Halcon lui saisit la taille et la lança sur le cheval. Avec horreur, Alison se retrouva à califourchon, les fesses nues au contact du cuir de la selle. Même si elle n'avait pas été nue sous sa chemise de nuit, c'eût été une position indécente.

— Je ne peux pas monter comme ceci.

— Préfériez-vous la méthode d'hier?

— Non, mais...

D'un bond, il était derrière elle et s'appuyait contre son dos et ses fesses. Sa peau semblait brûler la sienne. Miguel, lui aussi, était conscient de la proximité de leurs corps et il se retenait de la prendre sur place. Il avait tellement envie d'elle qu'il en avait un goût amer dans la bouche, mais pour rien au monde il ne s'abaisserait à la forcer. Avec une volonté de fer, il chercha à apaiser le désir qui montait en lui, mais il ne résista pas à lui toucher les seins. Rassemblant ses rênes, il laissa ses avant-bras effleurer les attirantes rondeurs. Choquée, elle retint sa respiration et Miguel en ressentit une délicieuse sensation. A regret, il encouragea son cheval à avancer.

Au galop, Alison oublia la présence de Miguel

par crainte de tomber. S'agrippant au pommeau de la selle, elle s'aperçut que sa chemise de nuit était remontée le long de ses cuisses. Celles de Miguel se pressaient contre sa peau nue et elle ne put s'empêcher de rougir. Lâchant le pommeau, elle essaya d'abaisser sa chemise. Ce qui provoqua le rire d'El Halcon. Furieuse, Alison se redressa, voulant s'éloigner le plus possible de l'odieux Apache. C'était encore pire : au lieu que ses fesses absorbent les mouvements du cheval, une partie beaucoup plus délicate de son anatomie recevait les coups. Si seulement il y avait quelque chose entre le cuir et son derrière...

— Asseyez-vous normalement, ordonna El Halcon.

— Pas question !

Un bras autour de sa taille, il la tira en arrière.

— Maintenant, faites un coussin avec votre chemise.

Elle était horrifiée qu'il eût deviné son dilemme.

— Obéissez, sinon je le ferai à votre place, lança-t-il d'une voix glaciale.

Pour éviter que ce sauvage ne mette ses mains entre ses jambes, Alison repoussa une grande partie de sa chemise de nuit sous elle. Quel soulagement ! Mais ses cuisses étaient encore plus dénudées... Elle n'avait pas le choix : pour protéger son derrière, elle était obligée d'exposer ses jambes à ce goujat. C'était une chance qu'elle fût douée d'un grand sens pratique et Alison ne laissa pas sa pudeur lui rendre la vie impossible.

— Je suis content que vous ne soyez pas aussi idiote que je le pensais, commenta El Halcon.

— Je suis certaine que vous avez déjà vu des jambes de femme, rétorqua-t-elle.

— Souvent, en effet. Mais jamais d'aussi longues que les vôtres.

Etait-ce une insulte? Elle se raidit de colère. Indignée, elle voulut s'éloigner une nouvelle fois, mais un bras de fer la retint à la taille.

— Lâchez-moi! ordonna-t-elle.

— Vous êtes plus à l'aise appuyée contre moi. Cessez de vous débattre. Je suis fatigué de lutter avec vous et je commence à me demander si vous en valez la peine.

— Dans ce cas, vous n'avez qu'à me ramener chez moi! lança-t-elle, vexée dans sa vanité féminine.

— Non, murmura-t-il après avoir réfléchi. Je vous désire encore.

Le timbre rauque de sa voix fit frissonner Alison.

Ce jour-là, Alison découvrit quel pays aride et sans merci était cette partie du Texas. Le soleil les écrasait de sa chaleur étouffante et chaque respiration lui déchirait les poumons. La peau de son visage, de ses bras et de ses jambes brûlait comme du feu et elle était trempée de sueur. L'intérieur délicat de ses cuisses était à vif, ses lèvres craquelées et sa gorge tellement sèche qu'elle lui faisait mal. Même lorsqu'ils s'arrêtèrent au milieu de la journée et se réfugièrent sous des buissons pour se protéger du soleil, elle se sentit oppressée. La chaleur l'entourait comme une épaisse couverture et sa soif était intolérable.

Elle céda enfin et se tourna vers El Halcon.

— S'il vous plaît, implora-t-elle, laissez-moi prendre une gorgée d'eau. Juste une gorgée...

— Non, vous auriez encore plus soif.

Hors d'elle, Alison courut vers le cheval pour s'emparer de la gourde.

— J'ai dit non ! répéta-t-il en lui saisissant le poignet.

— Vous êtes cruel !

— Non, je cherche à vous aider.

Fouillant dans une sacoche, il en sortit un morceau de viande séchée.

— Mâchez, dit-il.

— Je n'ai pas faim, crétin, j'ai soif !

— Cela ramènera la salive dans votre bouche.

— C'est salé, dit-elle après avoir mordillé la viande. J'aurai encore plus soif.

— Vous avez besoin de sel pour remplacer celui que vous perdez en transpirant. Obéissez !

Trop fatiguée pour lutter, Alison commença à mâcher. Il la ramena à l'ombre des buissons.

— Vous devez me faire confiance. Par nécessité, les Apaches ont appris à survivre dans un pays aussi aride. Nous avons fait beaucoup d'erreurs mais nous en avons tiré des leçons. Nous sommes des survivants. Terminez votre viande et reposez-vous. Nous repartons dans une heure.

Bien qu'Alison ne l'eût reconnu pour rien au monde, Miguel avait raison : la viande soulageait sa terrible soif. Elle parvint à sommeiller et renouvela ses forces. Mais dès qu'elle fut une nouvelle fois à cheval sous le soleil torride, elle recommença à transpirer et sa chemise mouillée se plaqua contre son corps. Des gouttes de sueur lui tombaient dans les yeux. Voyant qu'elle essuyait son front avec son avant-bras, El Halcon déchira le bas de la chemise de nuit.

— Que faites-vous ? s'écria-t-elle.

— Un bandeau, répondit-il en lui attachant le morceau de tissu autour du front. Pourquoi croyez-vous que les Apaches en portent, si ce n'est pour empêcher que la sueur dégouline dans leurs yeux ?

Rapidement, il lui libéra les poignets, retira sa chemise et la lui tendit.

— Enfilez ça, dit-il. Elle protégera vos bras.

Etonnée, Alison se retourna. A la vue de ce magnifique torse où pendait une turquoise, elle resta bouche bée. Comme d'habitude, elle fut troublée par sa virilité et une chaleur qui n'avait rien à voir avec le soleil liquéfia ses membres. En mettant la chemise de Miguel, elle respira son odeur masculine. Fermant les yeux, elle essaya de réprimer les vertiges qui lui tournaient soudain la tête.

Tandis qu'ils poursuivaient leur lente progression à travers le désert, Alison se sentait de plus en plus mal. Elle comprenait enfin que la chaleur pouvait en effet vous tuer. Le soleil vous rôtissait vivant, brûlant toute l'eau de votre corps. Elle était si déshydratée qu'elle ne parvenait même plus à transpirer. Le sable blanc l'éblouissait et sa langue semblait avoir triplé de volume.

Lorsqu'elle aperçut une traînée verte dans le

lointain, elle se dit que c'était encore l'un de ces mirages qui l'avaient accablée tout l'après-midi. En s'approchant, elle fut soulagée de voir qu'il s'agissait de vrais arbres.

Tandis qu'El Halcon l'aidait à descendre, Alison aperçut une petite rivière. Aussitôt, elle s'y précipita et se jeta à plat ventre, le visage enfoui dans la fraîcheur de l'eau. Elle en avala de longues gorgées.

— Ça suffit ! dit aussitôt El Halcon en la soulevant.

— Non ! J'en veux encore. J'ai à peine bu.

— Tout à l'heure. Si vous en buvez trop, trop vite, vous serez malade.

— Allez au diable ! J'ai soif !

— Ecoutez-moi ! cria-t-il en la secouant. Vous risquez d'avoir de terribles crampes d'estomac. Dans quelques minutes, vous pourrez reprendre une gorgée.

S'il l'avait lâchée, Alison se serait replongée dans le ruisseau, mais il la tenait fermement et elle n'avait pas la force de lutter. Enfin, il approcha une main du ruisseau, y puisa de l'eau et la lui tendit. Sans hésiter, elle commença à boire. Il la fit encore patienter, puis recommença.

— Dans une minute, vous pourrez boire encore. Vous pouvez assécher la rivière si tel est votre plaisir — à condition de laisser une ou deux gorgées pour mon cheval et moi — mais vous devez boire petit à petit, ajouta-t-il en souriant.

Alison se sentit coupable : il devait avoir aussi soif qu'elle mais il s'était retenu pour lui éviter des crampes d'estomac. Il guida son cheval vers le ruisseau mais ne le laissa prendre que quelques gorgées. Puis, à plat ventre, il but avant de s'asperger la tête et les épaules.

Cela avait l'air si rafraîchissant que la jeune fille n'hésita pas : elle s'avança dans la rivière jusqu'à mi-cuisses et s'assit. Jamais l'eau ne lui avait semblé aussi merveilleuse. Enfouissant sa tête, elle laissa la fraîcheur l'envahir.

De longues minutes, elle resta ainsi, prenant une gorgée d'eau de temps en temps, lavant le sel et la transpiration de son corps. En se relevant, elle remarqua qu'El Halcon avait disparu. Attaché à un arbre, son cheval patientait près de là. Le ruisseau devait bien mener quelque part... C'était une denrée si précieuse au Texas que des villages se trouvaient certainement en amont et en aval. Si elle était à cheval et lui à pied, il ne pourrait jamais la rattraper. Et tant qu'elle resterait près du ruisseau, elle aurait de l'eau à sa disposition.

Lorsqu'elle s'approcha de l'animal, celui-ci se mit à hennir et à l'esquiver de son mieux.

— Doucement, murmura-t-elle en saisissant les rênes, mais l'animal ne la laissa pas approcher.

— Vous perdez votre temps. Je l'ai dressé pour que personne d'autre que moi ne puisse le monter. Il ne vous a acceptée sur son dos que parce que je vous y ai placée.

Sursautant, Alison vit qu'El Halcon se tenait au bord de la clairière, avec une brassée de bois. Il était fasciné par les courbes voluptueuses de la jeune femme, qu'une robe trempée ne parvenait pas à dissimuler. D'un regard affamé, il parcourut la poitrine insolente, les mamelons roses, le triangle foncé au creux des longues cuisses. Clouée sur place par l'intensité de ce regard, Alison se sentait étrangement faible. Lorsqu'il s'attarda à nouveau sur sa poitrine, ses seins se durcirent, l'invitant à les toucher. D'un geste vif, elle les couvrit avec ses bras et se détourna.

Mais rien n'échappait à Miguel : il avait noté l'excitation d'Alison et savait qu'elle contredisait vainement l'appel de son corps. Il savoura sa victoire, puis, haussant les épaules d'un air indifférent, il s'avança au centre de la clairière et laissa tomber son fardeau de branchages.

— Si vous aviez réussi à vous échapper, où pensiez-vous aller ? demanda-t-il.

Soulagée que l'insolent Apache n'ait rien remarqué de son traître désir — sinon ne se serait-il pas moqué d'elle ? —, Alison comprit qu'il était inutile de mentir.

— Je pensais qu'en suivant le ruisseau, je trouverais un village.

— Il n'y a pas de villages le long d'Arroyo Tres Lenguas, excepté des villages indiens.

« Mon Dieu ! » se dit Alison. Elle n'y avait pas pensé. Fuir un Indien pour en trouver des dizaines d'autres... Au moins celui-ci, elle le connaissait. S'asseyant à l'ombre d'un arbre pour cacher sa semi-nudité, elle agrippa ses genoux.

— Pourquoi l'appelle-t-on le ruisseau des trois langues ? s'enquit-elle.

— Parce que trois nations indiennes différentes ont habité le long de ses trois bras : les Apaches, les Comanches et les Shawnees.

— Je ne savais pas qu'il y avait des Shawnees au Texas. Je croyais qu'ils étaient des Indiens de l'Est.

Ne voulant pas qu'elle s'échappât une nouvelle fois, El Halcon ne lui avoua pas qu'il n'y avait plus de Shawnees dans la région, pas plus que de Comanches ou d'Apaches. Ils avaient tous été déportés dans des réserves, soit au Nouveau-Mexique, soit sur le territoire indien.

— Vos gens les ont repoussés vers l'Ouest.

Percevant son amertume, Alison décida de changer de sujet pour qu'il ne se mette pas en colère. C'était curieux: pour la première fois, elle comprenait que la progression des Américains vers l'Ouest avait volé les terres indiennes. On lui avait toujours raconté que son pays se construisait d'une manière formidable, mais quelqu'un avait bien dû habiter ces régions avant que n'arrivent les pionniers.

El Halcon creusa un petit trou, sur lequel il plaça une branche plate, entourée de brindilles. Il fit tournoyer son foret sur la branche. Alison n'en crut pas ses yeux: des étincelles jaillirent et mirent le feu aux brindilles. Retirant la branche plate, il rajouta quelques brindilles et des copeaux de bois jusqu'à ce que le feu flambe joyeusement.

— Je vais inspecter mes pièges, dit-il.

— Des pièges? s'étonna Alison. Pourquoi ne pas se contenter de chasser?

— Tirer sur de petites proies ne sert qu'à gaspiller des munitions.

Un peu plus tard, El Halcon rapporta deux lapins qu'il avait déjà écorchés. L'odeur alléchante qui embauma bientôt la clairière fit saliver la jeune femme : elle n'avait mangé qu'un bout de viande séchée depuis la veille au soir. La silhouette si mince de l'Apache s'expliquait s'il ne mangeait qu'une fois par jour. Et pourtant, il ne perdait rien de ses forces.

— Comment vous appelez-vous ? demanda soudain El Halcon.

Elle refusa de répondre. Pas question de se montrer aimable avec ce sauvage qui avait eu l'audace de la kidnapper. Hautaine, elle fixa les lapins que Miguel tournait lentement au-dessus du feu.

— Je vous ai demandé votre nom, répéta-t-il froidement.

— Cela ne vous regarde pas !

— Moi, je dis que si, répliqua Miguel en essayant de maîtriser sa colère. Répondez-moi !

Alison resta obstinément silencieuse.

— Nous autres Apaches avons des moyens d'obtenir certaines informations. Vous ne l'avez sûrement pas oublié.

Menaçait-il de la torturer ? Il n'oserait tout de même pas… Mais il était si tenace.

— Alison Carr, répondit-elle de mauvaise grâce.

— D'où venez-vous ? continua-t-il, satisfait, mais lui lançant un regard mauvais.

— De Baltimore, une ville très loin d'ici.

— Alors que faites-vous dans ces parages ?

— J'allais visiter mon père au Mexique. Il dirige une mine à Sonora.

Brusquement, il arrêta de tourner les lapins. Jamais elle ne l'avait vu aussi furibond.

— Qu'est-ce qu'il y a? s'inquiéta-t-elle.
— Savez-vous qui travaille dans ces mines?
— Euh... Des Mexicains, je suppose.
— Certains, en effet, sont des bagnards mexicains, mais la plupart sont des Indiens capturés et vendus par le gouvernement mexicain aux propriétaires des mines.
— Vendus! s'exclama-t-elle, choquée.
— Les prisonniers indiens sont vendus comme esclaves pour travailler dans les mines et sur les grandes plantations du Mexique. Les plus résistants du moins. Les vieux, les femmes et les enfants sont vendus comme domestiques.
— Mais comment osent-ils les vendre comme des esclaves? C'est infâme.
Un rire amer secoua El Halcon.
— Ils n'ont pas ce genre de scrupules.
— Je ne le savais pas, je vous le jure. C'est la première fois que je viens au Mexique.
— Je vous crois, ajouta-t-il plus gentiment. D'ailleurs, vous n'êtes pas responsable. C'est une façon qu'ont trouvée les Mexicains pour régler leur «problème indien». Au moins eux tirent profit de ces Indiens qu'ils capturent. Votre gouvernement se contente de parquer mon peuple dans des réserves et doit ensuite les nourrir, ce dont il se plaint amèrement.
Le cynisme de Miguel et cette conversation sur l'injustice commise envers les Indiens mettaient Alison mal à l'aise. La colère contenue d'El Halcon lui rappelait de manière désagréable qu'il n'était qu'un sauvage dangereux. Elle fut soulagée lorsqu'il recommença à s'occuper des lapins. Du jus tombait dans les flammes

et provoquait des grésillements. Elle mourait de faim... N'aurait-il jamais fini?

— Comment avez-vous appris à parler espagnol? s'enquit-il.

— Quand il a été décidé que j'allais venir au Mexique, mon père a engagé un homme de l'ambassade mexicaine à Washington pour me l'enseigner. Ce n'est pas si loin de Baltimore. Pendant un an, il m'a donné des leçons trois fois par semaine. Mon oncle qui est venu me chercher à San Antonio m'a aidée à me perfectionner.

— C'était l'homme qui était avec vous à Presidio?

— Oui. Il m'emmenait voir mon père car celui-ci était retenu à la mine. Non! Plus de questions... lança-t-elle. Moi aussi, j'en ai quelques-unes à vous poser. Et d'abord, comment m'avez-vous trouvée?

— Ce n'était pas difficile. Presidio est une si petite ville qu'aucun étranger ne passe inaperçu. Surtout quand on a votre beauté.

Bien qu'elle eût déjà deviné qu'il la trouvait jolie, un doux contentement s'empara d'Alison en l'entendant le dire ouvertement.

— Cela n'explique pas comment vous avez repéré ma chambre.

— Un de mes amis mexicains a demandé à un domestique des Grey.

— Il aurait donc su que vous alliez m'enlever? s'indigna-t-elle.

— Pas du tout. Mon ami lui a dit qu'il connaissait un jeune homme amoureux qui voulait chanter une sérénade sous votre fenêtre. Le domestique n'y a rien trouvé d'étonnant. C'est courant au Mexique.

— Et le portail de la cour? Comment avez-vous réussi à l'ouvrir de l'extérieur?

— Je ne suis pas passé par le portail. J'ai escaladé le mur.

— Mais ils sont très hauts!

— Si vous vous tenez debout sur la croupe de votre cheval, ce n'est qu'un grand saut.

Après leur repas, El Halcon disparut une nouvelle fois dans les bois. Sa faim apaisée, Alison ressentit la fatigue de leur longue journée. Epuisée, elle s'allongea par terre mais ne parvint pas à s'endormir. Les brûlures sur ses jambes, ses bras et son visage la tourmentaient sans cesse. Elle eut envie de retourner s'asseoir dans le ruisseau, mais elle était trop lasse pour bouger.

Lorsqu'une ombre la recouvrit, elle sursauta en voyant l'Apache qui se dressait devant elle. Les lueurs du feu dessinaient d'étranges arabesques sur son visage fermé et la puissance que dégageaient les muscles de sa poitrine et de ses bras impressionnait.

— Pourquoi êtes-vous effrayée? demanda-t-il en s'asseyant sur les talons. Je n'allais pas vous sauter dessus. Je vous ai dit que j'étais patient, j'attendrai votre bon vouloir.

Lorsqu'il essaya de lui toucher le visage, elle recula.

— C'est un baume pour vos brûlures, expliqua-t-il en secouant la tête et ses boucles d'oreilles accrochèrent la lumière du feu.

— Qu'est-ce que c'est?

— Une plante que les Apaches utilisent souvent. Les feuilles ont une sève épaisse qui calme les brûlures et les aide à guérir. Restez tranquille, je vais vous en mettre sur le visage.

C'était la première fois qu'Alison voyait une plante médicinale et elle observa la feuille dentelée d'un air méfiant. Dans son monde à elle, les médicaments se trouvaient dans des flacons.

— Il faut fermer vos yeux pour éviter le contact avec la sève, ordonna-t-il.

A contrecœur, Alison lui obéit. Lorsqu'il frotta doucement la feuille contre sa joue, elle fut surprise de ressentir un bien-être instantané. C'était si frais... Comme si la plante retirait la chaleur de sa peau brûlée. Elle ne protesta pas quand il commença à enduire son cou, ses épaules et sa gorge... Lorsque son bras lui effleura un sein, un éclair de feu la transperça de part en part. Sursautant, elle ouvrit les yeux.

— Vous ai-je fait mal ? demanda-t-il.

Leurs visages étaient à quelques centimètres et elle sentait le souffle de Miguel frôler ses joues. Elle regarda ses lèvres, celles qui l'avaient embrassée avec tant de passion le matin même et qui l'avaient laissée pantelante. Son cœur battit la chamade... C'était un homme dangereux : rien qu'en la touchant, il lui inspirait des sensations étranges.

— Non, vous ne m'avez pas fait mal, dit-elle d'une voix tremblante, mais je préfère continuer toute seule.

L'air amusé de Miguel énerva la jeune femme. Il avait encore deviné ce qu'elle éprouvait.

— J'ai dit que je pouvais le faire moi-même.

— Non, vous êtes ma prisonnière et je suis votre maître. Vous devez m'obéir.

— Pas question!

— Ne discutez pas, dit-il, d'un ton implacable. Vous n'avez pas le choix: vous devez m'obéir.

Vaincue, Alison se soumit. Elle essaya de rester indifférente lorsqu'il remonta sa jupe pour traiter ses cuisses. Le doigté léger de l'Apache — des attouchements si sensuels qu'elle ne les croyait pas innocents — la torturait de la manière la plus douce au monde... Lorsque Miguel eut fini, elle tremblait comme une feuille dans la tempête. Il lui donna la plante:

— Vous voudrez peut-être en rajouter pendant la nuit, dit-il, satisfait de l'avoir éveillée à son toucher.

— Comment s'appelle-t-elle?

— Aloès. Elles poussent comme des mauvaises herbes dans cette région. Demain, je vous en cueillerai d'autres.

Maintenant qu'il était assis de l'autre côté du feu de bois, elle s'aperçut que la sève calmait ses douleurs. Pourquoi avait-il été si gentil? Lui faisant un bandeau, lui prêtant sa chemise, appliquant cette plante miraculeuse... Pourquoi n'était-il pas féroce et cruel, comme elle s'y attendait de la part d'un Apache? A cause de sa sollicitude, elle n'arrivait pas vraiment à le haïr.

— Si vous pensez qu'en étant gentil, vous allez changer mes sentiments envers vous, vous vous trompez! lança-t-elle d'un air de bravade.

— J'essaie simplement de vous garder en vie, afin de profiter un jour de ma récompense, rétorqua-t-il.

Un frisson de peur parcourut la jeune femme. Pour Miguel, tout ceci se réduisait-il à une bataille de volontés ? S'il en sortait vainqueur, la rejetterait-il ? Et alors, que deviendrait-elle dans ce pays désolé où l'on mourait de soif ? Il la vendrait probablement comme esclave à d'autres Apaches. Comment la traiteraient-ils ? Il lui avait dit que les Apaches ne violaient pas leurs prisonnières, mais ils pourraient l'affamer ou la battre jusqu'au sang... Ils pourraient même la torturer par simple plaisir.

— Je vous en prie, ramenez-moi à Presidio.

— Non ! Vous êtes ma prisonnière.

— Mon oncle vous payera une importante rançon.

— Je ne suis pas un Comanche. Je ne veux pas l'or des Blancs. Les Apaches ne prennent pas de prisonniers pour obtenir des rançons. Et nous ne les échangeons pas contre des fusils avec les *comancheros*.

— Qui sont-ils ?

— Des Blancs et des métis qui fournissent les Comanches en armes, en whisky et en provisions.

— Que font-ils avec leurs prisonniers ?

— Ils les vendent comme esclaves au Mexique. Sauf les femmes. Celles-là, ils les gardent pour satisfaire leurs appétits charnels, jusqu'à ce qu'elles soient si usées et malades que même les *comancheros* n'en veulent plus. Alors, ils les vendent aux plus misérables bordels mexicains.

Horrifiée, Alison se dit que c'était la pire des tortures : une dégradation du corps mais aussi de l'âme.

— Je ne vous serai d'aucune utilité. Je suis habituée à une vie luxueuse. Je ne survivrai pas dans un monde aussi hostile.

— Vous possédez une force que vous ignorez.

— Allez au diable ! cria-t-elle. Je vous ordonne de me ramener !

— Pour la dernière fois, c'est non, et n'en parlez plus. Vous m'appartenez et ce que je prends, je le garde.

En conclusion, il s'allongea et lui tourna le dos. Si elle avait eu un poignard, elle le lui aurait volontiers enfoncé entre les omoplates, mais elle n'y serait jamais parvenue : ce satané Apache avait des yeux derrière la tête !

Elle continua à le fusiller du regard, repensant à ce qu'il lui avait dit. Au moins, très possessif, il n'abandonnait pas ce qui lui revenait de droit, c'était plutôt rassurant. Il avait pris de grands risques pour l'enlever. Un soupçon de vanité féminine lui rendit sa fierté : si cela lui était arrivé à Baltimore, toutes les femmes l'auraient enviée. Elles auraient trouvé terriblement excitant qu'un homme amoureux, viril et menaçant ose vous kidnapper dans votre propre lit. Mais El Halcon était un Apache... Il avait l'habitude d'escalader des murs et de traverser furtivement des maisons pour voler. Un voleur restait toujours un voleur et El Halcon lui avait dérobé ce à quoi elle tenait le plus au monde : sa liberté. Elle ne le lui pardonnerait jamais.

5

Le lendemain matin, El Halcon et Alison quittèrent le ruisseau ombragé pour retrouver le terrible désert de Chihuahua. Bientôt, la jeune femme aperçut dans le lointain des crêtes de montagnes. En partie dissimulées par une brume matinale, elles semblaient flotter dans les airs.

— Ce sont les montagnes où nous allons ?

— Oui, répondit fièrement Miguel. Les Chisos.

— Elles ont l'air si... commença-t-elle, ne sachant comment décrire ce qu'elle éprouvait.

— Fantomatiques ? proposa Miguel. C'est ainsi que les appellent les Blancs... Les montagnes fantômes.

Alison resta dubitative ; certes, les montagnes semblaient presque irréelles, mais pas menaçantes. Elles étaient même belles. Lorsqu'ils se rapprochèrent, elle remarqua des masses de cendres volcaniques, blanches comme de la neige, et de troublantes formations rocheuses qui jaillissaient de la terre. L'une d'entre elles ressemblait à des assiettes empilées les unes sur les autres comme par miracle et elle s'émerveilla qu'elles ne s'écroulent pas. Par endroits, une roche montait en flèche et portait à son sommet un rocher suspendu qui défiait les lois de la gravitation. Ils traversèrent des monceaux de rocs où le vent et la pluie avaient creusé des fenêtres et des tunnels. Dans cet immense désert, on voyait la lutte sans merci que devait livrer la nature aux éléments pour survivre. C'était un pays solitaire, sévère, dont l'immensité silencieuse serrait le cœur de la jeune citadine.

Admirative, elle resta bouche bée devant une forêt de yuccas géants couronnés de fleurs blanches, telles des clochettes, et se demanda où ils puisaient l'eau pour survivre. Un buisson sur leur droite dégageait un fort parfum épicé.

— Pourquoi ces bâtons courbés sont-ils plantés dans la terre de cette façon ? demanda-t-elle, intriguée. Ce sont des signes indiens ?

— Non, c'est une plante qu'on appelle la *lechuguilla* et qui n'est pas morte, bien qu'elle en ait l'air. Après la pluie, elle se transforme en une fontaine verte. Tout le désert se réveille après une pluie. Les cactus fleurissent et il y a partout des fleurs sauvages.

— Vous voulez dire au printemps ?

— A n'importe quel moment de l'année. C'est merveilleux.

— Quel étrange pays... fit Alison, songeuse. Je n'ai jamais rien vu de semblable.

— *Despoblado.*

— Le pays inhabité ? se répéta Alison à mi-voix. Est-ce ainsi que les Apaches l'appellent ?

— C'est le surnom que lui ont donné les premiers Espagnols qui l'ont exploré. Ils l'ont trouvé si aride qu'ils n'y sont jamais revenus, les Mexicains non plus d'ailleurs.

Alison comprenait pourquoi la civilisation avait évité ce désert auquel le surnom des Espagnols convenait parfaitement. Son seul habitant semblait être un aigle qui traçait des cercles paresseux dans le ciel.

Désormais, les montagnes se trouvaient beaucoup plus proches et n'avaient plus rien de bleu. Elles se teintaient d'une couleur cuivrée et ne ressemblaient pas aux montagnes que la jeune femme avait imaginées. Au lieu de s'élever progressivement, avec des collines, puis des pentes plus raides, elles s'élançaient du sol en une façade rocheuse abrupte, comme des tours de château fort avec des sommets plats.

— Je ne peux pas croire que vous habitiez ces montagnes, déclara-t-elle, choquée. Ce ne sont que d'immenses rochers.

— Il y a une légende apache à leur sujet. Lorsque le Créateur eut fini de façonner les cieux et la terre, il lui restait un tas de gravats. En les jetant sur la terre, il a créé les Chisos.

Personne ne la retrouverait jamais dans cette immensité austère... se dit Alison, attristée.

— Mais comment vivez-vous ? Tout est stérile par ici.

— Attendez de voir.

Alors qu'ils s'engageaient dans les montagnes, contournant d'énormes rochers, Alison scrutait les cactus et les buissons épineux qui semblaient pousser à même la pierre. Les montagnes avaient encore changé de couleur, perdant leur teinte cuivrée pour se parer de rouge, de jaune, de gris, de noir, de blanc et de toutes les teintes de marron.

Un sentier si étroit qu'ils arrivaient à peine à s'y faufiler serpentait entre les faces sévères des rochers. En dépit de l'ombre, les montagnes conservaient la chaleur du soleil. Oppressée, Alison se croyait dans un four.

Un bruit joyeux la fit sursauter.

— Est-ce de l'eau que j'entends ?

— Il y a une *tinaja* près d'ici. Nous allons nous y reposer quelques instants et nous rafraîchir.

— *Tinaja*, c'est un mot apache ?

— Oui. Cela signifie un point d'eau momentané.

Lorsqu'elle vit la *tinaja*, Alison n'en crut pas ses yeux : c'était un renfoncement dans la pierre pas plus grand qu'une cuvette où, par une fissure, coulait un mince filet d'eau. Surprise que l'eau surgisse ainsi de la pierre, Alison apprécia sa fraîcheur et son goût extraordinaire : jamais elle n'en avait bu d'aussi délicieuse.

— Est-ce qu'il y a beaucoup de ces points d'eau dans les montagnes ? demanda-t-elle après s'être désaltérée.

— Ils sont disséminés dans tous les coins. Certains sont encore plus petits que celui-ci, d'autres forment des bassins de six mètres de diamètre. Mais nous sommes les seuls à les connaître.

— On m'avait dit qu'en creusant un puits

dans le lit asséché d'une rivière, on trouvait toujours de l'eau.

— Ce n'est pas vrai, à moins d'être au pied d'une ancienne cascade, et pour ne pas s'évaporer, l'eau doit stagner très profondément.

Leur chevauchée continua par un dédale d'étroits sentiers et bientôt, les buissons épineux cédèrent la place à des pins, des chênes et des érables. Deux fois, ils traversèrent des vallées à l'herbe luxuriante parsemée de fleurs sauvages, et dans un profond canyon des fleurs plus grandes qu'eux les aspergèrent de pollen jaune. Tandis qu'ils avançaient dans un passage encaissé et que les sabots du cheval résonnaient sur la pierre, Alison poussa un long soupir.

— C'est encore loin ? demanda-t-elle.

— Au centre même des montagnes.

Au-delà du ravin se dressait une immense montagne, si haute qu'elle se perdait dans les nuages.

— Là-haut ? dit-elle, découragée.

— Non, ce que vous voyez est le plus haut sommet des Chisos et il domine notre village. Mon campement ne se trouve pas très loin du passage des Panthères.

— Et où est-il, ce passage ?

— Nous le traversons en ce moment.

Effrayée, Alison s'attendit à ce qu'une panthère sauvage leur saute dessus, crocs et griffes tendus.

— N'ayez pas peur, s'amusa El Halcon. S'il se trouvait un gros chat là-haut, mon cheval le sentirait. Il les devine à un kilomètre.

Alison ne se sentit pas réconfortée pour

autant. Au détour d'un sommet dentelé, El Halcon arrêta son cheval et Alison contempla à ses pieds une large et belle vallée. Tout autour s'élevaient les magnifiques sommets teintés d'or et de cuivre qui faisaient penser à un château de conte de fées.

— C'est le plus bel endroit que j'aie jamais vu, soupira-t-elle.

— Voici ma maison... où les arcs-en-ciel attendent la pluie et la grande rivière est tapie dans une boîte en pierre, où les eaux remontent les pentes et les montagnes flottent dans les airs, excepté la nuit, quand elles s'en vont jouer avec d'autres montagnes.

Alison ne s'attendait pas à une description aussi poétique de la part d'un Chef guerrier apache.

— C'est merveilleux, murmura-t-elle. On dirait presque un poème.

— C'en est un, mais je n'en suis malheureusement pas l'auteur. Je l'ai appris d'un cow-boy mexicain à Santa Rosa et c'est une description qui convient parfaitement à mon pays. Je n'en retirerais qu'une seule phrase.

— Laquelle ?

— L'histoire des montagnes qui s'en vont la nuit jouer avec d'autres montagnes. Ce n'est pas vrai. Elles restent toujours là pour nous protéger. Leurs compagnons de jeux, ce sont les nuages.

Dans le ciel, des nuages cotonneux passaient au-dessus des sommets, les cachant un instant avant de dévoiler une nouvelle fois leur majesté, comme si les montagnes, en effet, jouaient à cache-cache avec eux.

— De quelle rivière parlait le Mexicain ? demanda-t-elle, curieuse. Celle qui est gardée dans une boîte en pierre...

— Le Rio Grande. Il traverse trois profonds canyons en se dirigeant vers le Mexique. Le fleuve dessine la frontière sud des Chisos. Si nous étions sur l'autre versant, nous pourrions le voir.

— Et les arcs-en-ciel ? Pourquoi attendent-ils la pluie ?

— Parce que, lorsqu'il pleut sur le désert qui entoure ces montagnes, on voit souvent les arcs-en-ciel avant d'apercevoir la pluie.

— Je n'aurais jamais rêvé que ces montagnes austères puissent cacher un endroit aussi merveilleux.

— L'aridité du désert et les montagnes rébarbatives nous ont protégés toutes ces années. Seuls les Apaches Chisos savent trouver cet endroit et les autres vallées secrètes.

Ils avaient suivi de si nombreux sentiers et franchi de si périlleux passages qu'Alison ne s'étonna pas que les Apaches fussent les seuls maîtres des lieux.

— Mais comment descendez-vous dans la vallée ?

— Par là-bas, répondit Miguel, en indiquant une fêlure dans le sommet en face d'eux. Nous l'appelons la « fenêtre ». C'est par là que se draine la vallée. Si ce passage n'existait pas, ici ce serait un immense lac.

Ils suivirent le sentier qui s'accrochait au

rocher en contournant le bassin. Le précipice effrayait Alison et lui donnait le vertige.

— N'y a-t-il pas une autre façon de descendre ? s'enquit-elle, nerveuse.

— Bien sûr. A travers la fenêtre.

— Pourquoi ne sommes-nous pas passés par là ?

— Parce que je voulais vous montrer la vallée du haut des montagnes. L'entrée de l'autre côté est loin d'être aussi impressionnante.

Certes, c'était superbe, une beauté à vous couper le souffle, mais à cet instant précis, Alison aurait volontiers sacrifié le coup d'œil pour poser ses deux pieds sur la terre ferme.

Une heure plus tard, ils entraient dans la vallée. Il y faisait merveilleusement frais. Ils passèrent sous d'immenses pins qui embaumaient et traversèrent plusieurs ruisseaux. La jeune femme s'étonna de voir un champ de maïs dont les tiges ne dépassaient pas quarante centimètres.

— Je ne savais pas que les Apaches s'occupaient de récoltes, s'étonna-t-elle.

— Seulement du maïs.

— Et les autres légumes ? Vous avez suffisamment de terres fertiles ici, surtout si vous abattez quelques-uns de ces arbres.

— Nous ne sommes pas des fermiers, répliqua-t-il d'un air dédaigneux.

— Vous préférez piller, voler et assassiner, n'est-ce pas ? lança-t-elle, furieuse.

Sans le regarder, elle devina qu'il était hors de lui. Effrayée, elle retint sa respiration car il semblait fulminer. Mon Dieu, il pourrait facilement la tuer s'il en avait envie !

— Nous ne voulons pas dépendre de la terre pour notre nourriture, expliqua-t-il sèchement. Car si on la perd, on meurt de faim. C'est ce qui est arrivé aux Navahos. En revanche, nous avons appris à utiliser ce que la nature nous offre. Le reste, nous l'obtenons par des pillages. Les autres Indiens préfèrent la chasse, mais nous n'avons pas de grands troupeaux de buffles, pas depuis que les Comanches — beaucoup plus nombreux que nous et avec l'aide de fusils obtenus des Français — nous ont chassés des plaines il y a cent ans. Les Espagnols n'ont pas été aussi stupides. Ils n'ont pas permis aux Indiens d'avoir des fusils. Et maintenant, nous devons piller pour obtenir les choses indispensables à notre survie. Nous ne sommes pas sanguinaires et nous ne prenons aucun plaisir à tuer. Mais nous devons survivre. Les Mexicains nous ont repoussés vers le nord, ajouta-t-il, les Comanches vers le sud et les Américains vers l'ouest, jusqu'à ce qu'il ne nous reste que cette terre aride autour du Rio Grande. Une terre désespérée, patrie des scorpions et des vipères.

Sérieuse, Alison l'avait écouté attentivement mais elle ne comprenait toujours pas pourquoi ils ne cultivaient pas la terre. N'était-ce pas par orgueil ?

— Mais si vous aviez des récoltes... insista-t-elle.

— Est-ce que la terre nous donnerait des couvertures ? Des vêtements ? Des fusils et des munitions pour nous protéger ? Est-ce qu'elle nous fournirait en viande ? Croyez-vous qu'il y a assez de gibier dans ces montagnes pour nous nourrir indéfiniment ? Nous ne ressemblons pas à l'homme blanc qui tue du gibier sans réfléchir. Nous sommes prudents et nous volons du bétail quand c'est nécessaire ou nous échangeons ce que nous avons volé contre ces choses que la terre ne nous donne pas.

Certes, les Apaches ne pouvaient pas se contenter de légumes, et il n'y avait pas assez de terrain pour les nourrir et leur permettre de faire aussi du commerce. D'ailleurs, les légumes frais se flétrissaient vite. Ils ne survivraient pas à la longue traversée du désert, même si les Apaches pouvaient les vendre sur un marché. Elle lui devait des excuses, mais Alison refusait de s'excuser auprès d'un homme qui lui avait pris sa liberté. Elle pouvait admettre qu'il soit obligé de voler pour survivre, mais elle, Alison Carr, n'était pas un cas de force majeure. En la kidnappant, il avait fait preuve d'une rare insolence. La jeune femme resta silencieuse.

Alors qu'ils entraient dans la *rancheria*, Alison contempla les *wickiups* en forme d'igloos dont les entrées s'ouvraient toutes vers l'est. La plupart avaient aussi un coupe-vent en feuillage et elle voyait les femmes s'affairer autour de leurs feux de bois extérieurs en préparant le repas. Elles portaient toutes des chemises à manches longues, serrées autour du cou, semblables à celles des hommes, sur d'amples jupes ceinturées à la taille. Tous ces ensembles étaient des imprimés. Dans le campement, il n'y avait pas un seul vêtement de couleur unie, excepté la chemise d'El Halcon qu'elle-même portait. Les Apaches devaient avoir un faible pour les imprimés.

Tandis qu'ils s'avançaient vers le centre du village, les Indiens sortirent de leurs étranges tentes pour accueillir El Halcon, entourant leur Chef estimé et la jeune Alison. A leurs visages, on voyait qu'ils le respectaient infiniment. Alison fut étonnée que le campement ne contienne que quelques centaines d'Indiens dont trois quarts étaient des femmes, des vieillards et des enfants.

— Où sont vos autres guerriers? demanda-t-elle, intriguée.

— Quelques-uns veillent sur nos chevaux et d'autres sont postés comme sentinelles dans la vallée.

— Je pensais qu'ils étaient beaucoup plus nombreux. Mon oncle parlait de centaines de guerriers sous vos ordres.

— L'homme blanc surestime toujours notre force de combat et nous attribue des guerriers que nous n'avons pas. Ainsi, quand il perd un combat, il a l'air moins lâche.

Alison allait répondre au Chef Miguel qui venait d'insulter son peuple, lorsqu'elle fut distraite par une jeune fille qui se frayait un passage parmi la foule en criant:

— Miguel! Tu es revenu!

El Halcon descendit de son cheval et la jeune fille se jeta dans ses bras. Après l'avoir fait tournoyer dans les airs, il la reposa et Alison s'aperçut que ce n'était pas une enfant mais une ravissante jeune femme. Le sommet de sa tête arrivait au milieu du torse d'El Halcon. Qui était-elle ? Ses beaux yeux noirs étaient fixés sur le visage du Chef et Miguel semblait enchanté de la voir. Etait-ce son épouse ?

Une vive jalousie traversa Alison de part en part, et sa colère s'enflamma une nouvelle fois : comment osait-il l'enlever alors qu'il avait déjà une épouse pour réchauffer sa couche ? C'était insultant pour les deux femmes. Mais lorsque la jeune Indienne leva la tête vers Alison, il n'y avait que de la curiosité dans son regard et aucune hostilité. N'était-elle pas jalouse d'une rivale ? Alison était perplexe. El Halcon et la jeune inconnue discutaient en apache et Alison fut heurtée qu'ils parlent devant elle dans une langue qu'elle ne maîtrisait pas. Décidément, ce goujat ne manquait pas une occasion pour l'humilier !

« Qu'ai-je encore fait pour lui déplaire ? » se demanda El Halcon en voyant la colère contenue de sa captive. *Dios*, elle était exaspérante ! Valait-elle vraiment la peine de se donner tout ce mal ? Il aida Alison à mettre pied à terre.

— Ne me touchez pas, dit-elle en le repoussant.

Il la fusilla d'un regard noir qui aurait fait trembler n'importe lequel de ses guerriers, mais à son grand agacement, Alison continua à le défier.

— Voici ma sœur Jacita, dit-il froidement. La prisonnière s'appelle Alison. Elle parle l'espagnol.

Sa sœur ? Alison se sentit idiote, et gênée par sa tenue indécente, sa robe en lambeaux, sa peau brûlée par le soleil, son visage sale. Elle se ressaisit : après tout, pourquoi se préoccuper de l'opinion de cette misérable Apache ?

— Elle est si grande, murmura Jacita d'un air admiratif. Presque aussi grande que toi. Je n'avais jamais vu une femme aussi grande.

En dépit de ses cheveux emmêlés et de son allure débraillée, El Halcon trouvait Alison magnifique. Elle avait le port de tête d'une reine. Oui, elle valait tous les efforts, mais s'il admirait son tempérament, il la trouvait trop fière et trop rebelle. En apprenant un peu d'humilité, peut-être s'assagirait-elle ? Après tout, elle était sa prisonnière. On devait lui enseigner qui était le maître ici.

— C'est vrai, elle est beaucoup trop grande pour une femme, dit-il. Et un peu trop maigre. Mais avec un peu de chance, elle travaillera bien.

Alison se raidit. S'il n'appréciait ni sa taille, ni sa silhouette, pourquoi l'avoir enlevée ? Vexée, elle n'avait pas la moindre intention de devenir une esclave. Tandis qu'elle allait lui rétorquer d'aller au diable, El Halcon lui saisit le bras et l'entraîna à l'écart.

— Attention, siffla-t-il à mi-voix, je ne tolérerai aucune insulte ni aucun défi devant mes gens. Je suis leur Chef. Vous allez m'obéir comme eux.

— Quant à vous, vous pouvez m'insulter quand ça vous chante ?

— Vous êtes ma prisonnière. Je peux faire ce que je veux avec vous. Je peux même vous tuer.

Il avait parlé d'un ton neutre et parce qu'il ne tempêtait pas, ses paroles étaient d'autant plus menaçantes. Mais Alison était décidée à lui dissimuler sa peur. Elle retira violemment son bras :

— Ça m'est complètement égal ! Si vous croyez que je serai votre servante, vous vous trompez ! Je préfère mourir que de devenir l'esclave de quelqu'un...

— Je ne vous ai pas enlevée pour faire de vous une esclave mais vous devrez assumer votre part du travail, comme chacun d'entre nous. Les Apaches ne permettent pas l'indolence.

— Je n'ai pas demandé à venir ici. Vous m'y avez forcée !

— Cela n'a rien à voir. Vous êtes là et vous allez travailler comme les autres femmes. Puisque je n'ai pas d'épouse, vous allez me nourrir, laver mes vêtements et vous occuper de mon *wickiup*. Maintenant que j'ai quelqu'un pour s'en occuper, je pourrai décharger ma sœur.

— Si vous vouliez une cuisinière, ainsi qu'une femme pour assouvir vos appétits charnels, vous auriez dû capturer une Indienne. Je ne sais ni préparer un feu de fois, ni m'en servir.

— Jacita vous l'apprendra. Elle vous montrera tout ce que vous aurez besoin de savoir.

— Et si je refuse ?

— Vous ne mangerez pas.

Alison se redressa de toute sa taille en espérant l'intimider, mais c'était inutile : il la dépassait encore d'au moins dix centimètres, et même si elle avait mesuré trois mètres, cet homme était impossible à troubler.

— Asseyez-vous ! ordonna-t-il. Jacita va nous apporter à manger.

— Je ne mangerai pas, le défia-t-elle.

— Comme vous voudrez, mais vous me tiendrez compagnie.

Il s'installa en tailleur sur un tapis, et indiqua à Alison de faire de même.

— Assise.

Elle ne broncha pas.

— Votre insolence devient fatigante.

Soudain, il fut debout et la serra contre lui, ses lèvres écrasant les siennes en un baiser ardent. En vain, elle essaya de le repousser. Il la tenait si serrée qu'elle craignait de se briser une côte et elle avait de la peine à respirer. « Espèce de brute ! » se dit-elle, mais la langue de Miguel explorait sa bouche et suscitait des tempêtes dans son corps. Elle avait l'impression que ses os fondaient et que le monde s'arrêtait de tourner.

Aussi brusquement qu'il l'avait prise dans ses bras, il la relâcha.

— Et maintenant, asseyez-vous !

Elle n'avait pas le choix : ses jambes ne la soutenaient plus. Les lèvres gonflées par son baiser, elle s'accroupit. Jacita pénétra sous le toit en feuillage avec un plateau en saule tressé et deux bols de terre cuite. El Halcon lui prit le plateau des mains et le posa entre Alison et lui. L'Indienne s'éclipsa et Alison respira l'odeur alléchante qui montait des bols.

— Vous ne voulez toujours pas manger ? demanda-t-il.

N'ayant avalé que quelques lambeaux de viande séchée, la jeune femme mourait de faim, mais elle refusait de céder, surtout depuis que

Miguel l'avait forcée à s'asseoir. En dépit de ses brutalités, elle lui prouverait que sa défiance restait intacte.

— Non.

— Comme vous voulez, dit-il en haussant les épaules. Mais vous vous punissez en étant si obstinée. C'est votre estomac qui aura des crampes, pas le mien.

Tandis qu'il mangeait avec une cuillère en bois rudimentaire, Alison vit qu'il s'agissait d'une espèce de ragoût avec des boulettes de pâte. De le regarder manger alors qu'elle était affamée la torturait et son estomac se révolta en grondant. C'était idiot de souffrir pareillement et mourir de faim lui sembla soudain extrêmement pénible. Pourrait-elle voler de la nourriture? Non, ce serait voler, ni plus ni moins. Seigneur, il allait falloir céder…

— D'accord, lança-t-elle, je vais manger, mais je ne travaillerai que pour gagner ma pitance. Ce sera tout.

Avisé, Miguel la laissa prendre le deuxième bol et apaiser sa faim sans rien dire. Il ne servait à rien de la provoquer gratuitement.

— Venez, dit-il, quand ils eurent fini leur repas. Je vais vous montrer mon *wickiup*.

Alison se sentait moins hostile. Elle le suivit volontiers sous la tente construite avec des branches de saule inclinées, recouvertes de feuillage et de peaux de bêtes. Comme lui, elle devait baisser la tête pour ne pas toucher le plafond, excepté au centre de la pièce où s'ouvrait un trou pour laisser la fumée s'échapper vers le ciel. Sur le sol en terre battue s'alignaient plusieurs paillasses faites de couvertures et dans un coin elle remarqua un grand sac en peau. Comme seul mobilier, il y avait quelques tapis. L'endroit semblait très austère, surtout pour un Chef guerrier. En voyant un panier en forme de jarre, elle le souleva.

— C'est un *tuts*, expliqua Miguel, tandis qu'Alison admirait le travail adroit. Nous y conservons notre eau. Ils sont faits avec des brindilles de saule ou de sumac entrelacées, et colmatés avec de la colle de pin pour empêcher l'eau de fuir. Vous dormirez là, ajouta El Halcon en indiquant une paillasse.

— Vous ne pensez tout de même pas que je vais dormir ici avec vous ? s'exclama-t-elle, choquée.

— Vous êtes ma prisonnière et il est de mon devoir de vous loger. Où dormiriez-vous, sinon ?

— Dehors, sous le toit en branchages.

— Il fait froid la nuit dans les montagnes, même en été. Vous dormirez ici.

Bien qu'Alison eût dormi en plein air avec El Halcon depuis deux nuits, c'était beaucoup plus intime de partager la petite pièce du *wickiup*. Dans cet espace restreint, la virilité puissante de Miguel menacerait de l'étouffer.

— Non, je dormirai dehors, déclara-t-elle, paniquée. Le froid ne me fait pas peur.

— Vous resterez à l'intérieur.

— C'est indécent !

— Je vous ai dit que je ne vous forcerais pas, si c'est ce que vous craignez. Vous dormirez ici.

— Pourquoi êtes-vous si buté à ce sujet ? Si

j'ai envie de dormir dehors, quel mal est-ce que cela peut vous faire ?

— Je suis le Chef du village. J'ai une image à faire respecter. Je ne veux pas qu'on dise que je maltraite ma prisonnière en lui refusant la protection de mon toit. Cessez de discuter. C'est décidé. Quoi que vous en pensiez, vous partagerez mon *wickiup* avec moi.

Il ne servirait à rien de défier son autorité : son orgueil masculin ne l'admettrait pas longtemps. Alison comprenait maintenant pourquoi il se montrait tellement plus déterminé et intraitable depuis leur arrivée au campement. En tant que Chef de tribu, il avait l'habitude qu'on lui obéisse sans broncher et il devait se faire respecter. Il ne pouvait tolérer une prisonnière indisciplinée.

— Très bien ! lança-t-elle. Je dormirai ici et je travaillerai pour me nourrir, mais je refuse de ramper à vos pieds comme les autres. Vous êtes le Chef qu'ils se sont choisi et ils vous obéissent par respect, mais ce n'est pas mon cas. Si j'obéis, ce sera par prudence, et non par admiration.

— Ainsi, vous ne me braverez pas en public ?

— Non, puisque votre fierté mal placée l'exige !

— Mais en privé ? ajouta-t-il, son timbre de voix rauque donnant à ses paroles un sous-entendu sensuel.

— En privé, je me battrai des pieds et des mains !

La promesse d'Alison ne surprit pas Miguel. Si elle jugeait — avec raison — qu'il était dangereux de le braver en public, elle ne manquerait pas de se rattraper quand ils seraient seuls. Le Chef apache s'en réjouit : la morgue d'Alison la rendait irrésistible. Une victoire difficile était toujours plus douce à savourer. Miguel se promit d'obtenir son respect, son corps et son amour. Un jour, elle ne lui refuserait rien.

— Nous verrons, dit-il posément.

Cette assurance indestructible irrita tant Alison qu'elle lui lança la jarre d'eau à la figure. Miguel l'évita de justesse.

— Ne refaites plus jamais ça, menaça-t-il. Je n'admets pas ce genre de fantaisie.

Le cœur battant, elle resta immobile. C'était comme jouer avec le feu : si elle le poussait trop loin, il risquait de se venger et Dieu sait ce qu'il pouvait inventer pour la punir. Repoussant le rabat en peau qui pendait sur l'ouverture du *wickiup*, il sortit, laissant derrière lui une Alison furibonde.

6

Pendant les deux heures qui suivirent le départ d'El Halcon, Alison eut le temps de reprendre ses esprits. En dépit de son éducation privilégiée et de la vie luxueuse qu'elle avait connue autrefois, elle était une jeune femme raisonnable. Il fallait bien se rendre à l'évidence : elle était prisonnière et n'avait guère de possibilités pour s'échapper. Quant à être sauvée... Personne ne pouvait accéder à cette vallée secrète, enfouie au cœur de montagnes austères. Les Apaches menaient une vie rude et il lui faudrait toutes ses forces pour survivre dans des conditions aussi primitives. Lutter pour des broutilles avec El Halcon ne servirait qu'à épuiser ses quelques forces, et l'Indien lui avait donné sa promesse de ne pas la violer, ce qui était essentiel. Autant voir le bon côté des choses et garder son énergie pour se battre quand ce serait vraiment nécessaire.

Quand Miguel revint à son *wickiup* au crépuscule, un vent guilleret avait rafraîchi l'atmosphère. Installée sur une paillasse, Alison frissonnait bien qu'elle fût emmitouflée dans une couverture. Elle fut soulagée de voir qu'il apportait une brassée de brindilles et elle le regarda allumer un feu au centre de la pièce. Dès qu'il était entré, El Halcon avait perçu le changement d'attitude de la jeune femme.

— Est-ce que je me trompe, ou êtes-vous dans un meilleur état d'esprit que tout à l'heure ? demanda-t-il.

— Puisque je n'ai pas le choix, j'ai décidé de m'accommoder de cette situation impossible, répondit-elle froidement.

— Vous ne lutterez plus avec moi ?

— Seulement si c'est indispensable.

El Halcon comprit qu'elle ne lui céderait pas son corps et il en fut heureux. Une autre réponse l'aurait déçu.

— Sage décision, reprit-il. C'est épuisant de se battre continuellement. Si nous sommes aimables l'un avec l'autre, la vie sera beaucoup plus agréable.

S'asseyant sur une paillasse en face d'elle, El Halcon ne la quittait pas des yeux. Son regard intense mettait Alison mal à l'aise.

— Est-ce que vous vous appelez vraiment Miguel ?

— J'ai un nom apache, mais à cause d'une coutume, nous n'employons notre véritable nom qu'en cas de grave danger. C'est pour cela que nous avons tous des surnoms ou des prénoms espagnols. C'est beaucoup plus simple que de parler à la troisième personne.

— Quel est votre nom apache ? demanda Alison, intriguée.

— Il n'a pas d'importance. Je préfère que vous m'appeliez Miguel.

Quelle étrange coutume... Alison se demanda si tous les Apaches gardaient si jalousement le secret de leur vrai nom.

— Je n'en ferai rien, protesta-t-elle. C'est bien trop intime. Je préfère vous appeler El Halcon.

— C'est un surnom stupide que m'ont donné les Mexicains. Je n'y suis pas attaché.

— Alors je vous appellerai le Chef Miguel.

— Pourquoi ne pas rester simple ?

— C'est trop personnel. Après tout, je suis votre prisonnière.

— Je préférerais que vous disiez Miguel.

— Est-ce un ordre ? demanda sèchement Alison, agacée de devoir lutter avec lui alors qu'elle avait espéré maintenir un statu quo.

— Oui.

— Très bien, acquiesça-t-elle à contrecœur, irritée par son autoritarisme. Puisque vous insistez, je vous appellerai Miguel.

Le Chef apache sembla satisfait. Retirant ses longues bottes en peau, il en sortit le poignard qu'il y dissimulait. Avec cette fluidité de mouvement qui impressionnait tant Alison, il était soudain debout et dénouait sa ceinture.

— Que faites-vous ? demanda-t-elle, affolée.

— Je me déshabille avant d'aller au lit.

— Vous dormez nu !

— Toujours, quand je suis dans mon *wickiup*.

— Mais je suis là !

— Je ne vois pas pourquoi je changerais mes habitudes à cause d'une prisonnière.

La ceinture dénouée, il commença à retirer

son pantalon. Avec un cri, Alison se détourna aussitôt. C'était indécent de dormir tout nu... surtout si elle était présente. Mais Miguel n'était qu'un Apache aux manières de sauvage.

— Vous pouvez vous retourner, s'amusa-t-il. Je suis caché sous ma couverture.

— Non merci, répliqua-t-elle, vexée.

— Vous pouvez retirer vos vêtements. Je ne vois aucun inconvénient à ce que vous soyez à votre aise.

Alison aurait bien aimé enlever sa robe sale, mais cet arrogant Miguel risquait d'y voir des intentions douteuses. Il semblait n'avoir qu'un objectif dans la vie : l'humilier.

— Je ne dors pas nue.

— Pourquoi pas ?

— C'est dégoûtant.

— Pas du tout, c'est très agréable de ne pas être empêtré dans des vêtements. Vous devriez essayer.

Allongée sur le côté, Alison fixa les branches de saule tressées qui formaient le côté du *wickiup*. Derrière elle, le feu crépitait joyeusement, mais la couverture ne couvrait que le haut de son corps et ses pieds étaient glacés. Lorsque le souffle de Miguel se fit plus régulier, elle se redressa et arrangea la couverture de son mieux. Elle ne résista pas à lui jeter un coup d'œil.

Miguel lui faisait face, le bas de son corps enroulé dans une couverture. Un torse puissant... Des larges épaules... Même assoupi, il dégageait une aura de virilité. Son visage dur s'adoucissait dans le sommeil et ses longs cils ombraient ses joues. Sa bouche, elle aussi, semblait moins sévère. Alison se souvint des lèvres pressées contre les siennes et une boule de feu lui noua l'estomac. Agacée par ce corps qui la trahissait, elle essaya de trouver une position confortable, mais la nudité de Miguel l'empêchait de dormir. Il lui fallut plusieurs heures avant de s'évader dans un sommeil de plomb.

Le lendemain matin, lorsque Alison se réveilla, Miguel avait déjà disparu. Une petite voix appela en espagnol :

— Alison ? Etes-vous réveillée ?

Devinant qu'il s'agissait de Jacita, Alison releva le rabat qui cachait l'entrée du *wickiup*.

— Bonjour, dit gaiement Jacita, obéissant à son frère qui voulait qu'on traite Alison avec un certain respect.

Mais Alison ne désirait pas se montrer trop amicale avec cette jeune fille. Après tout, n'était-elle pas la sœur de l'homme qui l'avait enlevée ?

— Bonjour, répondit-elle froidement.

— Pendant que je prépare votre petit déjeuner, je pensais que vous aimeriez vous changer.

— Je n'ai pas d'autres vêtements.

— Je vous en ai apporté.

— Où les avez-vous trouvés ? s'étonna Alison devant la pile de vêtements.

— C'est Miguel qui a voulu que je m'en charge. Comme vous n'avez pas la même taille que moi, j'ai demandé à des femmes plus grandes si elles pouvaient se passer d'une blouse ou d'une jupe. Choisissez ce qui vous va le mieux.

Elle était tombée bien bas, se dit Alison, pour être réduite à accepter des vêtements usagés de ces sauvages. Mais elle ne pouvait pas continuer à porter sa chemise de nuit ou la chemise de Miguel. N'ayant pas le choix, elle accepta de mauvaise grâce les vêtements que lui tendait Jacita.

— Pourrais-je me baigner quelque part ?

— Je vous montrerai ce soir le bain des femmes.

— C'est inutile de mettre des habits propres si je suis moi-même dégoûtante.

— On est encore plus sale après le travail, c'est pourquoi nous nous lavons toujours en fin de journée.

Des quatre jupes et chemises imprimées qu'avait apportées Jacita, seules deux chemises lui allaient et deux jupes qui lui arrivaient aux mollets. Il n'y avait pas de lingerie : les femmes apaches n'en portaient probablement pas. Lorsque Alison découvrit qu'aucune paire de mocassins n'était à sa taille, elle se sentit encore plus frustrée.

A l'expression stupéfaite de Jacita, Alison comprit qu'elle devait ressembler à un épouvantail avec une jupe trop courte et une chemise qui moulait sa poitrine. De plus, ses cheveux étaient emmêlés et ses pieds gris de saleté.

— Les mocassins n'étaient pas assez grands et c'était la seule jupe et la seule chemise portables, dit Alison sur la défensive.

— Je suis désolée... s'excusa Jacita, mais vous êtes beaucoup plus...

Visiblement, la jeune fille était trop polie pour faire une réflexion désobligeante sur sa taille et

Alison s'étonna que des Apaches eussent tout de même des manières.

— Je sais que je suis plus grande que les femmes apaches, mais je ne peux pas me promener pieds nus.

— Bien sûr que non, surtout avec tous ces rochers pointus qui nous entourent. Je vais essayer de vous trouver une paire de mocassins d'homme.

Alison n'avait jamais eu honte de sa taille auparavant, mais elle n'avait pas eu besoin de porter des chaussures d'homme. Avec ses grands pieds nus et sa jupe trop courte, elle se sentait géante.

— Est-ce qu'on ne pourrait pas m'en faire une paire ? demanda-t-elle, humiliée que les Indiens sachent qu'elle avait de si grands pieds.

Par ailleurs, elle n'appréciait pas l'idée de porter quelque chose d'usagé qu'on ne pouvait pas laver.

— C'est possible, mais il faudrait attendre ce soir. Miguel veut que je vous apprenne aujourd'hui à ramasser la nourriture et à faire un feu.

— J'attendrai ce soir.

— Vous risquez d'abîmer vos pieds sur les rochers.

— J'attendrai quand même, s'entêta Alison.

Après avoir mangé, les deux jeunes filles emportèrent deux grands paniers que Jacita appelait des *tuts-ah*. En traversant le campement, Alison s'aperçut pour la première fois qu'elle était aussi plus grande que la plupart des hommes. Elle dominait d'une tête plusieurs guerriers. Leurs regards abasourdis lui donnaient l'impression désagréable qu'elle était un phénomène étrange. Miguel était grand lui aussi mais sa taille ne semblait pas les déranger, car on admirait toujours un homme élancé et il était normal que leur Chef fût une force de la nature.

Lorsqu'un groupe de femmes leur emboîta le pas, Alison les entendit glousser et devina qu'elles se moquaient de ses pieds nus. Elle eut envie de se plier en deux pour rallonger sa jupe et couvrir ses pieds odieux, mais se ressaisit aussitôt : elle ne se laisserait pas intimider par une bande de sauvages.

Se retournant brusquement, elle les prit par surprise. Rejetant les épaules en arrière, elle les toisa d'un air impérieux et les petits sourires narquois disparurent comme par enchantement. Les femmes apaches eurent peur de la dangereuse Blanche aux yeux bleus qui lançaient des éclairs.

Satisfaite de les voir trembler, Alison leur sourit, ce qui déconcerta encore davantage les Indiennes, et reprit sa marche, la tête haute.

Jacita dut courir pour rattraper Alison qui avançait à longues enjambées. Elle admira le courage de la femme blanche car celle-ci ignorait que Miguel avait donné des ordres pour qu'on ne touche pas un seul cheveu de sa captive et beaucoup de prisonnières n'auraient pas osé affronter des femmes apaches par crainte d'être battues.

Ayant quitté la vallée, les femmes se retrouvèrent dans des collines austères. Que pouvait-on bien trouver comme nourriture dans les parages ? Alison ne voyait que des cactus, des yuccas et des agaves avec leurs larges feuilles plates. C'est alors que les femmes commencèrent à découper les cœurs des agaves qui ressemblaient à des artichauts géants. C'était un travail délicat car il fallait éviter d'être griffé par les feuilles piquantes. Et Alison apprit rapidement qu'on ne s'approchait pas des plantes sans avoir fouillé auparavant leurs feuilles basses pour en déloger les serpents. Toute la matinée, elles travaillèrent sous le soleil torride, découpant les cœurs des agaves et les rassemblant dans leurs paniers. Ensuite, elles portaient les paniers pleins jusqu'à une fosse remplie de rochers plats qui avaient été chauffés à blanc par un feu. Mais le dur labeur n'était pas terminé... Alison devait ramasser de l'herbe qu'on humidifiait avant de la jeter sur les rochers pour former des couches entre les strates de légumes. Le soleil et la vapeur de la fosse la faisaient transpirer et elle avait mal aux bras et au dos. Epuisée, elle s'affala enfin sur le sol.

— Nous n'avons pas encore fini, dit patiemment Jacita. Nous devons remplir la fosse de terre.

— Mais vous éteindrez le feu.

— Non, les rochers garderont la chaleur et nous construirons un autre feu sur le sommet de la terre pour que le mescal cuise de façon égale.

— Je croyais que le mescal était une boisson, s'étonna Alison.

— Seulement si l'on presse le jus du mescal cuit et si on le laisse fermenter.

— Etes-vous en train de me dire que nous

avons travaillé comme des bêtes pour faire de l'alcool ? s'indigna Alison.

— Certains des Mescaleros — comme nous appellent les Blancs — utilisent en effet une partie de leur récolte pour fabriquer de l'alcool, mais en général nous mangeons les cœurs d'agaves. Comme le buffalo pour les Indiens des plaines, le mescal est notre source de nourriture la plus importante. Certains cœurs, nous les cuisons au four mais ils doivent alors être mangés tout de suite. D'autres, nous les laissons sécher au soleil pour mieux les conserver. Enfin, nous en écrasons certains pour créer de fines couches que nous enduisons ensuite de jus et ainsi, nous avons de la nourriture pendant la Face Spectrale. C'est ainsi que les Apaches appellent l'hiver, ajouta-t-elle en voyant qu'Alison semblait perplexe.

— Alors vous travaillez aussi dur toute l'année, excepté en hiver ! A découper ces satanés cœurs d'agaves, à les cuire et à les conserver ?

— Non, répondit Jacita, choquée qu'Alison parlât de manière si relâchée. Nous ne pouvons les récolter que pendant la saison des Feuilles Nombreuses, ce qui est le début de l'été pour vous. Bientôt, il n'y en aura plus jusqu'à l'année prochaine. C'est pour cela que nous travaillons sans relâche en ce moment.

Jacita commença à remplir son panier de terre. A bout de forces, Alison admira la résistance de la jeune fille fluette. Puis, se sentant coupable de ne pas l'aider, elle se releva péniblement et imita Jacita.

Plus tard dans l'après-midi, elles laissèrent la

fosse et le feu qui flambait sur la terre empilée. Quelques-unes des femmes veilleraient à ce qu'il restât allumé plusieurs jours d'affilée. Selon Jacita, le mescal prenait longtemps à cuire. Au grand désespoir d'Alison, les autres femmes ne rentrèrent pas au campement, mais continuèrent à ramasser des cœurs qui seraient écrasés le lendemain, ainsi que les fleurs blanches des yuccas dont on ferait de la soupe. Pour les atteindre, elles évitaient avec soin les feuilles acérées comme des poignards. Alison n'aurait pas cru que ces fleurs en forme de clochettes fussent comestibles.

Lorsque enfin elles reprirent le chemin du campement avec leurs paniers remplis, Alison était si épuisée qu'elle arrivait à peine à mettre un pied devant l'autre. Elle comprenait maintenant pourquoi il avait été inutile de prendre un bain le matin : elle n'avait jamais été aussi sale de sa vie. Ses bras, ses mains et ses pieds étaient encrassés de terre et sa peau collait à cause de la transpiration qui avait séché sur elle. Arrivée devant le *wickiup* de Miguel, Alison voulut entrer pour s'allonger.

— Nous allons maintenant nous baigner, dit Jacita.

— Je suis trop fatiguée pour me laver, je dois me reposer un peu. D'ailleurs, j'ai mal aux pieds. Ils se sont blessés sur les rochers.

— L'eau fraîche apaisera vos pieds et vos égratignures.

Alison, en effet, sentait brûler des éraflures sur tout son corps. Moins habile que les Apaches, elle n'avait pas toujours su éviter les feuilles pointues des yuccas qui avaient déchiré sa chemise à plusieurs endroits.

— Prenez vos habits propres, nous laverons ceux-ci là-bas.

Trop fatiguée pour discuter, Alison obéit à la frêle jeune fille. Elles s'arrêtèrent au *wickiup* du père de Jacita pour qu'elle y prenne ses vêtements et son linge. Alison fut déçue de ne pas voir le père mexicain de Miguel.

Derrière une rangée d'arbres qui cachait la rivière à la vue du campement, se trouvait le bain des femmes. Choquée, Alison vit que les femmes se baignaient ensemble et qu'elles étaient nues. Tandis que Jacita commençait à se déshabiller, Alison rougit jusqu'à la racine de ses cheveux.

— Quelque chose ne va pas ? demanda Jacita.

— Je ne me suis jamais baignée avec quelqu'un d'autre, expliqua Alison, évitant de regarder la nudité de la jeune fille.

— Mais il n'y a que des femmes et quelques enfants.

— Chez moi, on ne se déshabille pas devant d'autres gens, même pas devant des femmes.

— Mais nous sommes toutes faites pareilles. Quelle différence y a-t-il ?

Ne voulant pas insulter Jacita qu'elle commençait à apprécier, Alison ne lui avoua pas qu'elle trouvait cette coutume indécente.

— N'y a-t-il pas une autre rivière, où nous pourrions être seules ?

— Non, c'est la rivière qui a été choisie pour s'y laver et laver le linge. Les femmes utilisent cette partie et les hommes se baignent plus loin dans la vallée. Miguel ne veut pas de savon dans les rivières où nous puisons notre eau potable.

Alison voulut bien admettre que, privés de salles de bains, les Apaches fussent obligés de faire leur toilette en commun. C'était déjà une bonne chose que ces sauvages se lavent ! Mais elle ne pouvait pas se déshabiller devant les autres.

— Je vais me contenter de nettoyer mes bras et mes jambes, dit-elle.

— C'est comme vous voulez, répliqua Jacita en haussant les épaules et en défaisant le chignon qui retenait ses lourds cheveux dans son cou.

Sans hésiter, Alison entra dans la rivière et commença à frotter ses mollets et ses bras. L'eau était merveilleusement fraîche et elle avait très envie de s'y plonger tout entière. Jacita et quelques-unes des autres femmes se lavaient la tête. Passant la main dans ses boucles emmêlées, Alison fut révoltée par ses cheveux poisseux. Les femmes lui lançaient des regards étonnés. Elle devait avoir l'air ridicule, essayant de prendre un bain en gardant ses vêtements. Hésitant un court instant, elle lutta avec les principes rigides de son éducation, puis oublia sa pruderie. Retirant ses habits, elle s'avança dans l'eau, mais à son désespoir, les Apaches se montrèrent encore plus curieuses.

— Qu'est-ce qu'elles regardent ? demanda-t-elle d'un air mécontent à Jacita. Je ne suis pas bâtie de manière différente.

— Elles sont étonnées par la pâleur de votre peau, expliqua la jeune fille.

— Bien sûr que j'ai une peau claire, je suis une Blanche ! Qu'attendaient-elles ?

— Ne vous mettez pas en colère. Elles ne veulent pas être malpolies, comme tout à l'heure quand elles se sont moquées de votre taille. Votre peau est merveilleuse, aussi blanche que les fleurs des yuccas.

Les autres Apaches l'admiraient maintenant sans réserve, mais Alison se sentait mal à l'aise.

— Ignorez-les, suggéra Jacita. Une fois que l'effet de nouveauté se sera dissipé, elles ne vous prêteront plus attention. J'ai terminé de prendre mon bain, vous pouvez emprunter mon savon si vous le désirez.

Décidée à ne pas se laisser troubler par les autres, Alison commença à se savonner. C'était merveilleux de pouvoir enfin laver ses cheveux. En sortant du bain, elle se sentit revigorée, ses muscles ankylosés s'étaient détendus et ses égratignures la brûlaient moins.

— Je suis heureuse que vous m'ayez convaincue de venir, dit-elle à la jeune fille. Je me sens beaucoup mieux. Où trouvez-vous ce savon ? Je n'en ai jamais vu qui moussait aussi bien.

— Nous le fabriquons avec des plantes. Tenez, ajouta Jacita en lui tendant un linge. Séchez-vous avec ceci.

Vêtues de leurs habits propres, elles s'assirent pour se brosser les cheveux. Jacita utilisait un peigne primitif dont les pointes étaient confectionnées avec une herbe rase. De son côté, Alison essayait de démêler les nœuds avec ses doigts.

— Prenez le peigne, offrit Jacita. Sinon, vous n'y arriverez jamais.

— Merci, dit Alison en admirant un morceau de cuir en forme d'arc dont Jacita se servait pour entortiller ses cheveux et les attacher avec un foulard coloré. Comme c'est intelligent ! ajouta-t-elle. Comment l'appelle-t-on ?

— Un *nah-leen*.

— Croyez-vous que je pourrais m'en procurer un ? Mes cheveux longs s'emmêlent sans arrêt et me donnent chaud.

— Seules les jeunes filles ont le droit d'en porter.

— Je suis une jeune fille, dit Alison. Pourquoi avez-vous l'air si surprise ?

— Je pensais que Miguel... commença Jacita en rougissant.

— C'était peut-être la raison de mon enlèvement, dit sèchement Alison. Mais il s'est bientôt aperçu de son erreur.

— Vous l'avez repoussé ? s'étonna Jacita.

— Bien sûr que oui.

— Vous ne le trouvez pas séduisant ?

— Même si c'était le cas, cela ne ferait aucune différence. On m'a élevée selon certains principes et c'est un tort d'entretenir une liaison avec un homme qui n'est pas votre mari.

— C'est ce que nous pensons aussi. Les Apaches surveillent de très près leurs jeunes filles. Celles qui font ça avant le mariage sont déconsidérées et deviennent la honte de leurs familles. Même les divorcées et les veuves qui se donnent trop librement ne sont pas respectées.

Les Apaches n'aiment pas les femmes sans moralité.

Alison était furieuse. Puisque Miguel l'avait enlevée simplement parce qu'il la désirait, elle en avait conclu que les Apaches étaient des gens sans aucune éthique. Comment osait-il la traiter avec moins de respect qu'il n'en aurait eu envers une jeune fille de sa tribu ?

— Pourquoi avez-vous été si étonnée quand je vous ai dit que je l'avais repoussé ? Je suis une jeune fille comme vous.

— C'est que Miguel est si... si...

— Si déterminé ?

— Oui, et si séduisant. Beaucoup de jeunes filles braveraient volontiers la colère de leur famille s'il voulait les séduire. Après tout, il est notre *nantan*, notre Chef. Bien des femmes considéreraient comme un honneur d'être choisies par lui, même hors mariage.

— Je suis différente, lança Alison, agacée que Miguel obtienne toujours ce qu'il voulait.

— Pardonnez-moi si je vous ai insultée. Miguel a dit que vous étiez sa compagne.

— Pas dans ce sens. Je ne le serai jamais !

Jacita trouva qu'Alison s'emportait un peu trop violemment. Combien de temps cette femme blanche pourrait-elle résister au charme dévastateur de Miguel ? Toutes les jeunes filles du campement et la plupart des femmes l'adoraient. Quelque chose en lui en appelait aux instincts primitifs de la femme et sa seule présence fouettait leurs sens. Mais Jacita eut la sagesse de ne pas faire part de ses doutes à Alison.

— Demain, je vous apporterai un *nah-leen* pour vos cheveux, promit-elle.

Ravie, Alison se dit que sa coiffure rappellerait à Miguel qu'elle était intouchable. Lorsqu'elle le verrait, elle ne manquerait pas de lui dire deux mots. Comment osait-il croire qu'elle était une fille légère simplement parce qu'elle était blanche !

Elles lavèrent ensuite leurs vêtements sales et les étendirent sur des buissons pour qu'ils sèchent pendant la nuit.

— Personne ne va les voler ? s'étonna Alison.

— Un Apache ne vole jamais un autre Apache.

— Non, vous vous contentez de voler les autres, déclara-t-elle amèrement.

— Ce n'est pas pareil. Si un Apache a besoin de quelque chose que possède un voisin, il lui suffit de demander. On ne le lui refusera pas.

— J'ai de la peine à le croire. Un Apache doit-il abandonner son bien uniquement parce qu'un autre le désire ?

— La tribu méprise vite ceux qui sont trop exigeants et les Apaches ont une grande fierté.

Tandis qu'elles traversaient le campement, le soleil se couchait, teintant les montagnes de rouge et d'or. Arrivée au *wickiup* de Miguel, Jacita apprit à Alison comment allumer un feu, ce qui lui sembla très difficile. Bien qu'elle tournât le bâtonnet le plus vite possible, Alison n'en tirait aucune étincelle.

— Est-ce que je ne pourrais pas prendre du feu chez quelqu'un d'autre ? demanda-t-elle avec un soupir.

— Non, vous devez apprendre à le faire par vous-même. Essayez encore une fois.

Au grand soulagement d'Alison, une étincelle jaillit et enflamma les brindilles. Puis Jacita lui apprit à rajouter des branchages sans étouffer le feu.

— Je vais vous apporter quelque chose à manger. Demain, nous installerons votre cuisine et je vous apprendrai les rudiments de la cuisine apache.

— Nous ne ramasserons plus ces terribles cœurs d'agaves?

— Non.

Alison en fut soulagée. Elle n'aurait pas pu affronter une deuxième journée aussi dure. Jacita lui apporta un bol du même ragoût que la veille.

— Voulez-vous que je reste ici ce soir? demanda-t-elle.

— Comment cela? s'étonna Alison.

— Miguel est absent. Si vous craignez de dormir seule, je vous tiendrai compagnie. Mais il est inutile d'avoir peur. Personne ne vous veut du mal.

— Où est parti Miguel?

— Lui et quelques guerriers sont en expédition.

Ainsi, se dit Alison, il l'avait laissée sans un mot. Ils venaient d'arriver au campement et il la délaissait déjà. La jeune femme se sentit heurtée.

— Voulez-vous que je reste?

— Non, ce ne sera pas nécessaire. Je n'ai pas peur et je suis si épuisée que je vais m'endormir comme une souche.

— Alors je vous verrai demain matin, déclara Jacita, heureuse qu'Alison fût aussi courageuse.

Mais, restée seule, Alison eut beaucoup de peine à s'endormir. Elle avait espéré dire à Miguel ce qu'elle pensait de lui et son absence la mortifiait. Soudain, des loups hurlèrent dans les montagnes et Alison sursauta. Oseraient-ils venir jusqu'au campement? Le rabat en peau de l'ouverture ne les empêcherait pas d'entrer... Mais en se souvenant que les loups craignaient le feu, Alison se détendit. Si elle était dévorée par ces bêtes féroces, Miguel resterait probablement indifférent. Il n'avait pas besoin d'elle pour le nourrir ou laver ses vêtements, et maintenant qu'elle lui avait refusé son corps, il cherchait sûrement à se débarrasser d'elle. Puisqu'il serait trop fier pour la ramener à sa famille, en la mangeant, les loups lui rendraient un fier service. Attristée par ces pensées moroses, Alison ferma les yeux et s'endormit.

7

Le lendemain, Alison et Jacita installèrent la cuisine dans l'enceinte protégée devant le *wickiup* de Miguel. Jacita apporta les instruments indispensables : deux pots, une grande boîte en fer-blanc qui avait autrefois servi à conserver de l'huile pour bouillir, un poêlon et une meule que la jeune Apache appelait un *metate*. Il y avait aussi quelques bols en terre cuite, des cuillères de bois, un long couteau, des paniers en osier pour y ranger la nourriture, une jarre à eau et deux *tsahs*, l'un à utiliser comme plateau et l'autre pour porter des graines qui pouvaient être grillées. Avec le panier de la veille, le foret et du bois pour alimenter le feu, la cuisine d'Alison était au grand complet.

— Je vous ai apporté ce *parfleche* pour y ranger vos vêtements, dit Jacita en lui montrant un sac en peau.

— Voilà donc à quoi ça sert ! J'étais intriguée par celui de Miguel.

Jacita était heureuse que la femme blanche

n'eût pas fouillé dans les affaires de son frère, malgré sa curiosité.

— J'y ai mis du savon et une brosse à cheveux, jusqu'à ce que vous appreniez à fabriquer les vôtres.

— Merci, mais vous n'avez pas oublié le *nahleen* ? s'inquiéta Alison, impatiente de dégager sa nuque pour se rafraîchir.

— Non, dit Jacita. Je pensais que vous aimeriez celui-ci qui est décoré de perles, mais si vous préférez, j'en ai un avec des boutons en cuivre.

Alison n'était guère préoccupée par la décoration, elle voulait surtout empêcher ses cheveux de la gêner et rappeler à Miguel qu'elle était encore une jeune fille, un fruit défendu selon les principes de son propre peuple.

— Je vous ai aussi apporté ceci, continua Jacita en sortant deux colliers de perles, dont l'un possédait un petit miroir.

Alison trouvait les bijoux des femmes apaches trop voyants, mais elle n'osait pas heurter la jeune fille qui se montrait si gentille.

— Merci beaucoup, Jacita. Je vais choisir les perles bleues.

— Je pensais qu'elles iraient bien avec vos yeux, mais elles ne sont pas exactement de la même couleur. Je n'avais jamais vu des yeux aussi bleus. D'ailleurs, ajouta-t-elle en riant, je n'avais jamais vu quiconque avec des yeux bleus. Sont-ils tous aussi beaux que les vôtres ?

— On m'a déjà dit que les miens avaient une couleur particulière, admit Alison en rougissant du compliment.

— C'est vrai. Tenez, essayez le *nah-leen*.

— Comment dois-je faire ?

— Il suffit d'enrouler vos cheveux autour du cuir.

Mais Alison n'arrivait pas à les domestiquer.

— Je n'ai pas l'habitude, soupira-t-elle.

— C'est plus difficile parce que vos cheveux sont bouclés alors que les nôtres sont droits. Il faudra vous entraîner. Pour aujourd'hui, laissez-moi vous aider.

Après que Jacita eut rangé toutes les mèches dans l'arc en cuir, elle y attacha un foulard de couleur vive et admira le résultat.

— C'est très joli.

— Je ne sais pas quoi dire, Jacita. Vous avez été si gentille avec moi. Je suis sûre que votre frère ne vous a pas demandé de m'aider autant. Après tout, je ne suis qu'une prisonnière. Mais je vous en suis très reconnaissante et dire simplement « merci » n'est pas suffisant.

— Je comprends. Les Apaches ont une façon particulière de remercier quand ils veulent exprimer une profonde gratitude. Nous disons *asoog'd*.

Alison essaya de prononcer le mot, mais elle n'y parvint pas ; on aurait dit qu'elle s'étouffait. Les deux jeunes femmes éclatèrent de rire.

— Désolée, mais ce mot-là m'échappe, dit Alison.

— Ce n'est pas grave. Vous n'avez pas à me remercier. Il est vrai que mon frère ne m'a pas demandé de faire tout ceci, mais je le voulais.

— Pourquoi ?

— Parce que je vous aime bien, expliqua simplement Jacita qui admirait la bonne volonté et le courage d'Alison. J'espérais que nous serions amies, bien que vous soyez la captive de mon frère.

Parmi ces gens qui étaient si différents d'elle, Alison avait bien besoin d'une amie et la frêle jeune fille apache n'y pouvait rien si son frère était odieux. Ce n'était pas Jacita qui lui avait pris sa liberté mais Miguel. Alison eut même un fol espoir: et si Jacita l'aidait à s'échapper? Mais non... Jamais la jeune fille ne ferait quoi que ce soit pour déplaire à son frère. Elle l'admirait, non par crainte, mais parce qu'elle trouvait qu'il était l'homme le plus parfait sur la terre.

— Moi aussi, j'aimerais que nous soyons amies, dit enfin Alison avec un sourire.

— Qu'est-ce que tu sais préparer comme cuisine? demanda Jacita en souriant à son tour.

— Je crains de n'être pas très douée.

— Ce n'est pas compliqué. Notre viande, nous la faisons rôtir, cuire, bouillir ou frire. Sinon, nous servons surtout des soupes et des ragoûts.

— Tu simplifies trop les choses. Je n'ai aucune idée des ingrédients d'un ragoût ou d'une soupe, surtout les vôtres. Vous n'avez pas les mêmes légumes que nous et j'ignore ce qui est comestible ou pas.

— Alors nous commencerons par le début. Aujourd'hui, nous ferons un ragoût de lapin avec des fleurs de yucca et des oignons sauvages. Et je t'apprendrai à cuire le pain des Mexicains.

— Des tortillas? s'exclama Alison. Comment as-tu appris à les faire?

— Nous avons adopté bien des choses de nos

prisonniers mexicains, et nous sommes aussi friands qu'eux de piments rouges.

En premier, Jacita montra à Alison comment broyer du maïs sur le *metate*. A cause du soleil, c'était un travail éreintant, particulièrement lorsqu'on portait une blouse à manches longues, boutonnée jusqu'au cou. Puisqu'ils appréciaient certaines choses du pays, Alison se demanda pourquoi les Apaches n'avaient pas adopté les blouses décolletées à manches courtes des Mexicaines. Elles auraient été beaucoup plus confortables. Mais curieusement, Jacita semblait peu affectée par la chaleur et ne transpirait pas. C'était comme si les rayons du soleil la laissaient indifférente.

Après que les tortillas eurent été cuites dans un petit four en boue qu'Alison apprit à construire, les deux femmes partirent cueillir des oignons sauvages. Alors qu'elles étaient agenouillées dans la terre, Jacita poussa soudain un cri.

— Qu'est-ce qui se passe? demanda Alison, effrayée.

— Tu as des boutons sur le visage.

— Je sais, c'est ce que les Blancs appellent des taches de rousseur.

— Es-tu certaine que tu n'as pas attrapé la maladie des boutons rouges?

— La rougeole?

— Je ne connais pas le nom que lui donne l'homme blanc, mais c'est lui qui l'a transmise à notre peuple.

— Mais la rougeole est bénigne.

— Pour mon peuple, c'est une maladie très

grave. Il y a quelques années, un prisonnier mexicain a apporté la maladie des boutons rouges à notre village. Celle dont je ne peux pas dire le nom et trente autres en sont morts.

— Qui est celle dont tu ne peux pas dire le nom ?

— Les Apaches ne prononcent jamais le nom des morts.

— Pourquoi ?

— Parce que leurs esprits risquent de revenir.

Alison avait de la peine à imaginer Jacita croyant aux fantômes, mais la jeune fille semblait sérieuse. Intriguée, elle ne se moqua pas de son amie.

— Ne t'inquiète pas pour mes boutons, Jacita. Je n'ai pas la rougeole et mes boutons ne sont pas rouges mais bruns. Chez nous les Blancs, les taches de rousseur sont très fréquentes. C'est une décoloration de la peau qui apparaît quand on reste trop longtemps exposé au soleil.

— Je suis désolée, dit Jacita en riant. Je dois te sembler ridicule.

— Pas du tout. Si je voyais une chose bizarre sur ton visage sans savoir ce que c'est, j'aurais aussi peur que toi.

Au campement, les hommes avaient disparu et les femmes effectuaient des tâches qui semblaient bien pénibles à Alison. Les unes cherchaient de l'eau, transportaient du bois attaché sur leur dos par des lanières qu'elles se passaient autour du front ; d'autres, à genoux, écrasaient du mescal, raclaient des peaux ou broyaient du maïs. Il n'y avait pas un seul guerrier en vue.

— Que font donc les hommes ? s'indigna Alison. Ils ne sont tout de même pas tous partis avec Miguel. J'ai l'impression que les femmes sont les seules qui travaillent.

— Leur rôle est de chasser, de s'occuper des chevaux et surtout de nous protéger.

— Ce n'est pas bien astreignant. Chez moi, les hommes font les travaux les plus durs parce qu'ils sont plus forts que nous.

— Pas chez les Apaches et nous ne sommes pas des mauviettes. Ici, le travail est partagé entre les femmes et les hommes. A chacun sa tâche.

Jacita semblait agacée qu'Alison critiquât les manières des Apaches et celle-ci dut admettre que les femmes indiennes étaient très robustes, probablement parce qu'elles étaient habituées à travailler de cette façon. Quant à elle, des muscles dont elle avait ignoré l'existence jusqu'à aujourd'hui protestaient avec vigueur.

— Où se trouvent les chevaux ? s'enquit-elle. Je n'en vois nulle part.

— Nous les gardons dans une lointaine vallée, pour que nos ennemis ne puissent pas nous trouver.

— Mais n'est-ce pas ennuyeux de devoir marcher si loin pour chercher une monture ?

— Les Apaches aiment bien marcher. Nos jambes sont très musclées. Nous ne ressemblons pas aux Comanches qui dépendent tant de leurs chevaux qu'à pied, ils sont perdus. Regarde ces enfants qui remontent la montagne en courant. Ils ne jouent pas mais fortifient leurs poumons et leurs jambes.

Les hommes blancs eux aussi dépendaient entièrement de leurs chevaux. Ils les montaient, les utilisaient pour tirer des chariots, des charrues. L'homme blanc ne marchait que s'il y était contraint et forcé.

Lorsqu'elles revinrent au *wickiup*, Alison était à bout de souffle et elle boitait à cause de ses pieds blessés.

— Pardonne-moi, fit Jacita, j'avais complètement oublié tes mocassins. Si tu allumes le feu pour le ragoût, je vais chercher ce dont nous aurons besoin pour t'en fabriquer une paire.

Après quelques jurons, Alison parvint à produire des étincelles et se sentit fière d'avoir réussi à faire un feu. Ravie, Jacita la complimenta. Ayant étalé un morceau de peau de vache par terre, elle demanda à Alison d'y poser un pied et en traça les contours avec du charbon.

— Je croyais que les mocassins indiens étaient en daim, s'étonna Alison.

— Pas les semelles. Le daim est beaucoup trop fragile pour cette région de rochers. Nous utilisons le daim uniquement pour entourer le pied. Je vais emporter ceci et les coudre chez moi ce soir.

— Est-ce que tu ne peux pas me montrer comment faire ? Je ne veux pas que tu te fatigues avec mes mocassins. Tu m'as déjà assez aidée et je dois l'apprendre de toute façon.

— Dès que nous aurons préparé notre ragoût, je te montrerai, répondit Jacita, heureuse de la bonne volonté de son amie.

C'était très laborieux de coudre sur du cuir et

du daim avec une lanière en cuir, mais Jacita l'encourageait avec de bons conseils. Le résultat était loin d'être aussi net que celui de la jeune Indienne, car le daim d'Alison était boursouflé à plusieurs endroits, néanmoins celle-ci était contente de ses efforts.

— Ce n'est pas extraordinaire, mais est-ce que tu te rends compte que c'est la première fois de ma vie que je couds quelque chose ?

— Mais qui faisait tes vêtements ?

— Une couturière.

— Alors, tu peux être fière de toi. C'est très difficile d'être parfait au premier coup. Sans aucun doute, la prochaine paire sera plus réussie.

Cette nuit-là, Alison s'endormit heureuse de sa journée. Désormais, elle savait allumer un feu avec un bâtonnet, cuire des tortillas à partir de maïs broyé, préparer un ragoût avec les ingrédients les plus insolites et coudre des mocassins. Elle n'avait jamais rêvé posséder ces talents divers, et parce qu'il était rare qu'une femme blanche les connaisse, elle en était d'autant plus fière. Vivement que Miguel revienne pour voir tout ce qu'elle avait appris !

La jeune femme se ressaisit : elle n'apprenait rien pour plaire à Miguel. Ne devait-elle pas savoir comment survivre dans cet environnement austère ? Elle se fichait de ce qu'il pensait d'elle. Elle se donnait du mal uniquement pour lui prouver qu'elle était capable de se débrouiller seule.

Mais en dépit de ses bonnes intentions, Alison n'arrivait pas à oublier le séduisant Apache. Il n'était parti que depuis deux jours, mais elle avait l'impression que le temps s'éternisait. Quand reviendrait-il? Elle se raisonna: ce n'était pas Miguel qu'elle voulait voir, mais l'Apache sauvage qui l'avait enlevée et à qui elle avait deux mots à dire pour le remettre à sa place.

Deux jours plus tard, quand Jacita et Alison revinrent de la rivière après leur bain, un homme aux cheveux gris était assis en tailleur devant le *wickiup* de Jacita. Il avait un visage buriné, mais c'était sans aucun doute un Blanc, le père de Jacita et de Miguel.

— Tant mieux, dit la jeune fille, mon père est rentré. J'avais envie que tu le connaisses.

Le vieil homme ressemblait beaucoup à Miguel. Ils avaient les mêmes silhouettes, les mêmes bouches et des cheveux ondulés, mais Miguel avait hérité les yeux noirs de sa mère car ceux de son père étaient noisette.

— Qui est cette étrangère, ma fille? demanda le Mexicain.

— C'est la prisonnière de Miguel, père. Alison, voici mon père.

— Comment allez-vous? dit Alison, impressionnée par la dignité du vieil homme qui commandait le respect.

— Je suis heureux de faire votre connaissance, répondit-il poliment. Il paraît que vous êtes américaine.

— Oui.

Le visage levé, il fixait un point au-dessus de

son épaule. A sa stupéfaction, Alison s'aperçut qu'il était aveugle.

— Tu devras me décrire Alison, Jacita. J'aimerais une image pour correspondre à la voix.

— Je suis grande et maigre, dit Alison, toujours vexée par les remarques désobligeantes de Miguel, et j'ai des boutons sur le visage.

— Ce n'est pas vrai ! s'exclama Jacita. Elle n'est pas maigre, mais mince. C'est vrai qu'elle est aussi grande que toi et Miguel, mais les boutons sur son visage s'appellent des taches de rousseur. Elle est très jolie, surtout ses yeux. Ils sont bleus, père, mais je n'ai jamais vu un bleu aussi intense et aussi beau.

— Je ne pensais pas qu'elle disait la vérité, dit le vieil homme en souriant. Je savais que mon fils n'aurait pas ramené une femme laide.

Alison se demanda s'il savait aussi pourquoi Miguel l'avait enlevée et s'il approuvait cette insolence.

— Je vais te raccompagner à ton *wickiup*, dit Jacita. J'y ai laissé mon panier.

— Au revoir, *señor*... ? fit Alison.

— Les Apaches n'ont pas de nom, lui rappela-t-il.

— Mais vous êtes mexicain.

— Je ne le suis plus. Je suis un Apache. Appelez-moi José, ou celui qui est le père de Miguel.

— Je vous appellerai José, si vous le permettez, ajouta-t-elle en souriant. La troisième personne me semble un peu trop compliquée.

Lorsqu'elles se furent éloignées, Alison se tourna vers son amie.

— Comment ton père a-t-il perdu la vue ?

— Il y a quelques années, une balle l'a blessé à la tête lors d'un pillage. Il n'est pas mort, mais quand il a repris connaissance, il était devenu aveugle. Les *di-yins* ont essayé en vain de lui rendre la vue.

— Qui sont les *di-yins* ?

— Les hommes-médecine.

— Qu'ont-ils fait ?

— Ils l'ont saupoudré de *ha-dintin*, un pollen très puissant ; ils ont secoué leurs calebasses en chantant et ils ont essayé de le purifier avec de la fumée. Ils ont aussi demandé l'aide des *Ganhs* qui ont dansé toute la nuit, mais même les tridents n'ont pas pu lui rendre la vue.

— Qui sont les *Ganhs* ?

— Les Esprits des Montagnes qui servent d'intermédiaires avec le Grand Esprit. Nous ne les appelons qu'en cas de grave nécessité ou de grande joie.

— Des fantômes ont essayé de sauver ton père ? déclara Alison, incrédule.

— Ce ne sont pas des fantômes, mais des gens de notre tribu habités par les Esprits des Montagnes.

On aurait dit des contes du Moyen Age : ce n'était pas étonnant que ni les hommes-médecine ni les *Ganhs* n'aient pu aider le pauvre blessé.

— Comment ton père a-t-il deviné que j'étais étrangère quand nous nous sommes approchées ?

— Il n'a probablement pas reconnu ton pas. Depuis qu'il ne voit plus, il dit que ses autres sens se sont aiguisés. Il prétend même pouvoir reconnaître quelqu'un à son odeur. Je ne peux pas y croire.

Mais Alison comprenait parfaitement le vieil aveugle. Miguel ne possédait-il pas une odeur bien particulière, un mélange de cuir, de feu de bois, de pomme de pin et un soupçon de musc qui lui tournait la tête ?

Jacita s'éloigna avec son panier et Alison entra dans le *wickiup*. En face d'elle, Miguel mangeait le ragoût qu'elle avait laissé sur le feu. Une nouvelle fois, elle fut abasourdie par sa beauté et sa présence imposante. Spontanément, un bonheur intense l'envahit de la tête aux pieds mais elle se maîtrisa aussitôt.

— C'est un excellent ragoût, fit-il. Je dois féliciter Jacita.

— C'est moi qui l'ai préparé, dit fièrement Alison, ravie de voir son visage étonné.

— Est-ce que je vous ai manqué ?

— J'ai évidemment noté votre absence, répliqua-t-elle.

— Ne jouez pas sur les mots. Je voulais savoir si vous aviez regretté ma compagnie.

— Bien sûr que non !

— Alors j'ai dû me tromper, s'amusa-t-il. Je croyais pourtant avoir aperçu une lueur de bonheur dans votre regard quand vous m'avez vu.

— Vous vous êtes certainement trompé, lança Alison, agacée par son arrogance.

— Comment vous êtes-vous débrouillée pendant mon absence ?

— Très bien.

— Jacita vous a-t-elle montré le travail des femmes ?

— Elle l'a fait, dit-elle sèchement en s'asseyant, et je suis tout à fait capable de l'assumer.

— Je suppose que c'est Jacita qui vous a donné le *nah-leen*.

— Oui, elle a été très gentille avec moi. Elle m'a aussi appris que les Apaches ont un grand respect pour leurs jeunes filles vierges.

— C'est vrai.

— Puis-je vous rappeler que je suis aussi une jeune fille ? Vous n'auriez jamais osé enlever une Apache vierge simplement par désir. Je mérite le même respect !

Miguel n'avait jamais voulu une femme, apache ou non, aussi intensément qu'il désirait Alison, mais sa fierté l'empêchait de le lui avouer.

— Vous n'êtes pas une Apache. Vous êtes ma prisonnière. Ces règles ne vous concernent pas.

— De quel droit osez-vous me traiter comme si j'étais une fille dissolue, uniquement à cause de la couleur de ma peau !

— Je n'ai pas dit que vous étiez dissolue.

— Vous avez laissé entendre que je succomberais à vos avances.

Furtivement, il caressa la joue d'Alison.

— Un jour, vous céderez, dit-il à mi-voix.

La caresse sensuelle toucha Alison comme une langue de feu. Furieuse, elle se rejeta en arrière :

— Jamais ! J'ai des principes aussi élevés que ceux des femmes apaches et je ne céderai jamais de mon plein gré !

— Je vous l'ai déjà dit. Je suis un homme patient.

Alison se résigna : c'était inutile de le contredire. Miguel était un homme qui n'en faisait qu'à sa tête, sans se soucier des sentiments qu'elle pouvait éprouver, ni des principes moraux de son propre peuple.

Ignorant la jeune femme, Miguel commença à nettoyer son fusil. Mais il n'était pas aussi indifférent qu'il en avait l'air. Pendant toute son absence, il n'avait pas cessé de penser à son indomptable captive et plus il pensait à elle, plus il la désirait. Il trouvait très difficile de tenir sa promesse et de ne pas la toucher. Pourquoi devait-elle se montrer si entêtée ?

La demi-heure qui suivit fut particulièrement tendue, entre Alison qui bouillonnait de rage et Miguel qui essayait de maîtriser la passion qui l'enflammait. Le silence les irritait tous les deux. N'y tenant plus, Alison le rompit la première.

— J'aimerais vous poser une question. Jacita m'a dit que quelqu'un dont elle ne pouvait pas prononcer le nom avait été emporté par la rougeole. Je voulais savoir de qui elle parlait.

— De notre mère.

— Elle a dit que les Apaches ne prononcent pas le nom des morts de peur que leurs esprits ne reviennent, continua Alison, comprenant maintenant pourquoi son amie avait semblé si affligée.

— C'est la vérité.

— Mais vous venez de le faire.

— Personnellement, je ne crois pas aux esprits.

— Et les *Ganhs* ? Est-ce que vous y croyez ?

— Qui vous a parlé des Esprits des Montagnes ?

— Jacita. Il paraît qu'ils n'ont pas réussi à guérir votre père.

— Je ne crois pas en eux non plus, mais je voudrais que vous le gardiez pour vous.

— Alors pourquoi les avez-vous laissés pratiquer toute cette sorcellerie ?

— Jacita y croit. Et elle tenait beaucoup à ce que notre père retrouve la vue. Maintenant que nous avons tout fait pour l'aider, elle peut mieux accepter son infirmité.

— Comment osez-vous dire que vous avez tout essayé ! s'exclama Alison. Vous auriez dû l'emmener voir un médecin.

— Un médecin blanc ?

— Evidemment !

— Aurait-il pu retirer la balle du crâne de mon père ?

— Elle y est toujours ? demanda Alison, effarée.

— Oui, quelque part derrière ses yeux.

— C'est un miracle qu'il soit toujours en vie !

— Oui, admit Miguel en se levant. Alors pourquoi n'aurais-je pas laissé les *Ganhs* et les autres essayer leurs tours de magie pour l'aider ? Cela réconfortait ma sœur et les membres de la tribu. Pourquoi Jacita vous a-t-elle parlé de la rougeole de notre mère ? ajouta-t-il soudain.

Alison rougit. Elle ne voulait guère mentionner ses affreuses taches de rousseur, d'autant plus qu'il la trouvait déjà trop maigre et trop grande. Il s'en servirait pour se moquer d'elle.

— Je vous ai posé une question, répéta-t-il en s'accroupissant près d'elle.

— Elle a vu les taches sur mon visage et elle a cru que j'avais la maladie des boutons rouges. J'ai dû lui expliquer que c'étaient des taches de rousseur.

— Il y en a onze, dit Miguel.

— Comment le savez-vous ? s'étonna Alison.

— Je les ai comptées quand vous étiez endormie.

— Vous me dévisagez quand je dors ! s'exclama-t-elle.

— Vous n'aimez pas que je vous regarde même quand vous êtes éveillée, fit-il en riant. Et puis, je les trouvais intéressantes, je voulais les voir de plus près.

Il lui effleura le nez d'un doigt. Alison n'en revenait pas : elle avait toujours trouvé ses taches de rousseur très laides. Maintenant que Miguel était si proche et qu'il lui touchait le visage, elle avait l'impression de s'évanouir.

— Arrêtez, murmura-t-elle.

Il la repoussa sur la paillasse et se tint au-dessus d'elle. Dans son regard brûlant, Alison lisait son intense désir. Effrayée, elle voulut s'échapper.

— Arrêtez ! Vous aviez promis de ne pas me forcer.

Elle savait qu'il avait l'intention de l'embrasser et elle détourna la tête. Miguel laissa une traînée de baisers sur son cou.

— Je vous ai promis que je ne vous forcerais

pas à vous soumettre entièrement, mais je ne pensais pas à de simples baisers.

— Vous vous imposez à moi !

— Non, dit-il en lui mordillant l'oreille et en couvrant son visage de baisers légers comme le vent.

— Alors comment appelez-vous ceci ? demanda-t-elle, le cœur battant.

— Une persuasion en douceur.

Lui prenant le menton, il l'obligea à le regarder. S'attendant à un baiser passionné, Alison se raidit, mais il se contenta d'effleurer ses lèvres, les taquinant jusqu'à ce qu'elles brûlent. Elle était stupéfaite de découvrir que ce féroce Apache pouvait se montrer aussi tendre. Lorsqu'il lui lécha le contour de la bouche, en avant-goût de ce qui pouvait venir, il la fit trembler d'excitation. Puis, la langue de Miguel joua avec ses lèvres et Alison crut qu'elle allait hurler s'il ne cessait pas bientôt ce doux tourment pour l'embrasser vraiment !

C'est ce qu'il fit. Mais cela ne ressemblait pas aux attaques sauvages des dernières fois. Sa langue se glissa à l'intérieur de sa bouche, effleura sa propre langue, puis se retira et elle gémit. Encore et encore, il jouait avec ses lèvres, puis revenait goûter le délicieux nectar de sa bouche, lentement, comme si le temps ne comptait plus. Tandis qu'il déposait de légers baisers sur ses paupières et sur son nez, Alison voguait sur un nuage. Le monde tournoyait autour d'elle et elle perdait pied... Elle s'accrocha aux épaules de Miguel pour ne pas tomber.

A travers la chemise, Alison sentit la chaleur de sa main qui lui serrait un sein et les dents qui lui mordillaient le cou la laissaient pantelante de désir. Quand ses doigts effleurèrent le mamelon, celui-ci se tendit, exigeant davantage. Soudain, elle se rendit compte de ce qui se passait.

— Non ! Arrêtez !

— Vous ne pensez pas ce que vous dites, murmura-t-il d'une voix rauque de désir.

— Si ! Je vous ai dit que je détestais quand vous me touchiez.

— C'est pour cela que votre cœur bat la chamade et que vous êtes à bout de souffle ?

— Oui !

— Vous mentez ! Vous aimez mes caresses.

Pour prouver qu'il avait raison, Miguel caressa une nouvelle fois la pointe de son sein et Alison fut traversée par une boule de feu. Elle gémit.

— Vous voyez, dit-il, satisfait.

Ce fut son sourire présomptueux qui gâcha tout.

— Si vous croyez que je gémis de plaisir, vous vous trompez, déclara-t-elle. Personne n'a jamais touché cette partie de mon corps avec autant d'impunité ! C'est dégoûtant !

— Ça ne marchera pas, Alison, dit-il en souriant. Vos insultes ne me mettront pas en colère. Je vous embrasserai et je vous caresserai quand j'en aurai envie, mais je ne vous forcerai pas à aller jusqu'au bout. Ce ne sera pas nécessaire. Votre corps réclamera le mien, celui qui vous dégoûte tant aujourd'hui.

— Vous ne me séduirez pas !

— Nous verrons, dit-il en quittant le *wickiup*.

— Jamais, espèce de goujat arrogant ! cria Alison.

Comme seule réponse, elle entendit le rire franc de Miguel.

8

Le lendemain matin, lorsque Alison sortit de son *wickiup*, le campement était en proie à une excitation fiévreuse. Les femmes couraient çà et là, les unes sciant du bois, les autres préparant des feux bien plus importants que ceux qu'elles utilisaient d'habitude.

Jacita aiguisait son couteau de boucher dans sa cuisine.

— Que se passe-t-il ? demanda Alison. Pourquoi construit-on de si grands feux ?

— L'expédition des hommes s'est si bien passée que nous allons faire une fête ce soir. Les guerriers sont partis à la chasse. Dès leur retour, nous commencerons à préparer le repas.

— Si tôt le matin ?

— Il nous faudra toute la journée pour rôtir le gros gibier qu'ils vont rapporter.

Bientôt des hommes apparurent, avec de longs bâtons sur les épaules, où pendaient des chevreuils et des antilopes. Pour préparer les tortillas, Jacita et Alison étaient occupées à moudre du maïs avec des *manos* en forme de concombres. Levant les yeux, Alison vit Miguel sortir des bois avec un chevreuil sur les épaules. Elle ne l'avait pas vu depuis leur confrontation de la veille et s'il était rentré au *wickiup* pendant la nuit, elle ne l'avait pas entendu. Un court instant, elle admira la facilité avec laquelle il portait son lourd fardeau, puis elle se souvint qu'elle était en colère. Lui jetant un regard noir, elle se concentra sur son travail, décidée à l'ignorer s'il lui adressait la parole.

Il déposa le chevreuil aux pieds d'Alison, mais elle garda un visage impassible.

— C'est pour vous, dit Miguel.

— Et que dois-je en faire ? répliqua-t-elle d'une voix glaciale.

— Il faut l'écorcher et le cuire.

— L'écorcher ?

— Oui.

— Mais j'en suis incapable... Vous n'avez qu'à le faire vous-même.

— C'est un travail de femme. L'homme se contente de tuer le gibier.

— Vous avez écorché des lapins pendant notre voyage jusqu'ici.

— C'était différent. Nous n'étions pas au campement et vous n'aviez aucune idée de nos coutumes.

— Je ne sais toujours pas écorcher un chevreuil !

— Je croyais que vous saviez vous débrouiller toute seule, rétorqua-t-il en ignorant son regard furibond. Une femme qui ne sait pas écorcher un animal n'a rien d'une vraie femme. Vous avez encore beaucoup à apprendre. Jacita vous l'enseignera.

Lui tournant le dos, il s'éloigna et Alison réprima l'envie de lui lancer son *mano* à la figure.

Gentiment, Jacita montra à son amie comment vider le chevreuil, une tâche qui donna mal au cœur à la jeune Américaine. Puis, ayant frotté la viande d'herbes odorantes, elles l'embrochèrent et la placèrent avec les autres viandes au-dessus d'un feu. Toute la journée, les femmes préparèrent le festin : elles tournaient les broches, sciaient du bois, cuisaient des piles de tortillas et allaient jusqu'aux fosses chercher des cœurs d'agaves. Tandis que les femmes s'échinaient au travail, les hommes se détendaient en participant à des courses de chevaux, à des exercices de lutte, ou à des jeux de hasard. Cette situation irritait Alison mais les femmes apaches n'y voyaient rien d'anormal.

Une fois les préparatifs terminés, jacassant comme des pies, elles se dépêchèrent de se baigner et de revêtir leurs plus jolies robes. Avec son ensemble turquoise et ses mocassins en perles qu'elle ne portait que lors des grandes occasions, Jacita était ravissante.

— Tu viens aussi ce soir, n'est-ce pas ? dit-elle à son amie.

— Je ne crois pas, je suis trop fatiguée, répondit Alison, sans avouer qu'elle était honteuse de son accoutrement d'épouvantail et de ses tristes mocassins.

— Mais tu dois venir, insista Jacita. Nous danserons après le festin. Ce sera très amusant.

Quelques années auparavant, lors d'un spectacle illustrant le Wild West, Alison avait assisté à ces danses dont parlait son amie : des Indiens à demi nus hurlant et sautant autour d'un feu de bois au son de tambours. Elle n'avait pas vraiment envie de renouer avec l'expérience, mais voyant Alison hésiter, Jacita déclara d'un ton ferme :

— C'est décidé, tu viens. Tu as travaillé aussi dur que nous et tu mérites un moment de détente.

Tous s'étaient regroupés au centre du campement. Beaucoup étaient déjà installés autour des feux de bois et mangeaient leur repas, tandis que les enfants se pourchassaient en poussant des cris de joie, trop excités pour s'intéresser à la nourriture. L'atmosphère était si joyeuse qu'Alison ne pouvait y être indifférente. En dépit de ses réserves, elle commença à s'amuser.

Alors qu'elle mangeait avec Jacita, Alison cherchait Miguel des yeux. Elle avait aperçu son père qui se tenait à l'écart avec quelques vénérables vieillards. Parfois, les hommes se levaient pour puiser dans de grandes jarres en osier.

— Qu'est-ce qu'il y a dans ces jarres ? demanda Alison, intriguée.

— Du *tulapah*. C'est de la bière à base de maïs. Miguel ne permet pas aux hommes de boire du mescal lors de ces célébrations. C'est un alcool trop fort dont les effets secondaires sont imprévisibles. Certains hommes perdent la tête lorsqu'ils en prennent. Oh, regarde ! Les danses vont commencer.

Un groupe d'Indiens se tenait dans un coin

avec des tambours, mais on ne voyait pas de guerriers peinturlurés et à moitié dévêtus. Ces hommes portaient leur tenue habituelle, des bottes en daim, des chemises et des pantalons étroits. A la grande surprise d'Alison, des femmes et des jeunes filles se rassemblèrent autour du feu. Ainsi, elles allaient danser, elles aussi ! Mais avant que la musique ne commençât, les femmes se dirigèrent dans la foule et tapèrent sur l'épaule du guerrier de leur choix.

— Ils vont faire la danse de la roue, expliqua Jacita alors que les couples retournaient vers le feu, les jeunes filles baissant modestement les yeux. Seuls les célibataires peuvent y participer, et ce sont les jeunes filles qui choisissent leur partenaire. Le plus souvent, c'est l'homme qu'elles trouvent séduisant.

— Est-ce pour cela que tu ne danses pas ? Parce qu'il n'y a personne que tu trouves attirant ?

— Il y a bien quelqu'un, admit Jacita en rougissant, mais il n'est pas ici ce soir. C'est son tour de garde.

En entendant les tambours, les couples entamèrent des pas de deux autour du feu. Plusieurs d'entre eux portaient une couverture sur les épaules.

— Ce sont ceux qui se courtisent ouvertement, expliqua Jacita.

— Pourquoi est-ce que les adolescents portent ces drôles de casquettes avec des plumes ?

— Ce sont des guerriers qui n'ont pas encore fini leur apprentissage. Avant de devenir des guerriers à part entière, ils doivent participer à quatre expéditions et servir sous les ordres d'un guerrier plus expérimenté.

Bien que la danse fût plutôt lente, Alison prit plaisir à regarder les jeunes gens évoluer. Lorsque la musique s'arrêta, les couples s'éloignèrent dans la foule.

— Maintenant c'est au tour des jeunes veuves et des divorcées. Elles aussi peuvent choisir leur partenaire, mais pour avoir l'honneur de danser avec elles — une demande qui ne peut être refusée — le guerrier doit leur offrir une part importante de son butin.

— Pas les hommes mariés tout de même, déclara Alison.

— Si. Il faut se rappeler que c'est le seul moyen de survie pour ces femmes qui n'ont pas d'homme pour les protéger.

Parmi les visages de la foule, Alison aperçut soudain Miguel. Depuis combien de temps était-il présent ? Une jeune femme se frayait un passage vers le Chef. Une fois à sa hauteur, elle lui tapa sur l'épaule. Tandis qu'elle retournait vers le feu, Miguel la suivit.

Puis se passa un événement qui choqua profondément Alison. Au son des tambours, les femmes se mirent à enlever leurs vêtements, ne laissant qu'un fin morceau de tissu pour couvrir leur pubis. Avec leurs hanches et leurs poitrines provocantes, elles ondulaient sans gêne devant leur partenaire.

— Mais elles ne dansent pas, s'exclama Alison. Elles essayent de les séduire !

— En effet, elles les invitent à les rejoindre sur leur paillasse après la fête, déclara Jacita en détournant les yeux, elle-même gênée par la nudité des femmes.

— Devant toute la tribu? Je n'avais jamais entendu parler d'une coutume aussi indécente.

— C'est le seul moment où la tribu permet la promiscuité.

— Et qu'en est-il des épouses de ces hommes? Est-ce qu'elles ne protestent pas?

— En général, elles ne se plaignent pas. Elles savent que les guerriers ont affronté de graves dangers pendant l'expédition et qu'ils ont besoin de se défouler. Et c'est la seule occasion pour ces femmes seules d'avoir un partenaire. Je ne parle pas de celles qui laissent des guerriers venir secrètement dans leur *wickiup*... C'est très mal vu par la tribu.

— Je l'espère bien! Mais je ne comprends pas pourquoi la tribu le permet aujourd'hui, quand par ailleurs elle protège si bien ses jeunes filles.

— C'est notre façon de faire, dit Jacita en haussant les épaules. Ces femmes sont solitaires et les plaisirs charnels qu'elles partageaient avec leurs maris leur manquent. Quant aux épouses, elles savent que leurs maris ne sont pas vraiment attachés à ces femmes. Ils laissent parler la nature, c'est tout.

« Comme c'est vrai! » pensa Alison, outrée. Pour les hommes, ce n'était qu'une manière de satisfaire leur désir. Le sexe pour le sexe et rien de plus... Ah, les hommes! Ils étaient dégoûtants. Et ces femmes qui vendaient leur corps en échange d'une part de butin ne valaient pas mieux que des prostituées. Même si la tribu le permettait, Alison ne comprenait pas comment les épouses légitimes pouvaient tolérer que leurs maris s'amusent avec d'autres femmes. Elle-même serait folle de rage !

— Est-ce que les femmes mariées ont aussi le droit de prendre des amants ? demanda-t-elle.

— Non, mais certaines le font. L'Apache est un homme très jaloux. S'il découvre l'infidélité de sa femme, il peut la tuer, mais d'habitude il se contente de lui couper le nez pour qu'elle ne soit plus attirante. Ainsi, toute la tribu est au courant de son indignité et cette humiliation fait partie de la punition.

Alison était horrifiée : un Apache pouvait s'amuser en toute impunité, alors qu'une femme risquait la mort ou une terrible mutilation. Dans le cas de l'adultère, l'homme blanc appliquait lui aussi deux poids et deux mesures, en étant plus intransigeant avec une femme infidèle qu'avec un époux, mais il était moins sévère dans ses punitions.

Le rythme des tambours s'était accéléré. Désormais, les hommes dansaient avec les femmes, imitant leurs ondulations lascives. Certains couples frottaient leurs corps l'un contre l'autre. La peau nue des femmes luisait à la lumière des flammes et les regards des hommes brillaient de convoitise.

— Je m'en vais, dit Alison, dégoûtée par ce spectacle obscène.

— Je te suis, ajouta Jacita qui se sentait elle aussi mal à l'aise.

Autour d'elles, les spectateurs ne quittaient pas les danseurs des yeux, mais il s'agissait surtout de personnes plus âgées. Les jeunes filles et les adolescents qui avaient dansé en premier s'étaient éclipsés et ceux qui restaient baissaient les yeux d'un air embarrassé. Alison se sentit rassérénée. Au moins ces jeunes Apaches avaient une certaine pudeur.

Soudain, la musique cessa et Alison aperçut Miguel qui dominait la jeune femme à demi nue qui l'avait invité à danser. Les lumières vacillantes du feu de bois soulignaient le visage altier du Chef apache et éclairaient son regard lascif. Rapidement, Alison dévisagea la femme. Malheureusement, celle-ci était ravissante, avec une poitrine fière aux mamelons tendus, des jambes musclées et une taille fine. L'inconnue avait les yeux mi-clos et il ne faisait aucun doute qu'elle désirait ardemment l'homme qu'elle cherchait à séduire. D'un geste osé, elle saisit le membre de Miguel : le visage crispé d'El Halcon trahit son plaisir. Un sentiment de pure jalousie s'empara d'Alison qui aurait voulu arracher les yeux de cette petite insolente. Tandis que Miguel et l'inconnue disparaissaient dans les bois, Alison devina sans peine ce qu'ils allaient y faire. Elle était folle de rage.

— Ne t'en fais pas, dit Jacita qui avait épié la réaction de son amie. Miguel ne ressent rien pour elle. Aucun homme ne pourrait refuser pareille invitation, surtout lorsqu'il n'a personne pour partager sa couche.

— Miguel peut faire ce qu'il veut, rétorqua Alison, agacée que Jacita eût deviné ses sentiments. Ça m'est complètement égal.

Elle tourna les talons et se dirigea vers son

wickiup d'un pas agité. Jacita dut courir pour la rattraper.

Restée seule, Alison n'arrivait pas à se calmer. «Je ne suis pas en colère parce que je suis jalouse, se disait-elle en essayant de se convaincre. Il peut avoir toutes les femmes qu'il veut, je m'en fiche...!» Non, ce qui irritait la jeune femme, c'était que Miguel l'eût enlevée sans raison. Puisqu'il pouvait toujours trouver une femme pour satisfaire ses appétits charnels, l'Apache n'avait pas besoin d'elle et il ne ressentait rien pour sa captive. Quoi qu'elle fît pour se raisonner, Alison restait heurtée par l'attitude du séduisant Indien qui l'avait si vite oubliée. Et l'idée qu'il pût éprouver un tendre sentiment pour l'autre Indienne, en dépit des dénégations de Jacita, l'attristait.

Elle était encore en train de se retourner dans tous les sens lorsque Miguel pénétra sous le *wickiup*.

— Etiez-vous à la fête?

— Oui, répliqua-t-elle sèchement.

— Alors c'est pour ça que vous êtes en colère. Vous m'avez vu danser avec Margarita.

— Je ne suis pas en colère, rétorqua-t-elle. Vous pouvez danser et coucher avec qui vous voulez.

Alison les avait donc vus s'éloigner ensemble et elle en avait déduit qu'ils s'étaient aimés dans les bois, se dit Miguel. Il ne la détromperait pas. A son étonnement, lorsqu'il s'était retrouvé seul avec la belle veuve, ses ardeurs s'étaient aussitôt calmées. Pourtant, il avait partagé la couche de Margarita à plusieurs reprises et elle était une maîtresse excitante. Mais il ne la désirait plus. La seule femme qu'il voulait, c'était Alison... Sa prisonnière devait aussi éprouver quelque chose puisqu'elle ne parvenait pas à maîtriser sa jalousie.

— Je crois que vous êtes jalouse, dit-il d'un air amusé.

— C'est grotesque ! Au contraire, si vous vous amusez avec elle, vous me laisserez enfin tranquille.

— Vous vous trompez. Je vous désire encore.

— Pourquoi ? demanda Alison, curieusement rassérénée. Puisque vous avez une autre femme ?

C'était une question à laquelle Miguel ne trouvait pas de réponse. Pourquoi la femme blanche signifiait-elle autant pour lui ? Etait-ce parce qu'elle était si différente des Apaches ? Alison n'était pas soumise mais tout feu tout flamme. Elle était un défi, et Miguel était persuadé que le jour où il l'aurait enfin possédée, cette attirance qu'il éprouvait pour elle disparaîtrait aussitôt.

— Peut-être suis-je trop viril pour me contenter d'une seule femme ? dit-il en haussant les épaules.

Alison savait que les Indiens avaient souvent plusieurs épouses. Etait-ce la raison ? Parce qu'une femme ne pouvait les satisfaire ? Jamais elle ne partagerait un homme avec une autre, qu'elle fût son épouse ou sa maîtresse. Il lui donnerait tout ou rien.

— Eh bien, vous devrez vous contenter de Margarita, dit-elle sèchement. Ou trouver quelqu'un d'autre. Vous pouvez vous constituer un harem si ça vous chante. Je ne suis pas dans la course, vous le savez parfaitement. Et d'ailleurs, même si je l'étais, je n'admettrais jamais de vous partager avec une autre. Je suis beaucoup trop fière pour cela.

— Vous ne pouvez rien exiger. Vous êtes ma prisonnière, pas un membre honoré de cette tribu. Quand vous deviendrez ma compagne, n'attendez pas que je vous sois fidèle.

— Vous oubliez un détail, Miguel, dit-elle, implacable. Je ne serai jamais votre compagne.

Sur ces paroles, elle s'allongea. Miguel resta perplexe. Elle avait semblé si déterminée. Il n'aurait pas pensé qu'une femme pût faire preuve d'autant d'autorité. Pour la première fois, il hésitait : parviendrait-il à la séduire ? Alison venait de définir de nouvelles règles : si elle se donnait, elle se donnerait sans réserve et elle attendrait la même chose en retour. Mais c'était impossible... Aussi désirable fût-elle, Miguel n'avait pas l'intention de faire serment de fidélité, surtout pas à une Blanche. Il fronça les sourcils : il ne permettrait à aucune femme de lui imposer ses choix. Alison céderait, c'était inéluctable, mais c'est lui qui fixerait les limites de leur liaison.

9

Les jours suivants, Alison souhaita à maintes reprises que Miguel partît rapidement pour une autre expédition. Décidé à la faire céder, il employait toutes les ruses de la séduction, apparaissant comme par magie dans le *wickiup* quand elle s'y attendait le moins, la caressant à volonté, effleurant ses seins, son cou, sa nuque, son nez... Des caresses légères mais brûlantes au toucher qui envoyaient des décharges électriques dans son corps de jeune fille, bien qu'elle fît de son mieux pour y rester insensible. Parfois, il la surprenait dans la cuisine, lui glissant les bras autour de la taille et l'embrassant dans le cou. Un jour, il la serra contre lui et lui saisit les lèvres avec une ardeur qui la laissa ébranlée ; à un autre moment, il fut si tendre et si doux qu'elle aurait aimé que le baiser ne cessât jamais. Si elle levait les yeux de son travail, elle croisait son regard qui l'observait, des regards aussi déconcertants que ses enlacements. Il la déshabillait des yeux et elle rougissait comme si elle se tenait nue devant lui. On aurait dit qu'il menait une guerre des nerfs et des sens, car elle ne savait jamais quand il la surprendrait et elle était sans cesse sur le qui-vive. Même lorsqu'il feignait de l'ignorer, aiguisant les flèches qui servaient à tuer le gibier, Alison restait nerveuse. Sa présence virile remplissait le *wickiup* et elle sentait la chaleur de son corps, respirait son odeur si particulière, une essence masculine qui la troublait.

Puisque Miguel ne s'était jamais montré empressé en public, Alison espérait lui échapper en passant le plus clair de son temps à l'extérieur, mais même en plein air, elle ne parvenait pas à se débarrasser de sa présence. Elle était consciente de sa démarche féline lorsqu'il traversait le campement à longues enjambées, ou de ses cheveux noirs aux reflets bleutés. Elle n'avait pas pensé qu'un homme pût être aussi irrésistible. C'était comme si le reste du monde avait cessé d'exister et qu'il ne restât plus que Miguel.

Une matinée, Alison broyait du maïs lorsqu'elle devina qu'il se tenait à ses côtés, non parce qu'elle avait entendu son pas — il était silencieux comme la nuit —, mais parce qu'elle avait respiré son parfum. Se retournant, elle retint un cri :

— Qu'est-ce qu'il y a ? demanda Miguel.

— Vous êtes nu !

— Pas du tout. Je porte un pagne.

Ne cachant que l'essentiel, le morceau de tissu découvrait largement son bassin. Elle voyait même les os de ses hanches car il n'avait qu'un lien en cuir autour de la taille. Avec ce large torse musclé, ce ventre plat et ces cuisses offertes à son regard, Alison se sentit assaillie par la virilité intense du Chef apache. Brusquement, elle eut de la peine à respirer et une faiblesse étrange s'empara d'elle.

— Ce bout de tissu ne couvre rien ! Autant être nu. C'est indécent de se promener ainsi.

— C'est le vêtement traditionnel des Apaches. Certaines tribus ne portent que des chemises par-dessus leurs pagnes.

— Alors mettez votre chemise ! Au moins vous n'aurez pas l'air aussi dévêtu.

— Mais cela nuirait à mes intentions... Les hommes apaches portent leurs pagnes en été pour se rafraîchir. Surtout lorsqu'ils se trouvent dans leur campement.

Alison vérifia autour d'elle ; en effet, les hommes se promenaient en pagne, mais curieusement, elle y était indifférente. Etait-ce parce que le Chef guerrier possédait un corps aussi splendide que sa nudité l'offensait ? Quoi qu'il en fût, elle ressentait à nouveau ces sensations bizarres qu'elle cherchait de son mieux à dominer.

Lorsque Miguel s'éloigna, elle poussa un soupir de soulagement. Mais elle voyait ses muscles fessiers se contracter à chaque pas ! Une chaleur l'envahit de la tête aux pieds. Qu'il aille au diable ! Il ne s'était pas dévêtu pour avoir moins chaud, il prenait un malin plaisir à exhiber son corps devant elle. C'était un autre de ses tours de séduction et ça ne marcherait pas ! Qu'il se pavane jusqu'à la fin du monde en pagne, elle ne broncherait pas... D'ailleurs, son corps ne l'excitait pas du tout... Enfin, son torse l'attirait, admit-elle, mais la partie inférieure de son corps était trop mâle. Il n'y avait rien d'attirant dans les fesses ou les jambes d'un homme.

La saison apache des Nombreuses Feuilles céda la place à celle des Feuilles Epanouies. La vallée restait agréablement fraîche tôt le matin, mais en pleine journée, Alison souffrait beaucoup de la chaleur. Le *wickiup* devenait étouffant et même la petite enceinte extérieure était oppressante sans un souffle de brise, ni un arbre pour l'abriter sous ses feuillages. Elle se sentait aussi flétrie que les raisins sauvages qu'elle séchait et sa meule reflétait impitoyablement la chaleur. Moudre ou broyer les graines épuisait ce qui lui restait d'énergie.

Par une chaude journée d'été, Alison était à genoux devant la meule lorsque Miguel pénétra dans l'enceinte. Elle était consciente de la transpiration qui coulait sous ses bras, dans son dos et le long de ses jambes, mais l'Apache semblait parfaitement à l'aise.

— Qu'ai-je fait maintenant pour vous déplaire? s'enquit-il.

— Rien!

— Alors pourquoi êtes-vous de si mauvaise humeur?

— Parce que j'ai chaud! cria-t-elle. Je ne suis pas habituée à cette chaleur comme vous autres Apaches. Les hommes retirent peut-être leurs vêtements, mais pas les femmes. Je ne comprends pas pourquoi elles ne portent pas des blouses plus légères, comme celles des Mexicaines. Ces manches longues et ce col haut me donnent mal au cœur!

Miguel détailla les vêtements d'Alison. Le deux-pièces avait été lavé si souvent qu'il avait perdu ses couleurs et il était déchiré à plusieurs endroits. Il s'en voulait d'avoir négligé l'habillement de sa prisonnière. Mais quoi qu'elle portât, à ses yeux, Alison était magnifique. Il admit qu'elle avait raison: une blouse mexicaine serait moins pénible à supporter.

— Savez-vous coudre? demanda-t-il.

— Pourquoi?

— Il me reste du tissu d'une de mes expéditions.

— Je pourrais apprendre. Jacita peut me montrer, comme elle m'a appris à coudre mes mocassins.

— A la réflexion, fit Miguel en regardant les mocassins piteux de la jeune femme, nous vous trouverons des vêtements tout faits. Si vous êtes aussi maladroite avec des mocassins, je n'ose imaginer de quoi aurait l'air une robe.

Voilà qu'il critiquait sa couture! Il n'était jamais satisfait, alors qu'elle s'échinait à préparer la nourriture, à faire la cuisine, à laver ses vêtements, bien que cette tâche-là se fût allégée depuis qu'il portait ce pagne obscène... Une seule fois, elle aurait voulu l'entendre la féliciter, reconnaître qu'elle assumait sa part de labeur. Lui se contentait de lui donner un toit et de lui apporter de la viande.

— Merci, déclara-t-elle d'un air hautain, mais je vais garder ce que je possède.

— Ne soyez pas têtue. D'ailleurs, Jacita n'a

aucune idée sur la manière de coudre une blouse mexicaine.

— Alors je vais arracher mes manches, comme je l'avais fait sur ma chemise de nuit.

— J'ai dit que je vous trouverais des vêtements neufs, répéta fermement Miguel. Cessez de discuter. Vous êtes la femme la plus exaspérante que je connaisse. D'abord, vous vous plaignez de vos vêtements, puis vous refusez d'en avoir d'autres. Puisque vous changez constamment d'avis, c'est moi qui vais décider : demain, nous irons à San Carlos vous chercher des vêtements neufs.

— J'irai avec vous ? s'étonna Alison.

— Oui. Sinon, je ne trouverai jamais la bonne taille.

— Et je suis censée me cacher dans l'obscurité pour essayer les vêtements d'une femme que vous êtes en train de voler ? lança-t-elle, incrédule.

— Je n'ai pas dit que je les volerais, rétorqua Miguel d'un air agacé. J'irai les marchander sur la place du marché.

Tandis que Miguel traversait le campement, il pensait à Alison. Il avait deviné qu'elle possédait une grande énergie, néanmoins il était étonné de voir comme elle s'était bien adaptée à la rude vie des Apaches. D'autres membres de la tribu lui en avaient aussi fait la remarque. Sa bonne volonté et la ténacité dont elle faisait preuve pour suivre le rythme de travail des femmes, alors qu'elle n'en avait pas l'habitude, suscitaient le respect. On lui avait raconté comment elle avait tenu tête le premier jour aux femmes qui se moquaient d'elle. Aux yeux des Apaches, c'était là un véritable acte de courage. Et il ne l'avait jamais entendue se plaindre, excepté aujourd'hui, à cause de la chaleur. A vrai dire, Miguel était fier d'Alison, mais il refusait de la complimenter avant de l'avoir séduite. Elle était déjà assez têtue comme cela.

Alison était certainement la femme la plus opiniâtre qu'il eût jamais rencontrée. En dépit de ses efforts, elle se refusait encore à lui. Miguel savait qu'elle le trouvait séduisant. Lorsqu'il lui tournait le dos, il devinait qu'elle le dévorait des yeux. Et elle n'était pas indifférente à ses caresses. Rien que de l'effleurer et déjà elle se mettait à trembler et son cœur battait la chamade. Il savait que les autres pensaient qu'elle partageait sa couche, malgré cette stupide coiffure à laquelle elle tenait. Il était le Chef et ses désirs étaient des ordres dans ce campement. Personne n'osait le défier. De plus, grâce aux indiscrétions des veuves et des divorcées qui l'avaient autrefois choisi comme partenaire lors d'une danse, il avait la réputation d'être un excellent amant. Ce serait humiliant si les autres apprenaient qu'Alison se refusait à lui, après des semaines passées sous son *wickiup*.

Peut-être devait-il changer de tactique, se dit Miguel. S'il se montrait plus gentil, Alison serait peut-être plus réceptive. Il commencerait par lui acheter de nouveaux vêtements. Toutes les femmes aimaient se parer de jolis atours. Mais il aurait à se méfier et à ne pas se montrer trop attentionné. Ce serait tout aussi humiliant si les autres découvraient qu'il lui faisait la cour en lui offrant des cadeaux, alors qu'elle n'était qu'une prisonnière, une esclave. *Dios!* Quelle femme obstinée!

Une nouvelle fois, Miguel se demanda si Alison en valait la peine. Après tout, une femme n'était qu'une femme et il avait l'embarras du choix... Mais la Blanche l'obsédait et chaque nuit était devenue une torture. Sa proximité le rendait fou. Il était hanté par le souvenir de sa douceur quand il la tenait dans ses bras, et du nectar de sa bouche et de sa peau. Dans l'obscurité, il sentait grandir son désir et il faisait appel à toute sa volonté pour se maîtriser et ne pas se jeter sur elle... Les journées ne valaient guère mieux. Même lorsqu'il ne la croisait pas, il avait des visions de son beau visage et de ses grands yeux. Elle était devenue un brasier qui le consumait et qu'elle seule pouvait éteindre. Il *devait* la posséder bientôt. Sa fierté l'exigeait... et cet intense désir non assouvi risquait de le rendre fou!

Le lendemain matin, Alison ne se tenait plus de joie. Non seulement elle aurait bientôt des vêtements plus confortables, adaptés à ces grosses chaleurs, mais elle échappait pour un ou deux jours au travail éreintant des femmes. Ce voyage ressemblait presque à des vacances...

Lorsqu'elle apprit que Miguel lui avait même procuré une monture, elle en fut enchantée. La seule chose qu'elle avait crainte avait été de monter devant lui et de sentir son corps contre le sien pendant tout le voyage. Heureusement, il avait revêtu des pantalons et une chemise et ne portait plus cet obscène pagne blanc, qui attirait irrésistiblement le regard vers sa virilité.

Miguel lui tendit les rênes et Alison n'hésita pas à monter à califourchon, ayant vu les femmes apaches adopter cette position peu féminine mais plus pratique. La selle avait été recouverte d'une petite couverture et le siège était merveilleusement doux.

— Comme c'est confortable... s'exclama-t-elle.

— Je me suis souvenu que vous aviez un derrière sensible, dit Miguel, et j'ai ajouté de la mousse sous la couverture. Je ne voulais pas que vous soyez handicapée, au cas où vous auriez changé d'avis quant à nos relations.

— Vraiment ? répliqua-t-elle sèchement, alors qu'elle avait été sur le point de le remercier pour sa gentillesse. Je suis désolée que vous vous soyez donné tout ce mal pour rien. Je n'ai pas la moindre intention de changer d'avis.

La réponse acerbe n'étonna pas Miguel. D'un bond, il sauta sur son cheval. « Pourquoi bouge-t-il toujours avec une grâce féline ? se dit Alison, agacée. Et pourquoi porte-t-il une chemise turquoise qui rehausse sa peau de cuivre et l'éclat de ses boucles d'oreilles ? » Décidément, Miguel était un homme magnifique. Sa beauté physique, l'aura de force et de pouvoir qu'il dégageait, son autorité et son assurance ne permettaient à aucune femme de rester indifférente à sa virilité.

Ils quittèrent la vallée par la « fenêtre », longeant les fosses de mescal avec leurs masses de cendres et leurs rochers poussiéreux. Il leur fallut la matinée pour se frayer un passage à travers le dédale de sentiers qui serpentaient entre les canyons. Alison aperçut une montagne qu'elle ne connaissait pas avec un sommet dentelé en forme d'oreilles d'âne. Ils prenaient un chemin différent de celui de leur arrivée.

Dès qu'ils s'éloignèrent des montagnes, ils furent happés par la fournaise du désert où un soleil torride brillait sans merci. En comparaison, la vallée des Chisos était fraîche, même en plein midi. Les vêtements neufs valaient-ils la peine de subir pareille épreuve ? se demanda Alison, mais par fierté, elle se retint de supplier Miguel de faire demi-tour. Elle ne voulait pas qu'il se moquât de sa faiblesse. Si lui pouvait supporter une chaleur pareille, elle en ferait de même. Quitte à y laisser sa peau !

— Où se trouve San Carlos ? demanda-t-elle.

— Au Mexique.

— Loin au Mexique ?

— Une fois que nous aurons atteint la frontière, ce ne sera plus très loin.

— A combien de kilomètres ? insista Alison.

— Les Apaches n'utilisent pas les kilomètres pour déterminer une distance, ironisa Miguel. Ils utilisent la mesure du temps.

— Alors combien de temps mettrons-nous à partir de la frontière ?

— Quelques heures.

— Et jusqu'à la frontière ?

— Nous y serons au coucher du soleil.

Pourrait-elle supporter cette chaleur jusqu'au coucher du soleil ? La jeune femme en doutait fortement.

Une heure plus tard, elle remarqua des ossements blanchis qui témoignaient de la cruauté de ce climat. Il y avait partout des squelettes.

— Comment tous ces os sont-ils arrivés jusqu'ici ? demanda-t-elle.

— Nous avons rejoint une des pistes qu'utilisent les Comanches du Texas quand ils vont piller au Mexique. Les squelettes sont ceux du bétail et des chevaux qui n'ont pas résisté. Il doit aussi s'y trouver quelques prisonniers, ajouta-t-il en apercevant un crâne humain.

— Des Comanches ? dit Alison, effrayée. Mais ce sont vos ennemis, n'est-ce pas ?

— Oui, mais vous n'avez pas besoin d'avoir peur. Ils ne se rendent au Mexique qu'en septembre, le mois qu'ils appellent la Lune Comanche, et ils en reviennent en décembre. De plus, presque toutes les tribus du Nord ont été mises sur des réserves par l'homme blanc. Même les renégats hésitent à partir au Mexique. Les seuls Comanches qui nous gênent aujourd'hui sont les tribus mexicaines.

La piste était martelée par des milliers d'empreintes de sabots qui semblaient imprimées dans le sol à jamais. Le soleil obliquait lentement dans le ciel mais Alison se retenait de demander de l'eau, bien qu'elle eût très soif. Quelques heures plus tard, n'y tenant plus, elle s'adressa à Miguel.

— Est-ce que la rivière est encore loin ? Et ne me dites pas que vous ne comptez pas en kilomètres, c'est ridicule !

— Dans quelle direction ?

— Que voulez-vous dire ?

— Si nous allions vers l'ouest, elle ne serait

qu'à une demi-heure. Mais si nous continuons droit devant, nous la rejoindrons dans une heure seulement.

— Pourquoi ne pas partir vers l'ouest ?

— Parce qu'il n'y a que peu d'endroits où traverser la rivière. A Presidio del Norte, à un endroit que nous appelons les Petits Rochers, à un passage près des Chisos et à Santa Rita.

— Lequel avez-vous choisi ?

— *Paso de Chisos*.

Environ une heure plus tard, Alison aperçut la rivière.

— La voilà ! s'écria-t-elle. Le Rio Grande.

— Non, c'est le Rio Bravo del Norte.

— La courageuse rivière du Nord ? traduisit Alison, étonnée. Pourquoi l'appelez-vous ainsi ?

— C'est le nom que lui ont donné les Mexicains qui habitent dans cette région. Le Rio Grande n'est qu'un de ses noms, celui qu'utilise le plus souvent votre peuple.

— Mais une rivière ne peut pas être courageuse...

— Vous ne l'avez vue qu'à Presidio del Norte où elle est large, peu profonde et paresseuse. Vous vous souvenez du poème ? De la rivière enfermée dans une boîte en pierre ? Par endroits, elle traverse de profonds canyons découpés dans les rochers et se transforme en de dangereux rapides.

Quand ils atteignirent la rivière, elle s'étalait au soleil, plate comme la main. Alison mit pied à terre et se désaltéra, mais en prenant garde à ne boire que de petites gorgées. Puis, elle entendit un étrange ronflement.

— Ce sont les rapides qui grondent dans les canyons, expliqua Miguel. Sur notre droite se trouve le canyon de Santa Elena et sur notre gauche celui de San Vincente.

Alison pouvait en effet apercevoir le canyon mais pas les rapides. Sous les falaises abruptes, l'eau verte semblait aussi indolente que d'habitude. Voyant de la canne qui poussait non loin de là, ses fleurs argentées brillant au soleil, elle sourit :

— Puis-je ramasser des racines de canne avant de partir ? demanda-t-elle. Elles seraient agréables à manger avec notre repas.

— Vous pouvez en prendre autant que vous voulez. Nous allons traverser la rivière et camper ici ce soir.

Ayant installé le campement, Miguel partit à la recherche de gibier tandis qu'Alison ramassait des racines de canne et des pommes de terre sauvages. Elle cueillit aussi des framboises qui poussaient sur un buisson sous un rocher. Lorsque l'Apache revint, elle mordillait une pomme de terre que les Indiens mangeaient crue, et surveillait les racines qui rôtissaient sur le feu.

— Qu'est-ce que c'est ? demanda-t-elle, en regardant l'animal qu'il avait rapporté.

— Un castor.

— Vous mangez du castor ?

— Pourquoi pas ? C'est de la viande. Une fois grillé, on dirait de l'opossum.

Alison n'avait jamais goûté de l'opossum non plus, mais elle était certaine qu'un jour Miguel rapporterait une de ces affreuses créatures pour qu'elle la cuise. La jeune femme en avait assez du gibier. Elle rêvait de bœuf, ou même de dinde. Elle en avait entendu criailler dans les bois et vu au campement, mais Miguel ne rapportait que des pigeons et des cailles.

— J'aurais bien aimé autre chose ce soir, dit-elle en regardant la rivière d'un air envieux. Comme du poisson.

— Non ! Les Apaches ne mangent pas de poisson.

Etonnée par la virulence de sa réponse, Alison sursauta :

— Pourquoi pas ?

— Parce qu'ils ont des boutons.

— Et alors ?

— Autrefois, quand mon peuple a commencé à souffrir de votre maladie des boutons rouges, beaucoup sont allés dans les rivières pour se rafraîchir et ils y sont morts. Depuis lors, les Apaches ne mangent pas de poisson.

— C'est ridicule ! Vous ne croyez tout de même pas que la maladie s'est transmise aux poissons !

— Si.

Alison n'en revenait pas : Miguel était trop intelligent pour croire à de pareilles balivernes.

— Si j'allais me baigner dans cette rivière, dit-elle, et si vous y plongiez après moi, pensez-vous vraiment que vous attraperiez mes taches de rousseur ?

— Je suis prêt à le risquer, répondit-il en admirant sa splendide silhouette, mais seulement si nous nous baignons ensemble.

Comme seule réponse, elle lui lança un regard

noir et Miguel dut une nouvelle fois maîtriser le désir qu'elle lui inspirait.

— C'est égal si je crois cette superstition ou non, continua-t-il en haussant les épaules. Ma mère est morte de cette maladie. Je préfère ne rien manger qui me le rappelle.

« Voilà une explication raisonnable », se dit Alison. Saisissant le castor par la peau du cou, elle s'éloigna pour le préparer.

— Prenez garde à ne pas abîmer la fourrure, ordonna Miguel. Elle sert à doubler les mocassins en hiver.

Réprimant l'envie de lui lancer le castor à la figure, Alison tourna le dos à l'insolent Apache.

10

Miguel réveilla Alison bien avant l'aube.

— Pourquoi voulez-vous partir si tôt ? demanda-t-elle, l'air groggy. Il fait encore nuit.

— Je veux avoir quitté le désert au lever du soleil.

— Pourquoi ? insista Alison, avec l'envie de dormir encore quelques instants.

— Vous verrez, dit-il en s'éloignant.

Décidément, Miguel avait un talent inné pour clore une conversation avec des expressions qui n'étaient ni tout à fait une promesse, ni une vraie menace, mais qui exaspéraient la jeune femme.

Lorsqu'ils se retrouvèrent dans le désert quelques minutes plus tard, l'étoile du matin brillait comme une lanterne dans le ciel. Puis, au fur et à mesure que les autres étoiles pâlissaient, une lumière pêche teinta la crête lointaine de la Sierra del Carmen. Les nuages bas sur l'horizon devinrent pourpres, puis roses, alors que l'immense cercle blanc s'élevait au-dessus des sommets dentelés, déversant des rayons de lumière qui faisaient étinceler les gouttelettes de rosée sur les yuccas et les cactus, telles des parures de diamants. La nuit qui avait été si silencieuse se peupla de sons : les alouettes du désert poussèrent des trilles joyeux et une bande de coyotes hurlèrent pour saluer le nouveau jour.

— C'est le plus beau lever de soleil que j'aie jamais vu, soupira Alison, admirative.

— C'est toujours ainsi dans le désert. Chaque aube est plus belle que la précédente.

Voilà ce qu'il avait voulu lui montrer, se dit Alison, et cette fois ses paroles énigmatiques avaient tenu leur promesse. Elle avait *vu*, de ses yeux vu, et elle ne le regrettait pas. C'était une vision qu'on ne pouvait décrire avec des mots. Vraiment, cet Apache était un homme étrange... Qui aurait pensé qu'un être aussi fruste qu'un Indien pût apprécier la beauté de la nature ? Et surtout, un Indien viril et implacable comme celui-ci ? Une nouvelle fois, Miguel avait voulu partager avec elle quelque chose d'exceptionnel. Il lui avait offert ce merveilleux lever de soleil comme un cadeau. En dépit de son animosité, elle en fut touchée.

— Merci, murmura-t-elle.

— Ne me remerciez pas. C'est le Grand Esprit qui en est responsable, pas moi.

Mais sa réponse acerbe ne changea pas le sentiment qu'éprouvait Alison. C'était Dieu, en effet, qui avait créé l'aube, mais c'était Miguel, homme de chair et de sang, qui la lui avait fait découvrir.

Quelques heures plus tard, ils entrèrent dans San Carlos. Plus grande que Presidio, la ville mexicaine avait été construite sur l'emplacement d'un ancien fort espagnol, dont on voyait encore les ruines des murs d'enceinte. Pardessus les toits plats des maisons, Alison aperçut les deux tours jumelles de l'église. Autour d'eux se pressaient des Mexicains, portant leurs marchandises à bout de bras jusqu'au marché ou encourageant de la voix des petits ânes qui tiraient vaillamment des charrettes. D'une main habile, Miguel guida son cheval à travers les ruelles sinueuses.

Arrivé sur la place du centre ville, l'Apache s'arrêta et Alison découvrit pour la première fois un marché en plein air. Sous le soleil éclatant, à l'abri de l'église, se dressaient les échoppes provisoires des marchands. Certains Mexicains étalaient leurs marchandises à même le sol sur des nattes en paille... Que d'objets à vendre! De délicats bijoux en argent, des pots en terre cuite peints à la main, du cuir, des vêtements, des légumes frais, des poulets vivants, des cochons et des chèvres, des piments et des poivrons rouges et verts, du fromage et de la nourriture cuisinée, tortillas ou tamales... Dans une échoppe, on ne proposait que de la paille tressée: sombreros, *huraches*, mais aussi poupées et animaux miniatures. Alison admira le talent de l'artisan qui parvenait à donner vie à ces jouets avec un matériau aussi élémentaire que la paille.

Au centre de la place bondée se trouvait une grande fontaine dont le clapotis joyeux se faisait entendre en dépit du brouhaha de la foule. Examinant l'architecture de l'église, Alison se demanda qui, parmi ces modestes péons, possédait le savoir-faire pour tailler d'aussi délicats motifs dans la pierre. Ici, dans cette obscure petite ville, elle découvrait enfin le Mexique dont elle avait rêvé à Baltimore, un pays où la beauté la plus extraordinaire côtoyait une rude simplicité.

Brusquement, Alison prit conscience qu'elle ne se trouvait plus dans un campement indien. Autour d'elle se pressaient des Mexicains, des Blancs, comme elle... S'ils savaient qu'elle était prisonnière de Miguel, l'aideraient-ils à s'échapper ? Pourquoi n'y avait-elle pas pensé plus tôt ? A l'annonce de ce voyage, elle aurait dû se préparer mentalement à fuir.

Lorsqu'il aperçut une échoppe où une vieille femme vendait des vêtements, Miguel s'en approcha. Tandis que son étalon traversait la place, Alison le suivit sur sa monture, regardant autour d'elle pour deviner qui pourrait bien l'aider. Soudain, un cri retentit :

— *Viva El Halcon ! Viva El Halcon !*

Interpellant le Chef apache avec de grands cris joyeux, les habitants de San Carlos se mirent à lui lancer des fleurs pour l'accueillir. Alors que la population de Presidio lui avait témoigné de l'admiration et du respect, celle de San Carlos le traitait comme un roi bien-aimé et non comme un sauvage qui exerçait sur eux un odieux chantage en échange de sa protection. Les quelques espoirs d'Alison furent annihilés : ici, personne ne lui viendrait en aide.

Calmement, un sourire aux lèvres, Miguel acceptait les acclamations comme si cette ovation lui était due. Inclinant la tête de temps à autre, il se fraya un passage à travers la foule excitée, et son attitude orgueilleuse exaspéra Alison. Même le *padre*, vêtu d'une bure marron et portant un long chapelet à la ceinture, sortit de l'église pour le saluer. Pas étonnant que le Chef fût aussi arrogant, se dit Alison amèrement, les Apaches comme les Mexicains s'inclinaient devant lui jusqu'à terre! Elle se jura qu'elle ne se montrerait jamais aussi obséquieuse. Miguel n'était qu'un barbare qui utilisait sa force comme arme pour dominer ces pauvres gens. Si seulement les Mexicains se rendaient compte qu'il les exploitait, peut-être réagiraient-ils... Cependant, au fond de son cœur, Alison se sentait troublée par l'affection sincère des Mexicains envers Miguel.

Lorsqu'ils atteignirent l'autre côté de la place, la foule s'était calmée et vaquait à nouveau à ses occupations. Miguel s'arrêta près d'une échoppe où étaient suspendues des jupes multicolores et des blouses imprimées. Alison mit pied à terre, toujours irritée par l'adulation des Mexicains.

Le visage buriné de la vieille marchande se plissa en un large sourire. Etonnée, Alison vit Miguel lui rendre son sourire d'un air sincère. Il lui expliqua qu'il cherchait des vêtements pour sa prisonnière.

— Choisissez ce que vous désirez, dit-il à Alison.

Agacée, Alison eut envie de lui annoncer qu'elle avait changé d'avis et qu'elle ne voulait rien devoir à un goujat insolent comme lui. Mais ce serait se punir elle-même et Miguel en serait furieux. Consciente que la vieille femme ne la quittait pas des yeux, elle choisit une jupe et la tint contre elle. La taille semblait correspondre, mais comme les jupes des Apaches, elle était trop courte et lui arrivait à mi-mollet au lieu de frôler ses chevilles. Désolée, elle s'aperçut qu'il en était de même pour toutes les jupes.

La vieille Mexicaine proposa de coudre un volant supplémentaire aux jupes qu'elle choisirait. Certaine que Miguel refuserait — pourquoi se donner du mal pour une captive ? —, elle fut surprise lorsqu'il accepta. Soulagée, Alison choisit une jupe rouge et une bleu marine.

Les blouses étaient toutes si merveilleusement brodées que le choix se révéla difficile. Enfin, elle en donna deux à la vieille femme.

— Vous ne voulez que deux de chaque ? s'étonna Miguel.

Alison aurait adoré une garde-robe plus importante mais sa fierté la retenait. C'était déjà assez pénible de devoir accepter ces ensembles.

— C'est tout ce dont j'ai besoin, répliqua-t-elle sèchement. Un ensemble à porter la journée pendant que l'autre sèche.

Miguel la dévisagea un instant, notant le port altier de sa tête et son air buté.

— Vous vous montrez encore une fois têtue, déclara-t-il.

— Pas du tout ! Une pauvre prisonnière n'a pas à attendre davantage.

C'était un bon point : elle n'était qu'une prisonnière et Miguel s'était promis de ne pas se montrer trop gentil. Mais curieusement Miguel avait envie d'être généreux, et non pas dans l'espoir d'amadouer Alison et de la séduire. Perturbé, il haussa les épaules, choisit encore quatre blouses avec leurs jupes assorties et les tendit à la marchande.

— Je ne suis pas venu jusqu'ici pour acheter deux robes qui seront bientôt en lambeaux à force d'être usées, lança-t-il, mécontent parce que la vieille femme le regardait d'un air ébahi. Autant que ce voyage soit utile, car je ne reviendrai pas de sitôt. Combien de temps pour rallonger les jupes ? ajouta-t-il.

— Je n'aurai pas le temps de les finir aujourd'hui, s'excusa-t-elle. Mes doigts ne sont plus aussi habiles qu'autrefois. Mais elles seront prêtes demain matin.

Après que la marchande lui eut expliqué où venir les chercher le lendemain, Miguel détacha la Winchester supplémentaire accrochée à la selle de son cheval et la présenta à la vieille femme.

Il s'ensuivit une discussion animée : elle refusait d'être payée, prétextant qu'elle tenait à lui offrir les vêtements en remerciement de ce qu'il avait fait pour la ville, mais Miguel insistait pour payer. Voyant qu'elle n'arrivait à rien, la marchande rétorqua que le fusil était bien plus précieux que quelques robes, mais l'Apache ne se laissait pas démonter. Toute la famille de la marchande s'en mêla ! Des hommes et des adolescents vinrent soutenir leur parente, cherchant à convaincre Miguel qu'il était trop généreux, mais celui-ci ne cédait pas d'un pouce. Lorsque le Chef apache parvint enfin à s'imposer, Alison n'en fut guère surprise. N'était-il pas d'une rare opiniâtreté ? Cependant, elle était étonnée qu'il eût insisté pour payer. Son geste n'était pas celui d'un voleur, ni d'un homme arrogant qui prenait la reconnaissance des Mexicains comme un dû.

Déconcertée par ce nouveau Miguel, Alison le suivit en silence, tandis qu'il s'éloignait de l'échoppe parmi les «*Gracias! Gracias!*» de la foule.

— Où allons-nous? s'enquit-elle lorsqu'ils eurent traversé la place.

— Quand mes guerriers et moi restons à San Carlos, nous dormons toujours dans la vieille église désaffectée.

L'ancien édifice se dressait dans un angle de la place. Miguel confia leurs chevaux à un jeune Mexicain pour qu'il les nourrisse. L'un des murs de l'église s'était effondré et la moitié du toit avait disparu. La poussière dansait dans les rayons de soleil, mais l'endroit n'était pas vide: des femmes mexicaines, leurs enfants jouant dans leurs jambes, préparaient le repas au-dessus de feux de camp.

— Est-ce qu'ils habitent ici tout le temps? demanda Alison en remarquant des couvertures.

— Non, ils viennent de toute la région pour le jour du marché et s'abritent du soleil. Tandis que leurs maris s'affairent sur le marché, elles préparent la nourriture et s'occupent des enfants. Beaucoup passeront la nuit ici pour participer à la fête qui clôture la journée. Ils rentreront chez eux demain.

— Le marché n'a pas lieu tous les jours? s'étonna Alison.

— Non, un jour sur sept seulement. Mais certains marchands ne viennent qu'une fois par lune, ou encore moins souvent. C'est une vraie aventure pour toute la famille.

Dans un coin, Miguel étendit leurs couvertures sur la paille et y déposa sa carabine.

— Voilà, nos places sont réservées pour ce soir, dit-il.

— Qu'allons-nous faire ?

— Si nous étions seuls, je pourrais vous faire une proposition intéressante, répliqua-t-il avec un sourire.

— Vous ne pensez vraiment qu'à ça ! lança-t-elle, agacée.

— Toujours, quand vous êtes dans les parages.

— Soyez sérieux !

— Je le suis.

Avec un soupir, Miguel se demanda comment ils allaient passer le temps. Les autres fois, il était venu à San Carlos avec ses guerriers. Ils étaient restés pour la fête ou étaient repartis sitôt leur marchandage terminé. S'ils avaient eu des heures creuses pendant la journée, ils en avaient profité pour jouer aux dés avec les Mexicains, regarder les combats de coqs qui se tenaient dans des *cantinas* enfumées ou participer à des courses de chevaux en bordure de la ville.

— Qu'aimeriez-vous faire ? demanda-t-il en haussant les épaules.

La question prit Alison par surprise : depuis quand l'arrogant Apache prêtait-il attention à ses désirs ?

— Je voudrais me promener dans le marché.

— Pourquoi ? Vous n'avez pas d'argent.

— Et alors ? J'ai envie de regarder.

Miguel était réticent : c'était une des raisons pour lesquelles les Apaches n'amenaient pas leurs femmes à San Carlos. Lorsqu'elles regardaient les échoppes, elles voulaient aussitôt s'acheter des babioles sans aucune utilité que les Apaches n'avaient pas toujours les moyens de leur offrir. Miguel avait souvent vu un guerrier dépenser sa part de butin pour acheter une frivolité à sa bien-aimée et le Chef apache méprisait la faiblesse de ces hommes. Trop de gentillesse confinait à la bêtise et il s'était juré qu'aucune femme ne le rendrait ridicule. Et pourtant, ne venait-il pas d'échanger une précieuse carabine contre des vêtements pour sa captive ? Miguel se raisonna : cela n'avait rien à voir, Alison avait besoin d'être décemment vêtue.

— Je ne vous achèterai rien, prévint-il d'une voix sévère.

— Je n'ai pas dit que je désirais quelque chose ! Je veux simplement regarder. Est-ce trop demander ? Ou préférez-vous rester assis ici à pleurer d'ennui jusqu'à demain matin ?

— Très bien, nous allons nous promener sans rien acheter.

Alors qu'ils déambulaient parmi les échoppes, Miguel fut surpris de noter qu'Alison ne s'intéressait pas aux frivolités féminines, mais admirait aussi bien les sombreros, les selles, les statues dorées des madones ou les fromages ronds, posant sans cesse des questions pour savoir comment les marchandises avaient été fabriquées. Même lorsqu'ils s'arrêtèrent chez un bijoutier, elle ne s'intéressa qu'à la provenance des pierres précieuses et à l'habileté de l'artisan qui fabriquait des objets aussi délicats. Pas une fois, elle ne montra un intérêt à posséder quoi que ce soit. Piqué par la curiosité de sa captive, Miguel passa un moment très agréable.

La journée avançait et les marchands leur présentaient de la nourriture, des poignées de tamales bien chaudes, des tortillas remplies de viande épicée, du pain chaud, des biscuits anisés, des tranches de melon, des bonbons si sucrés que les dents d'Alison protestaient... Les Mexicains leur offraient ces délicatesses de bon cœur et ne s'attendaient pas à être payés. C'était une autre manière de montrer leur reconnaissance à Miguel.

Au crépuscule, lorsque l'ombre de l'église s'allongea sur la place du marché, les Mexicains commencèrent à ranger leurs marchandises. Assis sur leurs couvertures dans la vieille église, Miguel et Alison regardèrent les familles partager leur repas du soir. On vint encore leur offrir de quoi manger, mais Miguel déclara qu'ils étaient rassasiés.

Un Mexicain offrit un cigarillo à Miguel. N'ayant jamais vu Miguel fumer le tabac sauvage qu'affectionnaient les Apaches, Alison fut surprise lorsqu'il accepta le petit cigare. Appuyé contre le mur, ses longues jambes croisées devant lui, il ressemblait davantage à un Mexicain qu'à un Apache, en dépit de son bandeau et de ses boucles d'oreilles. Décidément, il était très séduisant.

Alison n'était pas la seule femme consciente

de la virilité de l'Apache. Plusieurs *señoritas* passèrent devant eux en se dandinant, lui jetant des regards aguicheurs sans se soucier de la jeune femme qui l'accompagnait. Visiblement, elles ne jugeaient pas la captive digne d'intérêt. Leur attitude faisait enrager Alison. Comment osaient-elles flirter avec lui devant elle et de quel droit leur souriait-il ? Jalouse, elle jetait à ces femmes impudiques des regards furibonds.

Miguel était conscient de la jalousie d'Alison. Ainsi, il ne la laissait pas indifférente, mais pourquoi se montrait-elle si obstinée ? Pourquoi ne pouvait-elle pas l'accepter comme amant ? Ces *señoritas* ne demandaient pas mieux. *Dios*, elle était exaspérante — mais irrésistible ! Une fois qu'il l'aurait séduite, il espérait ne pas être déçu.

Après le repas, on laissa les jeunes enfants sous la garde de leurs grands-mères et il y eut un départ massif en direction de la place où l'on se préparait à danser. A travers une haute fenêtre, Alison entendait les musiciens accorder leurs instruments. Sur la pointe des pieds, elle observa la place bondée. Des lampions avaient été accrochés aux branches et oscillaient dans la brise du soir.

— Aimeriez-vous aller voir de plus près ?

Elle sursauta : Miguel se tenait si près qu'elle sentait son souffle chaud sur sa nuque.

— Oui, dit-elle en essayant de maîtriser les sensations étranges qui s'étaient une nouvelle fois emparées d'elle.

S'appuyant d'une main sur le mur, il pressa son corps contre celui de sa captive. Sa bouche effleurait la sienne.

— En échange d'un baiser...

— Votre chantage peut marcher avec ces Mexicains, lança-t-elle, vexée, mais pas avec moi!

— Quel chantage?

— Cette façon d'offrir votre protection à ces gens en échange de leur amitié. C'est du chantage pur et simple!

— Vous n'avez rien compris, déclara-t-il, furieux. C'est parce que ces gens sont mes amis que je les protège et pas l'inverse.

— Balivernes!

— Ont-ils peur de moi? demanda-t-il en lui saisissant cruellement le bras.

— Non, mais...

— Mais quoi?

— Ils vous font néanmoins la cour. Ils vous traitent comme si vous étiez leur roi!

— C'est leur façon de montrer leur respect. Depuis des siècles, les aristocrates de ce pays, les Créoles, leur ont inculqué ces manières. Le péon est au plus bas de l'échelle sociale, juste au-dessus de l'Indien qui n'est qu'un animal.

— Mais vous êtes en partie indien...

— Je suis un Indien à part entière! rétorqua-t-il. Je n'ai pas honte de mon sang indien, comme ces péons qui en possèdent tous, mais qui refusent de l'admettre, sauf s'ils sont ivres. Or les péons et les Indiens le savent et ce sang partagé explique pourquoi ils nous font plus confiance qu'aux Créoles. Pourtant, ils ont encore de la peine à accepter notre protection comme étant une preuve d'amitié. Ils l'associent avec les classes supérieures, celles qui ont du sang espagnol. Le féodalisme existe encore au Mexique et l'on y trouve des serfs et des nobles.

— Est-ce que vous vous considérez comme noble? railla Alison. Vous acceptez leur adoration comme un dû.

— Je ne suis pas le Chef qu'ils se sont choisi comme dans ma tribu, c'est vrai, mais ce sont eux qui m'ont placé au-dessus d'eux. Refuser cette place serait une insulte. Le péon mexicain est un homme fier, en dépit de sa condition.

— Alors pourquoi avez-vous insisté pour payer mes vêtements? Vous avez bien accepté la nourriture.

— J'accepterai toujours la nourriture et le logement. Ce sont des choses qu'un ami offre à un ami, mais je ne veux pas qu'on me donne les vêtements pour ma prisonnière. C'est trop demander à des gens aussi pauvres. Et maintenant, voulez-vous voir les danses ou pas? ajouta-t-il en lui lâchant le bras.

Perplexe, Alison le suivit. Miguel était un voleur avoué, mais il respectait certaines règles de conduite. Il avait donc des principes, même s'il était le seul à les comprendre. Alison se sentait désemparée: il aurait été plus facile de lutter contre l'attirance qu'elle éprouvait pour Miguel s'il n'avait eu que des défauts. Mais ce Chef apache aurait-il aussi des qualités?

Sur la place, les Mexicains avaient déjà commencé la danse traditionnelle des chapeaux. Les couples dansaient autour du sombrero de l'homme, posé à terre. On aurait dit qu'ils se faisaient la cour, l'un des partenaires feignant l'indifférence tandis que l'autre essayait de le charmer, jusqu'à ce qu'ils se regardent dans les yeux, tapant du pied en mesure avec les guitares endiablées, les femmes faisant voleter leurs jupons multicolores.

Sous les étoiles qui scintillaient haut dans le ciel, au son des guitares et des trompettes, la fête perça la nuit. Sans relâche, les Mexicains enchaînaient les danses folkloriques et Alison admira leur énergie. On aurait dit qu'ils laissaient échapper leurs émotions violentes car chaque danse était sauvage. Alison n'avait jamais entendu une musique aussi excitante qui fouettait les sens.

Lorsque les danses prirent fin, elle se sentit attristée. Alors que les Mexicains rentraient chez eux et que les autres s'éloignaient vers l'église, elle se tourna vers Miguel :

— Est-ce que vous dansez ces danses-là ?

— Non.

— Pourquoi pas ? Vous êtes à moitié mexicain.

— Je vous ai déjà dit que j'étais apache !

— Pourquoi reniez-vous votre sang mexicain ?

— Parce que c'est mon sang blanc et que les Blancs sont mes ennemis. Ils sont retors et l'on ne peut pas se fier à eux. Mon sang indien est ma force. En esprit, je suis un véritable Apache.

S'il détestait tant les Blancs, comment pouvait-il accepter l'amitié des péons ? se demanda Alison, perplexe. Vraiment, il était l'homme le plus complexe qu'elle eût jamais rencontré...

Lorsqu'elle le rejoignit dans l'église, Miguel s'était déjà allongé. La couverture lui sembla bien étroite et leur intimité encore plus sensible que sous le *wickiup*. Pourrait-elle s'étendre ailleurs ? Malheureusement, les Mexicains avaient pris toutes les places disponibles dans l'église.

— Que craignez-vous ? se moqua Miguel. Que je vous séduise pendant la nuit ? Cessez de vous inquiéter... Votre vertu est sauve avec tous ces gens autour de nous...

Sachant qu'il ne la forcerait pas devant les autres, Alison s'allongea près de lui, mais lui tourna le dos. Elle ne pouvait oublier sa présence ni son parfum envoûtant. Les danses, la musique l'avaient profondément touchée et elle en ressentait comme une douleur physique.

Secrètement, dans le plus profond de son cœur, elle regretta qu'ils ne fussent pas seuls.

11

Alison fut réveillée à l'aube par les cloches de l'église qui sonnaient à toute volée. Aussitôt, elle comprit qu'il se passait quelque chose de grave, car le son n'était pas joyeux, mais affolé. Miguel bondit sur ses pieds, son arme à la main, et les femmes qui dormaient autour d'eux se mirent à hurler de terreur.

— Qu'est-ce qui se passe ? s'affola Alison.

Avant que Miguel pût répondre, elle se dressa sur la pointe des pieds et regarda par la fenêtre.

— Baissez-vous ! ordonna-t-il en la repoussant.

On entendait des coups de feu et des chevaux piétiner sur la place.

— Qu'est-ce qu'il y a ? insista-t-elle. Qui est en train de tirer ?

— Nous sommes attaqués par des bandits.

Une balle frappa le mur près de la fenêtre, faisant éclater le plâtre et la pierre. S'emparant de la main d'Alison, Miguel l'éloigna du danger. Autour d'eux, c'était la panique : les femmes hurlaient, les enfants terrifiés pleuraient, tandis que les hommes couraient à droite et à gauche, avec des visages blêmes.

— Arrêtez de crier ! hurla Miguel.

Aussitôt s'établit un silence de mort.

— Occupez-vous de vos enfants, ordonna-t-il. Cette hystérie les rend encore plus nerveux.

Les femmes prirent leurs petits dans les bras et leur murmurèrent des paroles apaisantes. Miguel s'adressa ensuite aux hommes :

— Ceux d'entre vous qui possèdent des fusils, protégez ce mur à moitié écroulé. Quant aux autres, veillez sur les portes et les fenêtres.

Quelques hommes se dépêchèrent de lui obéir, mais la plupart ne bougèrent pas : ils n'avaient pas d'armes.

— Pourquoi restez-vous là ? répéta Miguel. Vous pouvez lancer des pierres, non ?

— Nous ne pouvons pas les vaincre avec des pierres, protesta un homme.

— Je ne vous demande pas de les vaincre. Contentez-vous de les empêcher d'entrer dans cette église et je m'occupe du reste.

Miguel courut vers un escalier rempli de gravats.

— Où allez-vous ? demanda Alison en le suivant.

— Je monte en haut du vieux clocher. Restez ici et baissez la tête !

Sautant par-dessus les gravats, il s'élança dans l'escalier vermoulu. Alison jeta un coup d'œil dans la tour, mais Miguel avait disparu. Comme seule trace de son passage, il n'y avait qu'un nuage de poussière qui voletait dans l'étroite montée. En dépit de ses ordres, elle était tentée de le suivre, certaine d'être plus en sécurité avec lui qu'en compagnie de ces étrangers.

Sachant qu'il serait furieux d'être désobéi, elle se résigna à rejoindre les femmes recroquevillées dans un coin avec leurs enfants. La vieille église résonnait de coups de feu, ceux que tiraient les bandits et la riposte des villageois. La fumée des carabines piquait les yeux et la gorge. En larmes, bébés et enfants se lamentaient, tandis que leurs mères murmuraient des prières en roulant leurs rosaires entre leurs doigts. Au milieu de cette violence, la sculpture de la Madone au visage serein semblait tristement irréelle. La peur des Mexicains était si forte qu'elle en devenait presque palpable.

Un homme posté à l'une des fenêtres fut touché à la poitrine. Sous l'impact de la balle, il fut projeté en arrière et s'écroula sur la paille, le sang s'écoulant à gros bouillons de la plaie. Une femme hurla et son cri strident vibra entre les murs, elle s'accroupit près de son mari, le suppliant de lui parler. La voyant pleurer à chaudes larmes, Alison compatit à sa détresse.

— *Madre de Dios*... murmurait-on.

— Nous allons tous mourir, dit une femme en serrant son enfant dans les bras.

Un autre homme s'écroula mort et la pluie de feu ne semblait pas vouloir s'arrêter.

— Que veulent-ils ? demanda Alison. Il n'y a rien à voler ici.

— Mais si, répondit une jeune paysanne. Les pesos que nous avons gagnés hier.

— Ils tuent pour quelques misérables pesos ! s'indigna Alison.

— Ils tuent pour le plaisir, renchérit une vieille femme d'un ton amer. Pour éprouver un sentiment de puissance.

— Et nous sommes là... dit encore une jeune femme.

Alison fut effrayée : ces bandits les violeraient-ils ? Ces hommes oseraient-ils commettre de telles atrocités dans l'enceinte sacrée d'une église, même abandonnée ?

Elle jeta un coup d'œil par la fenêtre. A travers les nuages de fumée, elle vit que la place était jonchée de morts : des péons morts, des bandits morts, des chevaux morts. D'autres bandits, avec leurs cartouchières en bandoulière et de larges sombreros aux bords cousus de pièces enfoncés jusqu'aux yeux, galopaient autour de la place, tirant sur les Mexicains abrités dans leurs maisons. Un bandit avec une méchante moustache incurvée s'était emparé d'une jeune fille. Lorsqu'une grand-mère infirme essaya de l'en empêcher, il lui tira une balle dans la tête et éclata de rire en voyant l'expression horrifiée de la jeune fille. Portant une main à sa bouche, Alison retint la bile qui lui montait aux lèvres. Elle n'avait jamais vu un massacre pareil. Ces hommes ne valaient guère mieux que des animaux !

Un coup de feu retentit et le bandit qui avait assassiné la vieille femme fut blessé à mort. Un autre bandit s'écroula à son tour... Miguel tirait du clocher. Il les visait l'un après l'autre, un, deux, trois bandits tombèrent mais la bande se regroupa et se dirigea vers lui au galop, leurs fusils pointés vers le clocher.

— Non ! hurla-t-elle, tandis qu'ils mitraillaient la vieille tour.

Son cri attira l'attention d'un bandit et Alison eut à peine le temps de se baisser pour éviter la balle. A bout de nerfs, elle s'appuya contre le mur. Miguel était sûrement mort. Personne n'aurait pu survivre à cette volée de balles. Tétanisée, elle regardait devant elle, fixant un point dans l'espace.

Les bandits s'attaquaient désormais au mur à moitié écroulé. Affolés, les Mexicains désertèrent leurs postes et s'enfuirent. Brusquement, Alison vit un homme s'élancer de l'escalier en direction du mur. Un bandeau rouge attira son attention. C'était Miguel... Il était en vie... Un immense soulagement s'empara de la jeune femme.

Le Chef apache se jeta à plat ventre derrière un muret, sans arrêter de tirer avec sa Winchester. Chaque coup de feu trouvait sa cible. Encouragés, les Mexicains revinrent à l'assaut, poussant des hurlements pour se donner du courage. Profitant de la surprise momentanée des bandits, Miguel rechargea son arme. Lorsqu'il vida son chargeur une seconde fois avec une précision toujours aussi mortelle, les bandits décampèrent pour de bon.

Criant de joie, se tapant dans le dos, les Mexicains étaient fous de bonheur... Ils serraient Miguel dans leurs bras, menaçant de l'étouffer. Les femmes pleuraient de soulagement puis riaient en s'embrassant. Bientôt, les cloches de l'église résonnèrent joyeusement pour fêter la victoire.

Alison n'arrivait pas à croire que tout était terminé. La fin avait été si rapide, si inattendue. Elle aperçut Miguel qui dépassait la foule d'une tête et semblait chercher quelqu'un. Lorsque leurs regards se croisèrent, ils se contemplèrent un long moment. Sachant qu'elle le regretterait peut-être plus tard, Alison lui sourit. Elle n'avait jamais été aussi heureuse de voir quelqu'un de toute sa vie et elle était fière de lui. Puis, comme si ses jambes étaient animées d'une volonté propre, elle courut vers Miguel.

Repoussant les Mexicains, il lui ouvrit les bras et l'embrassa. Chaque caresse sensuelle de sa langue était une preuve du triomphe de la vie sur la mort. Alison s'appuyait contre lui, heureuse de sentir ce corps souple contre le sien. Lorsque Miguel cessa de l'embrasser, elle se ressaisit et le repoussa d'un geste vif.

— Un court instant, j'ai cru que vous étiez heureuse de me voir, dit-il en dissimulant sa déception.

— Je suis soulagée de vous voir en vie, admit-elle, n'osant pas lui dire la vérité.

— Pourquoi ?

— Parce que je ne voudrais pas que vous mouriez.

— Et pourtant, vous me détestez.

— Pas autant que cela.

Miguel semblait content et son sourire la réchauffa de la tête aux pieds. Puis, il se tourna vers un homme qui lui tapotait l'épaule et écouta patiemment les remerciements du vieillard.

— D'où venaient ces bandits ? lui demanda Miguel.

— On dit que leur camp se trouve dans la Sierra del Carmen.

— Vous ont-ils déjà attaqués ?

— Non, mais ils s'en sont pris à des villages voisins.

— Ils ne recommenceront pas.

Sans douter une seconde de la parole de l'Apache, le vieillard le remercia une nouvelle fois.

— Qui était-ce ? s'enquit Alison lorsqu'il se fut éloigné.

— Le maire.

« Même le maire est venu le remercier... » se dit Alison, étonnée. Mais Miguel le méritait : il avait pratiquement vaincu ces bandits à lui tout seul. Ces gens avaient raison de le tenir en haute estime. Gardant son sang-froid, il s'était montré intelligent et courageux. S'il se conduisait toujours ainsi lors d'un combat, elle pouvait comprendre pourquoi les Apaches l'avaient choisi pour Chef.

Mais toutes ces pensées, Alison les garda pour elle.

Miguel aida les Mexicains à rassembler les cadavres. Lorsque ce travail sordide fut terminé, Alison et lui prirent leurs chevaux et se rendirent chez la couturière. La joie de la victoire avait cédé la place à la tristesse. Les Mexicains pleuraient leurs morts et sur plus d'une porte pendait une couronne mortuaire.

La vieille femme insista pour qu'ils partagent le repas de sa famille. Pendant le déjeuner, Alison était consciente des regards admiratifs que lançaient à Miguel aussi bien les enfants que les vieillards. Ils ne cachaient pas leur fierté d'avoir à leur table leur idole et Alison ne leur en voulut pas : Miguel avait mérité leur respect et leur gratitude.

A la fin du repas, la marchande demanda à Alison d'essayer ses nouveaux vêtements. A la grande surprise de la jeune femme, Miguel ne semblait pas pressé de partir et lui permit d'enfiler un nouvel ensemble. D'emblée, elle se sentit mieux. Au lieu d'être gauche et maigre, elle redevenait jolie. Gentiment, la marchande lui offrit une paire de *huraches*. Gênée que la vieille dame eût remarqué ses piteux mocassins, Alison accepta en rougissant, bien qu'elle craignît que les sandales en paille tressée ne fussent pas à sa taille. Mais la marchande avait fait exprès de choisir une paire de sandales d'homme qui lui convenait parfaitement.

— *Gracias*, remercia Alison.

— *De nada*.

Lorsque Alison revint dans la cuisine, elle fut déconcertée par le regard de Miguel. Sur son visage se lisait un désir ardent et Alison était gênée que les Mexicains en fussent les témoins.

Ayant pris le paquet des vêtements neufs, Miguel remercia la vieille femme pour son hospitalité, ce qui surprit Alison. Ce Chef impitoyable avait donc aussi des manières...

— Vous êtes l'homme le plus malpoli que je connaisse, déclara-t-elle d'un air furieux alors qu'ils s'éloignaient de la ville.

— Comment cela ? s'étonna-t-il.

— Vous m'avez dévisagée d'une manière infâme devant ces gens. C'était humiliant.

— J'admirais simplement vos nouveaux vêtements.

— Balivernes ! Il y a une grande différence entre admirer et convoiter.

— Parfois, c'est difficile pour un homme de faire la différence. Vous êtes une très belle femme... Et très désirable.

Alison se laissa bercer par la voix sensuelle de Miguel. Le compliment lui faisait plaisir... trop plaisir.

— Ça suffit ! rétorqua-t-elle. Vos flatteries ne vous mèneront à rien. Vous me jouez des tours dans l'espoir de me séduire.

A cet instant-là, Alison était particulièrement belle, avec ses yeux bleus furibonds. Miguel devinait qu'elle possédait un tempérament passionné et il ne la désirait que davantage. *Dios*, elle était exaspérante ! Lui qui ne faisait jamais de compliments à une femme lui en offrait, mais elle passait outre comme si de rien n'était. Qu'attendait-elle de lui ?

Trois heures plus tard, alors qu'ils approchaient de la frontière, Miguel aperçut soudain des cavaliers. D'un geste vif, il donna deux coups de talons à son cheval et s'enfuit sur sa droite en criant à Alison de le suivre. Derrière eux, les cavaliers soulevaient un nuage de poussière si dense qu'ils devaient être au moins une cinquantaine.

— Qui sont-ils ? demanda-t-elle lorsque leurs chevaux galopèrent côte à côte. Les bandits de ce matin ?

Avant que Miguel pût répondre, elle entendit un cri terrifiant qui lui fit dresser les cheveux sur la tête.

— Des Comanches ! Des Comanches mexicains ! hurla Miguel.

Ainsi, ils étaient poursuivis par une bande de sauvages assoiffés de sang, ennemis déclarés des Apaches, et si jamais elle tombait entre leurs mains, Alison savait qu'elle partagerait l'horrible destin de Miguel. Sans hésiter, elle encouragea son cheval à accélérer.

Ce fut la chevauchée la plus folle de sa vie. Ils volaient au-dessus de la plaine aride, contournant des masses de rochers et des bosquets de cactus, traversant des ruisseaux asséchés. Sous sa longue jupe, Alison sentait la transpiration de sa monture et le soleil s'abattait sans relâche sur leurs nuques. Puis, parmi le martèlement des chevaux et les cris des Comanches, elle entendit siffler des balles. Elle serra les dents, certaine de sentir bientôt l'impact d'une balle entre ses épaules.

Jetant un coup d'œil en arrière, Miguel vit que les Comanches gagnaient du terrain. Jamais ils n'atteindraient le prochain passage en aval de la rivière. Il fit obliquer son cheval vers la gauche, sachant que c'était leur dernière chance.

Au bord d'un profond canyon, il arrêta son cheval et mit pied à terre. Surprise par l'arrêt brutal, la monture d'Alison se cabra et Miguel s'empara d'une rêne pour la calmer.

— Pourquoi nous arrêtons-nous ? demanda-t-elle alors qu'il l'aidait à descendre.

— Nous n'arriverons pas jusqu'au prochain passage.

Lui prenant la main, il l'entraîna en courant vers le bord du canyon où résonnait un grondement sourd. A ses pieds se trouvait une chute de trente mètres entre deux façades de rochers et au fond, de dangereux rapides dévalaient le lit de la rivière.

— Sautez ! hurla Miguel.

Alison décida qu'elle préférait affronter les Comanches que se jeter dans le vide. C'était du suicide ! Si elle n'était pas déchiquetée par les rochers de chaque côté, elle se noierait dans les rapides.

— Vous êtes fou ! Nous allons nous tuer ! protesta-t-elle.

Les balles des Comanches ricochaient à leurs pieds.

— Sautez ! C'est notre seule chance !

— Non, je...

Soudain, Miguel bondit, l'entraînant dans sa chute, et Alison se sentit voler dans les airs, sa longue jupe s'emmêlant autour d'elle. Elle voyait l'eau se rapprocher mais le temps semblait être suspendu. « Je vais mourir... pensa-t-elle. Et je ne peux rien y faire... »

L'impact de l'eau les sépara l'un de l'autre. Alison s'enfonça dans la blancheur des rapides, comme si on la tirait par les pieds. Avec l'énergie du désespoir, elle essaya de remonter à la surface, mais elle ne pouvait pas lutter avec la force de l'eau. Ses poumons menaçaient d'éclater et un voile rouge passa devant ses yeux. C'est alors qu'une main saisit son poignet...

Lorsqu'elle refit surface, elle se trouva entourée de vagues aux crêtes blanches, les falaises du canyon s'élançant de chaque côté. Au-dessus, elle aperçut une bande de ciel bleu. L'eau la frappait au visage et elle ne parvenait pas à voir Miguel mais elle sentait sa main encercler son poignet.

Le courant l'entraînait en tirant sur ses jambes comme si elle n'était qu'une poupée de chiffons. Terrifiée à l'idée d'être aspirée vers le fond, elle se débattit mais Miguel ne la lâcha pas.

— Lâchez-moi ! cria-t-elle. Je sais nager !

— Non ! Cessez de lutter ! Laissez le courant vous entraîner...

A la merci de cette eau tourbillonnante, elle n'avait guère le choix. La puissance de la rivière était immense. Alison était projetée de-ci, de-là, aspirée vers le fond puis rejetée à la surface, la bouche pleine d'eau, lancée contre un rocher, puis un autre... Le cœur battant, elle n'avait jamais eu aussi peur de sa vie.

Lors de cette folle descente de la rivière, elle n'aperçut Miguel qu'une fois, et encore, elle entrevit ses cheveux noirs disparaissant sous une vague. Puis, elle entendit des hurlements encore plus forts que le grondement des rapides. Mon Dieu ! se dit-elle. Les Comanches les auraient-ils suivis le long de la rivière ? Cette terrible chute aurait-elle été inutile ?

Mais c'était un vent violent qui essayait de les repousser vers l'amont... Les deux éléments de la nature, l'eau et le vent, menaient une lutte sévère.

— Maintenant, nagez! cria Miguel en relâchant son poignet.

Alison bougea ses bras et ses pieds, mais sans savoir si elle avançait ou pas. D'immenses vagues la ballottaient à droite et à gauche, mais elle n'abandonnait pas, épuisant ses dernières forces. Une lassitude s'empara alors de ses membres. Elle ne pouvait plus lutter... Elle allait se noyer dans cette maudite rivière...

Epuisée, elle ne s'aperçut pas qu'elle avait dépassé un coude du canyon et que les eaux s'étaient calmées. Le courant l'emportait encore mais avec moins de force. Lorsque Miguel l'attira à lui, les genoux d'Alison raclèrent le sol. Le souffle court, elle vit que la rivière les avait repoussés vers une rive et que le canyon s'était considérablement élargi. Miguel l'aida à se relever mais les jambes d'Alison ne la soutenaient plus. La prenant dans ses bras, il la porta jusqu'à la berge sablonneuse et s'écroula à ses côtés.

Un long moment, on n'entendit que le grondement lointain des rapides et leurs souffles irréguliers. Trop fatiguée pour bouger, Alison restait immobile, tiraillée par des élancements dans tout le corps.

Elle était venue jusqu'au Mexique pour vivre une grande aventure et pendant ces dernières vingt-quatre heures, elle avait survécu à une attaque de bandits, à une bande de Comanches sanguinaires, elle avait sauté dans un ravin, avait failli être noyée par des rapides... Elle avait eu assez d'aventures pour la satisfaire toute une vie et c'était le sauvage à ses côtés qui en était responsable. Furieuse, Alison se rappela qu'il l'avait poussée dans les rapides.

— C'était fou de faire ça ! s'écria-t-elle.

— Quoi donc ?

— De sauter dans ces rapides. Nous aurions pu nous tuer !

— Nous serions morts si nous étions restés en haut de la falaise, répliqua-t-il calmement.

— Au moins, on n'aurait pas eu le temps d'y penser. J'ai cru mourir cent fois dans la rivière.

— Vous êtes toujours en vie et vous avez encore votre scalp. S'il fallait recommencer, je n'hésiterais pas. Je préfère mourir dans la rivière que d'être mutilé et savoir que mon scalp va être exhibé comme trophée dans une ville mexicaine.

— De quoi parlez-vous ?

— Ces Comanches étaient des chasseurs de scalps, des Indiens dont la seule occupation est de traquer d'autres Indiens pour les scalper et vendre leur butin sanglant au gouvernement mexicain. Après une expédition réussie, toute la tribu se pavane en ville, montrant les scalps qu'ils ont pris. Les Mexicains fournissent même un orchestre.

— Mais ces chasseurs sont aussi des Indiens. Pourquoi les Mexicains ne les arrêtent-ils pas ? demanda Alison, se souvenant en effet que son oncle lui avait parlé de ces pratiques barbares.

— Ils ont passé des accords avec le gouvernement. S'ils éliminent les autres tribus, le gouvernement les paye et ils obtiennent une amnistie. Les Mexicains sont des imbéciles, ajouta-t-il avec un rire amer. Ils ne savent pas que ces Comanches leur rapportent plus de scalps mexicains que d'indiens. Les péons sont des proies beaucoup plus faciles et tous les scalps se ressemblent.

Alison fut bouleversée d'apprendre que des innocents étaient aussi victimes de ces barbares. Mais de quoi au juste les Indiens étaient-ils coupables ? De protéger la terre qu'ils avaient habitée pendant des siècles avant l'arrivée des Blancs ? Etait-ce là un crime qui justifiait un génocide ? Car le gouvernement mexicain avait bien l'intention d'éliminer la race rouge. Et pourquoi certains membres de cette race les aidaient-ils ?

— Est-ce que certaines tribus apaches font la même chose ? s'enquit-elle.

— Non. Les Apaches prennent rapidement des scalps et seulement pour des raisons rituelles lorsqu'il s'agit de leurs pires ennemis. Dès que la cérémonie est terminée, les scalps sont détruits et les guerriers qui les ont pris sont purifiés dans la fumée. Nous détestons mutiler les morts.

Satisfaite que les Apaches possèdent quelques qualités méritoires, Alison était maintenant heureuse qu'ils eussent sauté dans la rivière. Si elle devait mourir, elle préférait mourir en une seule pièce.

Ses nouveaux vêtements étaient en lambeaux et ses sandales lui avaient été arrachées : Alison était dans un pire état qu'avant leur excursion. Désormais, elle n'avait même plus de mocassins. Le voyage avait été inutile et ses autres habits étaient aux mains de chasseurs de scalps. Bien qu'elle eût envie de pleurer, elle partit d'un éclat de rire hystérique.

— Pourquoi riez-vous? s'étonna Miguel.

— Regardez-moi! C'est pire qu'avant.

— Ce ne sont que des vêtements. Les miens aussi sont en piteux état.

«Mais vous en avez d'autres, pas moi», se dit Alison. Elle se ressaisit: de quoi se plaignait-elle? N'était-elle pas en vie?

— Vous avez raison, admit-elle.

Le tissu mouillé collait à la peau d'Alison et soulignait sa fine silhouette. Miguel ne pouvait en détacher les yeux. S'apercevant qu'elle était à moitié nue, Alison se couvrit les seins. Miguel tremblait de désir. Alors qu'il lui saisissait les épaules et la repoussait sur le sable, Alison s'écria:

— Non...

Mais son cri fut étouffé par un baiser. Tour à tour ardentes, timides, imposantes puis d'une douceur inédite, les lèvres de Miguel soumettaient celles d'Alison. Il s'étendit sur elle et la jeune femme sentit ses seins se presser contre la poitrine nue de l'Apache. Le collier de turquoises touchait sa peau brûlante.

La langue de Miguel viola la bouche d'Alison et entama une danse sensuelle qui lui tourna la tête. Soumise à la maîtrise experte de Miguel, Alison n'était plus qu'un grain de sable dans une tempête. Comment résister? Il couvrait son visage de baisers délicats, effleurait sa nuque de sa langue. Ses dents lui mordillaient l'oreille et elle n'arrivait plus à respirer, tant l'intensité des sensations qu'elle éprouvait la transportait. Le monde s'était arrêté... Miguel avait dénudé les seins d'Alison et embrassait les douces rondeurs et leurs aréoles sensibles. Elle voulut le repousser... Peine perdue... A la place, elle agrippa ses larges épaules.

Lorsqu'il lui lécha un mamelon, un gémissement lui échappa et une chaleur irradia son corps. La bouche de Miguel emprisonna la pointe et Alison tomba dans une spirale de plaisir comme elle n'en avait jamais rêvé. Le geste de Miguel la choquait, mais elle le trouvait très excitant. D'une main, il lui massa l'autre sein et une douleur pressante irradia son ventre.

Elle murmurait des paroles incohérentes, voulant le repousser, mais retint son souffle lorsqu'une boucle d'oreille lui effleura la poitrine. Chaque mouvement de ses lèvres l'entraînait encore plus loin. Elle saisit la tête de Miguel, entrelaça les doigts dans ses cheveux épais, arquant son corps pour le lui offrir.

Quand Miguel bougea légèrement, Alison sentit son membre dur contre sa cuisse. Il lui glissa une main entre les jambes et les écarta doucement. C'était un geste si intime qu'elle se sentit brusquement mortifiée.

— Non ! hurla-t-elle en le repoussant de toutes ses forces.

Elle se releva, rajustant sa jupe et sa blouse, se haïssant de l'avoir laissé faire. Frustré, Miguel la regardait d'un air exaspéré.

— Quand je dis non, c'est non ! lui lança-t-elle.

— Vous continuez à vous mentir. Votre bouche

dit une chose et votre corps la contredit. Vous étiez ravie...

— Pas du tout!

— Vous avez gémi... Vous avez pressé ma tête contre vos seins...

— Non... répéta Alison en rougissant. Ce n'est pas vrai...

— Vous étiez en train d'arquer votre corps sous ma cuisse, mais ce n'était pas ma cuisse dont vous aviez besoin.

Etait-elle allée si loin? se demanda Alison, honteuse. Elle avait éprouvé une pulsion si forte qu'elle avait cherché à l'apaiser en... Miguel disait vrai! C'était affreux!

— Vous voyez, dit Miguel, satisfait. Vous aimez que je vous touche.

— Très bien! admit-elle, furibonde. J'ai succombé un instant à vos talents. Mais cela n'arrivera plus!

— Pourquoi nous empêcher d'accéder à ce plaisir dont nous avons envie tous les deux? s'énerva-t-il.

— Vous êtes seul à le désirer.

Miguel savait qu'Alison mentait. Il était déchiré entre sa colère et son désir, partagé entre l'envie de lui tordre le cou et celui de l'embrasser jusqu'à ce qu'elle se soumette. Il leva les mains au ciel.

— Vous êtes la plus obstinée des femmes!

Tournant les talons, il s'éloigna vers la rivière. Allait-il l'abandonner? se demanda Alison, effrayée. L'avait-elle poussé à bout?

— Est-ce que vous allez rester immobile toute la journée? appela-t-il.

— Espèce de goujat arrogant... murmura-t-elle, mais elle se dépêcha de le rejoindre, soulagée.

Dans cet environnement sauvage, l'Apache était sa seule chance de survie.

12

Miguel et Alison cheminaient le long du Rio Grande. Au fur et à mesure, le canyon s'élargissait et les falaises abruptes cédèrent bientôt la place à une grande plaine. Miguel se dirigea vers des ruines où seuls quelques pans de murs tenaient encore debout.

A bout de souffle, Alison s'assit sur des marches écroulées et frotta ses pieds nus brûlés par le sable chaud.

— Qu'y avait-il ici autrefois ? demanda-t-elle. Une ville ?

— C'est ce qui reste de San Vincente, un vieux fort espagnol. Le passage de Santa Rita se trouve un peu plus bas. Je m'y dirigeais quand j'ai compris que les Comanches nous avaient coupé le passage des Chisos.

Sur leur droite, la Sierra del Carmen se teintait de pourpre et de rouge dans le lointain et de l'autre côté de la rivière, les montagnes se drapaient dans leurs capes ocre et brun. Alison reconnut plusieurs sommets des Chisos. Leur terrible descente des rapides avait semblé durer une éternité, mais ils se trouvaient toujours sur le territoire de Miguel.

— Attendez ici, pendant que je retourne à San Carlos nous chercher des chevaux.

— San Carlos se trouve près d'ici? s'étonna Alison.

— Non, c'est assez loin.

— C'est-à-dire? Et évitez de me donner une distance en heures, je vous prie!

— Près de cent vingt kilomètres. Je serai de retour dans la nuit.

— Etes-vous devenu fou? Vous allez marcher cent vingt kilomètres et revenir en moins de douze heures... ? C'est impossible.

— Je ne marcherai pas. Je vais courir.

— C'est toujours aussi impossible!

— Pour un Blanc, certes. Mais je suis un Apache. Aucun Indien ne peut courir aussi loin ni aussi longtemps que nous. N'allumez pas de feu, ajouta-t-il en retirant sa chemise. Dans ce désert, on les repère de loin.

— Ne serait-ce pas plus simple de rentrer au campement? proposa Alison, craignant de rester seule avec des Comanches et des bandits dans les parages. Il ne peut pas être beaucoup plus loin que San Carlos.

— Ce serait plus simple pour moi, mais pas pour vous. Vous n'y arriverez jamais avec vos jolis pieds de femme blanche.

Sans rien ajouter, il disparut en quelques instants d'un pas bondissant. Jacita avait raconté à Alison que les Apaches s'entraînaient à courir dès leur plus jeune âge. Mais parcourir plus de cent kilomètres sous le soleil dans un désert...

C'était un exploit impossible à réaliser. Or Miguel n'était pas un homme comme un autre. Il possédait une remarquable condition physique et une résistance à toute épreuve. Si quelqu'un pouvait réussir, c'était bien lui.

S'adossant à un mur encore debout, Alison se dissimula de son mieux. Elle voulait éviter qu'on la vît du désert. Quelques heures plus tard, le soleil se coucha, teintant la rivière de rose puis de lavande. Il semblait à peine croyable que ce fleuve tranquille se transformât en amont en dangereux rapides. Qu'ils eussent survécu tenait du miracle...

En dépit de sa soif, Alison attendit qu'il fît nuit pour descendre se désaltérer à la rivière. Si seulement elle avait quelque chose à manger... Elle mourait de faim mais autour d'elle ne poussaient que des cactus dont les fruits n'étaient pas encore mûrs.

La lune se leva, grosse boule dorée qui devenait argentée au fur et à mesure qu'elle grimpait dans le ciel. Suspendue au-dessus du désert, elle baignait le paysage d'une lumière douce et soulignait le relief pourpre des yuccas. Sur les flancs des Chisos, elle transformait la végétation en une masse grise, donnant aux montagnes une apparence irréelle. La nuit, elles ressemblaient vraiment à des montagnes fantômes.

Bien qu'elle fût épuisée, Alison ne parvenait pas à s'endormir. Les coyotes hurlaient dans le lointain et chaque bruit du désert s'amplifiait : un rat fouillant un cactus, un lézard détalant dans le sable, un lapin sautillant entre les ruines... Alison ne s'était jamais sentie aussi seule. Même le doux murmure de la rivière ne calmait pas ses nerfs tendus.

Elle se réveilla en sursaut en entendant rouler des cailloux. Une silhouette se dressait devant elle. Elle ouvrit la bouche pour crier, aucun son n'en sortit... Elle était paralysée par la terreur. Puis, voyant scintiller une boucle d'oreille dans le clair de lune, elle se redressa.

— Vous m'avez fait une de ces peurs, Miguel ! lança-t-elle, furieuse. Quelle idée d'être aussi furtif !

— Si j'avais vraiment voulu vous surprendre, vous ne m'auriez pas entendu du tout. Je me suis approché normalement. C'est vous qui êtes nerveuse.

— J'ai peur toute seule par ici, admit-elle. N'importe qui pourrait se cacher dans cette obscurité.

— Il n'y a personne dans les alentours, sinon je ne vous aurais jamais laissée.

— J'ai tout de même eu peur.

— Avec un peu de chance, vous apprendrez à m'apprécier parce que je vous protège, dit-il en lui tendant une couverture.

Plutôt se mordre la langue que lui avouer qu'elle était heureuse de le revoir... Alison s'enroula dans la couverture car le vent du désert se rafraîchissait la nuit. Dès que Miguel se fut étendu, il s'endormit, épuisé par sa longue course. Alison ferma les yeux. Miguel se trouvait si proche qu'elle respirait son parfum et percevait la chaleur de son corps. Mais ce soir-là, elle n'y vit aucune menace. Avec ce puissant Apache à ses côtés, elle se sentait en sécurité.

Le lendemain, ils se levèrent avec le soleil. Comme un mirage bleuté, les montagnes Chisos les dominaient de leur haute stature, à moitié dissimulées par la brume.

— Regardez, Miguel ! s'exclama Alison. Regardez ce sommet des Chisos. On dirait que le soleil le montre du doigt. Il est complètement doré...

— Lorsque le soleil passe par la « fenêtre », il l'éclaire en effet d'une manière particulière. Il y a une légende au sujet de cette montagne que nous appelons la Montagne de la Mine Perdue. On raconte qu'il s'y trouve une mine remplie d'un trésor espagnol et que si l'on se tient ici à San Vincente, dans les ruines de l'église le dimanche des Rameaux, le premier rayon de soleil qui frappe la montagne indique l'entrée de la mine. Ce sont des balivernes, bien sûr... Puisque la date du dimanche des Rameaux varie chaque année, comment serait-ce possible ? Mais cela n'empêche pas des chercheurs d'or avides de venir chaque année, en quête de la mine perdue... conclut-il amèrement.

— Qu'est-ce qui leur arrive ? demanda Alison, effrayée. Est-ce que vous les tuez ?

— Non. Les Chisos s'en chargent. Les hommes blancs ne peuvent survivre là-haut sans eau et nous sommes les seuls à savoir où se trouvent les sources cachées. Ils peuvent chercher jusqu'à la nuit des temps, ils ne trouveront jamais cette mine.

— Alors ce n'est pas une légende... Elle existe vraiment.

— Elle existe, de même que les squelettes des

gardiens espagnols qui la protégeaient. Mais les chercheurs d'or resteront bredouilles. Nous avons dissimulé l'entrée avec des rochers. Nous ne permettrons pas aux Blancs de violer les Chisos comme ils l'ont fait dans les Collines Noires des Sioux.

Ils reprirent leurs chevaux. Alison donnait raison aux Apaches : l'or trouvé par les chercheurs dans les Collines Noires avait marqué le début de la fin pour les Sioux.

— Mais ce sont nos chevaux ! s'exclama-t-elle en les voyant.

— Les Comanches leur ont fait si peur qu'ils sont repartis ventre à terre pour San Carlos, en emportant ma carabine et vos vêtements.

Enchantée, Alison saisit le paquet et s'abrita derrière un rocher pour se changer. Avec une joie non dissimulée, elle enfila ses vieux mocassins. Au moins, ils protégeaient ses pauvres pieds ! En les laçant, elle se dit que les Apaches avaient raison de se méfier des chaussures des Blancs. Les sandales n'avaient pas fait long feu. Si elle avait eu ses mocassins pendant la descente des rapides, elle ne les aurait pas perdus.

Que faire de ses vêtements en lambeaux ? Elle décida de les conserver. Miguel n'avait pas l'intention de lui en acheter d'autres, mais il possédait du tissu. Elle pourrait utiliser les vieux vêtements comme patron. Avec un peu de chance, elle ferait bientôt des progrès en couture.

Lorsqu'elle apparut, Miguel lui jeta un regard admiratif, mais il n'insista pas, ne voulant pas se disputer avec elle une nouvelle fois.

— J'ai du fromage et des tortillas, dit-il en lui faisant signe de s'asseoir. Quand nous aurons mangé, nous repartirons.

— C'est dommage que vous n'ayez pas quelques chèvres, dit-elle en mâchonnant le délicieux fromage enroulé dans une tortilla. Vous pourriez fabriquer du fromage comme celui-ci.

— Les Chisos regorgent de chèvres sauvages.

— Pourquoi ne pas les attraper et en tirer du lait et du fromage ?

— Elles sont sauvages. On arrive à peine à les approcher pour les tuer. Quant à les traire... Par ailleurs, le fromage n'est pas une nourriture apache.

— Les tortillas ne le sont pas non plus, rétorqua Alison.

— Les tortillas sont faites avec du maïs. Le maïs est une nourriture indienne.

— Quand on meurt de faim, ça n'a pas grande importance ! Vous mangez bien du cactus et des racines, pourquoi ne pas capturer quelques chèvres ?

— Elles ont de méchantes cornes.

— Au cas où vous l'ignoreriez, les feuilles des yuccas sont aussi de sévères poignards. Si je peux les éviter, je peux aussi éviter les cornes d'une chèvre.

— Seriez-vous en train de me demander de vous amener une chèvre ?

— Il m'en faudrait plusieurs, dit Alison en réfléchissant. Pour obtenir du lait, il faut un mâle et une femelle.

— Capturer un bouc sauvage vivant ! s'exclama Miguel. C'est impossible...

— Pas du tout. Vous vous montrez aussi buté que d'habitude.

Tandis qu'elle sellait son cheval et attachait le paquet de vêtements à la selle, Alison grommelait à mi-voix. Elle ne comprenait pas Miguel. Les Apaches étaient contraints de manger des produits sauvages pour survivre, mais s'ils plantaient quelques légumes au lieu de se contenter de maïs et s'ils se servaient d'animaux disponibles comme les chèvres, ils allégeraient grandement la tâche de leurs femmes qui travaillaient si dur. Mais Miguel se fichait du travail des femmes... Ce n'était pas lui qui s'échinait comme une bête de somme.

Traversant la rivière au passage de Santa Rita, ils la suivirent encore sur plusieurs kilomètres. Lorsqu'ils se dirigèrent vers les montagnes, Alison aperçut un immense champ de maïs planté près du fleuve, les épis dorés se balançant dans la brise.

— Y a-t-il une ferme près d'ici ? s'enquit-elle, curieuse.

— Des paysans mexicains habitent un petit village non loin et ils vivent de ces champs de maïs. Parfois, nous commerçons avec eux et achetons leur maïs pour le garder dans nos grottes en cas de besoin.

« C'est là que doit se trouver le butin des Apaches », se dit Alison qui ne les avait jamais rien vu rapporter de leurs expéditions.

— Puisqu'un village se trouve si près, pourquoi vous êtes-vous donné la peine de m'emmener jusqu'à San Carlos pour acheter des vêtements ?

— Ce n'est qu'un petit village sans marché. Les paysans ne vendent que du maïs.

Visiblement, la plaine était fertile. N'importe quoi pourrait y pousser... Agacée, Alison secoua la tête. Ces paysans mexicains semblaient aussi butés que les Apaches.

En entrant dans les montagnes, Alison leva la tête et aperçut un immense animal à longs poils rudes avec de méchantes cornes. « Mon Dieu ! pensa-t-elle. Si c'est un bouc sauvage, je comprends pourquoi Miguel a dit qu'il était impossible d'en capturer un ! » Il devait peser au moins cent kilos et mesurait près d'un mètre cinquante.

— C'est un des boucs dont vous parliez ?

— C'est un mouton, répliqua Miguel d'un air dédaigneux.

— Oh... dit Alison qui se sentait idiote.

— Voilà un bouc.

L'animal était plus grand que ceux du marché et ses cornes étaient bien plus longues, mais il se tenait tranquille.

— Il ne m'a pas l'air si dangereux, fit-elle.

— Il est sauvage. Un puma n'a pas l'air dangereux jusqu'à ce qu'il vous attaque. Pour rester libre, un animal sauvage se battra jusqu'à la mort.

— Si vous en attrapiez des petits, on pourrait peut-être les apprivoiser.

— Je suis en train de regretter ce fromage. Je ne vous attraperai pas de bouc, point final.

« Voilà que le maître a encore parlé », se dit Alison, agacée. En arrivant au campement en fin d'après-midi, Miguel fut entouré comme d'habitude et Alison fut surprise de voir que Jacita et d'autres femmes semblaient heureuses de la voir. Dès qu'elle mit pied à terre, elles l'entourèrent, admirant ses nouveaux habits, mais quand Alison leur offrit de prendre la blouse déchirée pour en copier le dessin, elles refusèrent. Encore une fois, les Apaches restaient fidèles à leurs anciennes manières.

Le lendemain, une trentaine de guerriers et Miguel quittèrent le campement. Miguel avait promis au maire de San Carlos que ses gens ne seraient plus attaqués par les bandits : il tiendrait sa promesse. Alison n'était pas inquiète. Puisque les bandits n'avaient pas pu venir à bout d'un seul Apache, que feraient-ils contre trente ? Mais la compagnie de l'arrogant Chef apache lui manquait.

Un jour, alors que les deux jeunes filles ramassaient des graines sauvages, elle demanda à Jacita :

— Qu'admirent surtout les Apaches chez une femme ?

— Tu veux dire en ce qui concerne leur corps ?

— Oui, dit Alison en rougissant.

— Ils jugent la beauté d'une femme à la taille de ses pieds. Plus ils sont petits, plus elle est considérée comme belle.

Pas leurs seins, leurs hanches, ou leurs jambes ? Alison était étonnée. Comparés à ceux de Jacita, les pieds d'Alison étaient affreusement grands. Aux yeux des Apaches, elle devait être très laide. L'odieux Miguel lui faisait des compliments mensongers pour l'amadouer !

Lorsque Miguel revint de l'expédition punitive, il fut attristé de trouver une Alison farouche, qui lui lançait des regards noirs et gardait ses distances comme au début de leur rencontre. Perplexe, il lui fallut quelques jours avant de prendre une décision.

Il s'absenta une nouvelle fois et Alison s'étonna que les autres Apaches la regardent soudain d'une manière étrange. Même Jacita avait un comportement bizarre, avec des sourires furtifs en la regardant de biais. Inquiète, Alison se demandait ce qui se passait.

Une fin d'après-midi, Miguel entra au campement, tenant son cheval par les rênes et portant un pagne indécent, mais celui-ci était brodé de perles, tout comme les mocassins blancs qui lui arrivaient aux genoux. Et sur le front, il arborait un bandeau perlé avec une belle turquoise au milieu. Il était superbe !

Puisque Miguel s'était vêtu avec tant de soin et que les membres de la tribu surveillaient ses faits et gestes, Alison se dit qu'une cérémonie allait avoir lieu. Mais au lieu de s'arrêter devant le *wickiup* principal où se réunissaient toujours les sages de la tribu, Miguel s'avança vers elle et lui tendit la main :

— Viendrez-vous avec moi ? J'ai quelque chose à vous montrer.

Alison n'en croyait pas ses oreilles : Miguel n'ordonnait pas, il demandait une faveur... C'était à peine croyable ! Comment pouvait-elle refuser quand la tribu ne la quittait pas des yeux ?

Troublée, elle lui donna la main et ressentit un frisson d'excitation à son contact. La guidant jusqu'à son cheval, il la souleva sur l'animal et monta derrière elle. Les Indiens les observaient avec sérieux et lorsque Alison croisa le regard de Jacita, son amie lui adressa un sourire radieux.

— Pourquoi êtes-vous habillé comme pour une fête ? demanda-t-elle quand ils quittèrent le campement.

— C'est un jour important pour moi.

— Est-ce qu'il va y avoir une cérémonie ?

— Oui.

— Quand ?

— Plus tard.

Il n'en dit pas plus et Alison se sentit frustrée par son silence. Décidément, Miguel était aussi étrange que les autres.

— Que voulez-vous me montrer ? s'enquit-elle alors qu'il suivait un sentier sinueux.

— Une charmante vallée isolée. Soyez patiente.

Après avoir traversé un grand bois, ils arrivèrent dans une vallée dont la beauté coupa le souffle à la jeune femme. A l'ombre d'immenses pins, les douces pentes de la vallée étaient recouvertes d'une herbe luxuriante piquetée de fleurs sauvages, rouges, mauves, pourpres, œillets roses, primevères jaune pâle... On aurait dit que la nature avait trempé son pinceau dans une palette de couleurs et les avait distribuées sur les prés. D'un côté coulait un petit ruisseau, ses eaux joyeuses bondissant entre les pierres. Et tout autour veillaient les majestueuses montagnes, gardiennes silencieuses de la ravissante vallée.

— C'est merveilleux, s'extasia Alison.

— Je suis heureux que cela vous plaise.

Ils mirent pied à terre et elle s'avança dans la prairie, admirant la beauté qui l'entourait. Au pied d'un tronc épais se dressait un *wickiup* dont les branches de saule étaient entrelacées de fleurs.

— Pourquoi est-il décoré ?

— C'est le *wickiup* que construit le guerrier pour son épouse, expliqua Miguel.

— Qui va se marier ?

— Nous.

Bien qu'il l'eût dit d'un ton monocorde, Alison sursauta.

— Je suis un homme patient, mais j'en ai assez d'attendre que vous vous soumettiez. Je vous ai épousée. Désormais, vous ne pouvez plus vous refuser à moi.

— Je n'ai pas donné mon accord ! s'écria-t-elle, furieuse.

— Je suis le Chef. C'est un grand honneur que je vous fais.

— Je refuse de vous épouser !

— Trop tard, nous sommes déjà mariés. Lorsque vous avez accepté de venir jusqu'ici, votre destin était scellé. Aux yeux de mon peuple, nous sommes mari et femme.

— Vous m'avez trompée ! Je ne savais pas ce que je faisais.

— Quoi qu'il en soit, vous êtes mon épouse.

— Balivernes !

— N'est-ce pas ce que vous vouliez ? rétorqua Miguel, exaspéré. Un engagement ? Je vous ai donné ce que je n'avais jamais rêvé de donner à une autre femme.

— Mais pas par amour. Par désir !

— Je vous ai dit dès le premier jour que je vous désirais. Ne me demandez pas de vous aimer. Cela, je ne peux pas l'offrir à une femme. Aimer quelqu'un exige un engagement absolu. C'est déjà fait : envers mon peuple, ma tribu. Dans ma vie, ils seront toujours les premiers, en toute chose. Je vous protégerai, je m'occuperai de vous, et je ferai tout ce qu'un bon mari peut faire pour sa femme. Vous ne manquerez de rien et je sais aussi être gentil. En échange...

— C'est inutile de me dire ce que vous voulez en échange... Mon corps ! Vous l'avez toujours voulu... Vous m'aviez promis de ne pas me forcer et je refuse de me soumettre.

— Je n'aurai pas à vous forcer.

Lorsqu'il la souleva dans ses bras puissants, Alison se débattit comme un beau diable, lui griffant le visage, lui assenant des coups de poing et de pied. Il parvint à lui emprisonner les bras sur les côtés, la serrant si fortement contre lui qu'elle craignit d'étouffer. Elle ouvrit la bouche pour lui mordre l'épaule.

— Ne faites pas ça, dit-il d'une voix dure.

Alison recommença à lutter, essayant de se dégager. A son grand désarroi, ses efforts futiles amusaient Miguel. Il la tenait si serrée que les battements de cœur de Miguel se répercutaient dans son corps de jeune fille comme le son d'un tambour sensuel.

Il la porta dans le *wickiup* et voulut l'embrasser, mais elle détourna la tête. Sans se démonter, Miguel embrassa son cou de cygne, et laissa sa langue courir jusqu'à son oreille. Lorsque la chaleur coutumière l'envahit, Alison sut que son corps la trahissait une nouvelle fois.

La bouche de Miguel emprisonna brusquement la sienne comme un faucon s'empare de sa proie. Il l'embrassa à perdre haleine, tour à tour ardent et taquin, sa langue jouant une douce musique sur les lèvres rebelles.

Lorsqu'il la reposa, les jambes d'Alison avaient perdu toute leur force, mais il continua à la serrer contre lui et ne relâcha pas sa bouche. Miguel prenait son temps, réduisant Alison à l'état d'une feuille tremblante dans une tempête.

Il s'agenouilla sur la paillasse, défit le cordon qui retenait la blouse de la jeune femme et s'empara d'un sein. Hébétée, Alison sentit les doigts de Miguel effleurer son mamelon et un plaisir nouveau envahit son corps. Elle voulut le repousser mais ses bras ne lui obéissaient plus.

Doucement, il la força à s'allonger.

— Vous êtes ma femme. Laissez-moi vous apporter du plaisir, murmura-t-il, son regard noir brillant de désir.

Chaque fois qu'elle respirait, ses mamelons caressaient le torse nu de Miguel. Alison se sentait entraînée dans une spirale de plaisir. Les doigts de son amant qui lui touchaient le cou la faisaient trembler. Lorsqu'il déposa un tendre baiser sur son front, elle sut qu'elle était perdue. Les yeux fermés, une larme coula le long de sa joue.

— Pourquoi pleurez-vous ? s'étonna-t-il. Je ne vous ai pas fait mal.

— Je suis trop faible... Je ne peux plus vous combattre...

— Je vous promets que vous ne le regretterez pas, sourit-il. Je vous ferai découvrir le plaisir. Lorsque ce sera fini, nous en sortirons tous les deux vainqueurs.

Miguel tint sa promesse. Il la caressait, effleurant ses bras, ses côtes, ses seins, déposant des baisers sur ses épaules et son visage. Lentement, si lentement, il célébra ses seins avec sa langue, mordillant les mamelons roses jusqu'à ce qu'Alison se retînt de crier s'il ne les prenait pas bientôt dans sa bouche.

Il lui déboutonna sa jupe et la retira. Ses mains caressant ses cuisses et ses hanches étaient aussi magiques que sa bouche qui embrassait un mamelon. Peu à peu, Alison se détendait, abandonnant son corps à cette chaleur bienfaisante. Même lorsqu'une main de Miguel effleura son pubis et que ses doigts habiles trouvèrent le secret de sa féminité, elle ne protesta pas. Elle se noyait dans un bien-être dont elle avait ignoré l'existence...

Lorsque Miguel découvrit le bouton de fleur de sa passion et qu'il commença à le caresser, Alison fut projetée dans un univers multicolore. Son corps s'était transformé en une flamme jaune et rouge, sa respiration se fit haletante et les vagues de plaisir allaient en grandissant.

— Vous ai-je donné du plaisir? demanda Miguel après un moment.

— Oui.

— Ce n'est pas fini.

Il l'embrassa tendrement et Alison s'aperçut qu'ils étaient nus tous les deux. Quand avait-il retiré son pagne et ses mocassins? Mais cela n'avait plus guère d'importance. Désormais, elle s'émerveillait d'être pressée contre ce corps viril, si différent du sien.

Tandis que Miguel enfouissait son visage dans son cou, Alison lui agrippa les épaules, puis, timidement, elle s'aventura le long de son dos jusqu'à la naissance de ses fesses. Instinctivement, elle savait qu'elle lui donnait du plaisir. Comment ignorer ce membre palpitant qui se pressait contre sa cuisse? Nue, elle avait l'impression que cette chaleur la transperçait telle une flèche. Mais elle n'avait pas peur, au contraire, elle se sentait excitée. En réponse à cette virilité puissante, une pulsation naquit entre ses jambes. Pour l'apaiser, Alison arqua son corps contre celui de Miguel.

C'est alors qu'il saisit ses lèvres en un baiser des plus ardents, laissant enfin sa passion s'envoler, et ils furent projetés ensemble dans un rayonnement lumineux. Soumise aux mains de Miguel qui parcouraient son corps comme un instrument de musique, ressentant dans ses entrailles la fièvre de son baiser, Alison vibrait... Elle devait être soulagée... Elle ne survivrait pas longtemps à cette attente insoutenable.

— S'il vous plaît, implora-t-elle.

C'était l'invitation qu'attendait Miguel. Avec une volonté de fer, il avait maîtrisé son désir jusqu'à ce qu'Alison fût prête à l'accueillir. Se glissant entre ses jambes, il lui souleva les reins et la pénétra, d'abord lentement, laissant la douce chaleur de sa bien-aimée l'attirer dans sa cave de velours. Lorsqu'il atteignit la barrière, il n'hésita qu'un court instant avant de plonger.

La subite douleur fit crier Alison et Miguel sentit son cœur se serrer. Avec une tendresse dont il s'étonnait lui-même, il lui murmura des paroles apaisantes, des mots tendres en apache et en espagnol.

Bientôt, la douleur céda la place à un sentiment de plénitude. Alison percevait Miguel en elle, jusqu'au plus profond de son corps. Emerveillée, elle n'écoutait plus son amant, ne ressentait plus ses caresses, elle se concentrait sur cette sensation nouvelle, étrange, puissante. Comme s'ils n'avaient qu'un cœur, un battement immense s'empara de leurs deux corps unis. Elle bougea légèrement les reins pour atténuer la pulsation qui l'irritait et gémit lorsque cet infime mouvement lui procura un intense plaisir.

Souriant, Miguel s'allongea en elle. Des étincelles coururent sur l'échine de la jeune femme. Quand il commença la danse éternelle des amants, elle lui agrippa les épaules, arquant son corps et l'entourant de ses longues jambes pour l'entraîner encore davantage. Guidée par sa passion, elle bougeait instinctivement. Ses sens développés à l'extrême, Alison s'élevait dans un monde merveilleux. Elle grimpait vers un sommet étincelant et une pression insoutenable s'emparait d'elle... Puis vint l'éclatement et les vagues d'extase qui irradièrent son corps... Une seconde plus tard, Miguel trouva lui aussi sa délivrance et s'épanouit en elle, avant de se laisser retomber de tout son poids.

Comme si elle flottait sur un nuage, Alison quitta ces sommets et redescendit sur terre. La tête de Miguel reposait entre ses seins. Rêveuse, elle saisit les mèches noires et repensa à l'extraordinaire bonheur qu'elle venait d'éprouver. Elle ne se sentait pas blessée ou vaincue. Elle avait reçu plus de plaisir qu'elle ne pourrait jamais lui en donner.

Se soulevant sur un coude, Miguel lui sourit :

— Comment te sens-tu ?

— Merveilleusement bien, avoua-t-elle, touchée par sa sollicitude.

— Ne t'avais-je pas dit que je te donnerais du plaisir ?

— Je n'avais jamais rêvé qu'une chose pareille pût exister.

— Lorsque nous serons habitués l'un à l'autre, ce sera encore mieux.

— Impossible... C'était déjà extraordinaire.

— On m'a dit que l'amour progressait avec le temps. Tu es une femme très passionnée et je viens de réveiller cette force en toi, mais tu as encore beaucoup à apprendre. Je t'enseignerai tout ce que je sais et ensuite, nous échangerons nos savoirs. Nous aurons une vie entière pour nourrir notre passion commune. Nous allons la perfectionner.

S'allongeant auprès d'elle, Miguel la tint contre lui et elle posa la tête sur son épaule. Dans le cercle protecteur des bras de son amant, écoutant le battement de son cœur, Alison réfléchit à ce qu'il venait de dire. Il l'avait épousée, un engagement à vie qu'il semblait prendre très au sérieux. Elle savait désormais qu'il ne la laisserait jamais repartir. Sa fierté l'en empêcherait. Le monde des Blancs lui était à jamais fermé.

Son avenir était lié à celui de ce peuple, aux côtés de ce puissant Chef apache, et elle aurait à s'en accommoder de son mieux.

Mais Alison ne pouvait pas accepter aussi facilement son mariage avec Miguel. Cela n'avait pas été une cérémonie comme chez les siens et elle ne voulait pas renier son sang ni ses origines. Cependant, elle ne pouvait nier les sentiments qu'elle éprouvait pour lui et qui dépassaient une simple attirance physique. Deux éléments essentiels gâchaient le bonheur qu'elle aurait pu éprouver : Miguel ne l'aimait pas et il ne lui avait pas laissé de choix. Une nouvelle fois, le Chef apache avait piétiné sa liberté et elle ne pourrait jamais le lui pardonner.

13

Lorsque Alison se réveilla le lendemain matin, Miguel avait déjà quitté le *wickiup*. Elle s'étira, se sentant merveilleusement bien. Par deux fois, Miguel lui avait encore fait l'amour pendant la nuit et Alison avait été surprise d'y prendre chaque fois davantage de plaisir. Rien que de penser à ces caresses, elle frémissait d'excitation... Déjà, elle regrettait son absence.

N'était-ce pas choquant de le désirer encore ? Après une nuit pareille, elle aurait dû être satisfaite, mais elle ressemblait à un affamé qui vient de découvrir un festin de délices sensuelles. Jamais elle ne s'en lasserait. Qu'il l'eût épousée lui avait retiré un grand poids des épaules. Désormais, en effet, elle n'aurait plus à le repousser puisqu'elle lui avait donné son corps en toute légitimité. Ils partageaient une même passion l'un pour l'autre et Alison n'était pas assez hypocrite pour le nier. Elle pouvait enfin se détendre et apprécier Miguel. Bien que n'étant pas amoureuse, elle profiterait de ce mariage et de ses avantages... Cette nuit, n'avait-elle pas eu un avant-goût de ce que serait leur vie commune ?

Une fois habillée, Alison sortit dans le soleil au chant des alouettes et admira la vallée recouverte d'une fine couche de rosée. Le paysage lui semblait encore plus beau que la veille.

Miguel quittait les bois, tenant son cheval par les rênes. Alison n'arrivait pas à croire que cet homme séduisant, à la démarche féline, que ce splendide sauvage était son mari. Elle éprouva soudain une intense fierté.

— Bonjour, lui dit-il avec un sourire. J'espère que tu as bien dormi.

Miguel savait parfaitement qu'elle avait peu dormi, mais elle ne se sentait pas le moins du monde fatiguée.

— Oui, après ton départ.

— Est-ce un reproche ? s'amusa-t-il.

— Pas vraiment, admit-elle en rougissant.

Soulagé, Miguel comprit qu'elle avait accepté leur mariage. Cette femme étant imprévisible, il avait redouté cette rencontre matinale, craignant de la trouver toujours aussi hautaine, et, après leur nuit passionnée, il n'aurait pas pu le supporter. Même pour un guerrier apache, battre en brèche les défenses d'Alison était un travail épuisant.

Se tournant vers son cheval, il commença à retirer les *parfleches* où se trouvaient leurs vêtements.

— Pourquoi les as-tu apportés ? demanda Alison, intriguée.

— Parce que nous allons habiter ici pendant quinze jours.

— Seuls dans cette vallée ?

— Oui. Les Apaches considèrent qu'un mari et sa nouvelle épouse ont besoin de temps pour s'ajuster l'un à l'autre.

C'était à peine croyable : ainsi, ces fiers Apaches connaissaient le principe du voyage de noces. A l'idée de passer des jours entiers seule avec Miguel, Alison ne se retenait plus de joie.

— Pour perfectionner leur façon de faire l'amour ? demanda-t-elle en rougissant.

— En partie, répondit Miguel, amusé par l'audace de la jeune femme. Mais il y a d'autres habitudes à prendre. En général, les Apaches se marient lorsqu'ils sont très jeunes, souvent encore adolescents. A cause de nos règles de fiançailles très strictes, ils sont parfois intimidés. En quinze jours, ils ont le temps de mieux se connaître et de s'apprécier.

Brusquement, Alison fut saisie par une horrible pensée : Miguel avait-il déjà été marié et sa femme serait-elle morte ? Il savait si bien faire l'amour.

— As-tu déjà été marié ? demanda-t-elle, aiguillonnée par la jalousie.

— Non, répondit Miguel, surpris par le ton de la jeune femme. Pourquoi poses-tu une question pareille ?

— Tu es plus âgé et…

— Et quoi ? insista-t-il en la voyant hésiter.

— Tu sais tant de choses à propos… de l'amour.

— Parce que je suis plus âgé, je suis plus avisé que d'autres. Je t'ai dit hier soir qu'on m'avait *dit* que cela s'améliorait avec les années. Si j'avais déjà été marié, je l'aurais su.

Alison s'aperçut que sa question avait été stupide. Miguel était un homme. Contrairement aux femmes, on n'attendait pas de lui qu'il reste vierge jusqu'à son mariage. Elle savait qu'il en allait de même chez les Blancs. D'un certain côté, elle lui en voulait pour ces liaisons passées, détestant les femmes à qui il avait donné le même plaisir, mais n'avait-elle pas profité de son expérience ? Au moins, elle pouvait se consoler en se disant qu'il n'avait pas aimé ces femmes. Aucune ne lui avait donné envie de l'épouser. Ainsi, Miguel la plaçait au-dessus des autres et elle devait lui en être reconnaissante. Pourtant, Alison voulait davantage. Elle voulait ce qu'espérait toute épouse, l'amour inconditionnel de son mari, même si elle n'était pas prête à lui donner le sien en échange.

Après avoir rangé les *parfleches* dans le *wickiup*, Miguel proposa à Alison de manger sous les arbres près du ruisseau.

— Est-ce qu'il y a de quoi faire un feu ? demanda-t-elle.

— Nous n'aurons pas besoin de feu. J'ai apporté suffisamment de nourriture. C'est le moment pour les jeunes mariés de s'habituer l'un à l'autre, ajouta-t-il en voyant son étonnement. Pendant ces quelques jours, tu n'auras pas à préparer les repas.

Miguel relâcha son cheval et Alison étendit une couverture sur l'herbe.

— Ces tortillas sont encore chaudes, s'étonna-t-elle.

— Jacita a préparé la nourriture.

Alison se souvint du sourire éclatant de la jeune fille lorsqu'ils avaient quitté le campement. Jacita avait su ce que complotait Miguel. La jeune femme se sentit trahie par son amie. Mais peut-être Jacita pensait-elle qu'Alison avait accepté la demande en mariage de Miguel? L'attitude suffisante du Chef guerrier faisait de la peine à sa jeune épouse. D'ailleurs, les autres Apaches n'avaient pas tous eu l'air contents.

— La tribu n'approuve pas notre mariage, n'est-ce pas? demanda-t-elle.

— Ma décision les a surpris, c'est certain. Mais ils n'ont pas porté de jugement. Je suis leur Chef. Bien sûr, ils s'attendaient à ce que j'épouse une Apache.

— Et pas une Blanche, ajouta Alison d'un ton amer.

— La couleur de ta peau n'a aucune importance. Mon père est un Blanc mais il a été adopté par la tribu. Il en était un membre à part entière quand il a épousé ma mère. Toi, tu étais encore une prisonnière et tu n'étais avec nous que depuis peu de temps. Il faut encore prouver que tu es digne d'appartenir à notre tribu.

— Une femme peut aussi être adoptée par la tribu?

— Oui, mais il est rare qu'une adulte le soit. A l'époque, mon père était encore un adolescent. Pour être admis, il faut accepter la façon de vivre et les coutumes apaches et c'est souvent difficile pour un Blanc. Quoi qu'il en soit, en m'épousant, tu es devenue un membre à part entière de la tribu.

Ainsi, il lui avait fait un grand honneur en l'épousant et en contrariant les membres de la tribu. Désormais, Alison comprenait la réaction des Apaches : ils craignaient qu'elle ne fût pas à la hauteur de sa position importante en tant qu'épouse de leur Chef. Elle décida alors de leur montrer qu'ils avaient tort de douter d'elle. Pour Miguel et pour elle-même, elle se montrerait digne de cet honneur, car en l'épousant, Miguel mettait en jeu son autorité. Si elle échouait, Miguel échouerait lui aussi, et elle ne voulait pas être responsable de sa déchéance. Puisqu'elle ne pouvait pas avoir son amour, au moins elle mériterait son estime.

Après le repas, Miguel proposa une baignade dans le ruisseau.

— Ensemble ? s'exclama Alison, choquée.

— Nous étions nus toute la nuit, lui rappela-t-il.

— Mais il n'y avait que peu de lumière dans le *wickiup*... Alors que maintenant, en plein jour...

— Nous sommes mari et femme, reprit Miguel. Le but de ces journées est d'écarter toute timidité entre nous. Il faut s'habituer l'un à l'autre.

Il retira ses mocassins et son pagne. Gênée, Alison détourna les yeux, mais lorsqu'elle entendit le clapotement de l'eau, elle risqua un coup d'œil. Miguel avançait dans le ruisseau, entièrement nu. Alison en eut la gorge sèche.

— Alors, tu viens ? demanda-t-il lorsqu'il eut de l'eau jusqu'à la taille.

Sursautant, Alison se détourna comme une enfant prise en faute.

— Nous n'avons pas de savon, dit-elle. Je vais en chercher dans le *wickiup*.

— C'est inutile. Nous pouvons utiliser le sable.

« Miguel a l'habitude de se pavaner à moitié nu, moi non », se dit-elle, agacée. Il serait difficile de surmonter sa pruderie.

— Tourne-toi, s'il te plaît, demanda-t-elle. Juste pour cette fois.

Secouant la tête d'un air exaspéré, il lui obéit. Tandis qu'il frottait son torse avec du sable, Alison se dépêcha de retirer ses vêtements, sans le quitter des yeux. Agacée, elle s'aperçut que Miguel se tenait à l'endroit le plus profond de la rivière, alors qu'elle avait espéré s'y dissimuler sous l'eau. Puis, voyant sa silhouette à travers l'eau limpide, elle comprit qu'elle n'aurait rien pu cacher : il lui fallait accepter cette situation gênante.

Ce fut le bain le plus expéditif de sa vie... Alison se lava rapidement et sortit aussitôt pour se rhabiller, sans cesser de lui tourner le dos. Ses cheveux mouillés imprégnaient la blouse d'humidité et elle s'accroupit pour les tordre.

— Non, ne le remets pas dans tes cheveux, dit fermement Miguel lorsqu'elle saisit le nœud en cuir.

Il se tenait debout devant elle. Des gouttes d'eau restaient accrochées à ses cheveux noirs et les muscles de son torse et de ses épaules mouillés luisaient au soleil. Bien qu'elle fît un effort pour lever les yeux vers son visage, Alison était consciente des longues jambes, du ventre plat et... de sa virilité entre ses cuisses. Elle fit un effort pour se concentrer sur ses paroles et non sur son corps.

— Pourquoi ne puis-je pas le porter ?

Il s'agenouilla auprès d'elle, dissimulant ainsi la partie de son anatomie qui, à la fois, effrayait et fascinait Alison.

— Parce que tu n'es plus une jeune fille, expliqua-t-il en le lui prenant des mains. Une femme mariée porte ses cheveux longs.

— Mais j'ai si chaud avec les cheveux dans ma nuque.

— Cela ne se fait pas. Tu ne le porteras plus.

Cet autoritarisme irritait beaucoup Alison. Ainsi, leur mariage n'avait rien changé. Miguel se croyait toujours maître et seigneur. Avec un air buté, elle essaya de s'emparer du *nah-leen*.

— Une femme mariée qui porte le *nah-leen* des jeunes filles annonce à tous qu'elle est prête à prendre des amants, dit-il.

— Puisque tu ne m'as pas laissé le choix, c'est peut-être ce que je vais faire, rétorqua-t-elle, furieuse.

L'expression de Miguel la terrifia, elle ne l'avait jamais vu aussi en colère. Jetant le nœud en cuir au loin, il la repoussa sur la couverture.

— Il n'en est pas question ! Tu m'appartiens ! Ton corps n'appartient qu'à ton mari !

— Je ne suis pas un objet qu'on possède ! Je te l'ai déjà dit !

— Tu es ma femme !

— Et toi, tu es mon mari ! Tu n'as pas le droit de me demander d'être fidèle, si tu ne l'es pas aussi.

— Qui a jamais dit que je n'avais pas l'intention de t'être fidèle ?

— Et... et ces danses indécentes, reprit Alison, déroutée, tu n'y participeras plus ?

Miguel se souvint de la nuit où la jolie veuve s'était offerte à lui. Après avoir goûté la sensualité d'Alison, il pensait ne jamais regarder une autre femme. Mais ce serait une grave erreur de le lui avouer : il serait alors en position de faiblesse vis-à-vis de sa propre épouse.

— Je danserai, dit-il, parce qu'il m'est impossible de refuser, mais je ne ferai pas l'amour avec ces femmes. En échange, tu ne porteras pas la coiffure des jeunes filles. Une femme mariée qui l'arbore insulte par là les talents d'amant de son mari. Même si cela te rafraîchit, je ne permettrai pas que tu m'humilies devant les autres.

Ainsi, ce n'était pas seulement l'envie de la posséder, mais une question de fierté envers la tribu, se dit Alison. Et elle s'était juré de ne jamais lui faire perdre la face devant les siens.

— Es-tu mécontente de ma façon de t'aimer ? demanda-t-il.

Comment pouvait-il poser une telle question ? Il était merveilleux ! Mais Alison hésitait à le lui avouer. Elle ne voulait pas qu'il la prenne pour une femme délurée.

— Non, admit-elle, je ne suis pas insatisfaite. Je ne m'étais pas rendu compte de l'importance de cette coiffure. Maintenant, j'ai compris et je ne la porterai plus.

Le sourire de Miguel lui réchauffa le cœur. Un seul sourire et déjà elle succombait à son charme, son corps entier vibrant dans l'attente de ses caresses.

— J'en suis heureux, lui murmura-t-il dans le cou.

— Que je ne porte pas le *nah-leen* ? demanda-t-elle d'un air faussement détaché, alors que des frissons la parcouraient de la tête aux pieds.

— Non, que tu sois satisfaite de mon amour...

Il lui lécha l'intérieur de l'oreille.

— ... Mais je suis certain de devoir encore me perfectionner.

— Pas ici, en plein jour, protesta-t-elle tandis qu'il lui retirait sa blouse.

— Nous sommes seuls.

Coupant court à d'autres objections, il la couvrit de baisers, lui faisant oublier où elle se trouvait. Comme par magie, ses vêtements disparurent et Alison s'émerveilla de sentir la langue de Miguel effleurer son corps, ses seins, son ventre, l'intérieur de ses cuisses... Lorsqu'il lui saisit le pied, elle se redressa brutalement.

— Non, s'écria-t-elle, horrifiée.

— Pourquoi ? s'étonna-t-il sans lâcher sa cheville. Pourquoi ne veux-tu pas que j'embrasse tes pieds ?

— Parce qu'ils sont grands et laids, rougit-elle, humiliée.

— Une femme de ta taille aurait l'air stupide avec de petits pieds.

Pourquoi avait-il mentionné sa taille ? Et pourquoi s'obstinait-il à parler de ses défauts alors qu'elle était étendue nue, à sa merci ?

— Si je me rappelle bien, tu as dit que j'étais

trop grande et trop maigre pour une femme, dit-elle, amère.

— Je te taquinais.

— Jacita m'a dit que les Apaches admiraient les femmes menues avec de petits pieds.

Il lui déposa un baiser sur la plante du pied, y glissa sa langue. Alison frémit lorsqu'il remonta vers son visage en la frôlant de tout son corps.

— Certains Apaches préfèrent les petites femmes, mais pas moi. Je préfère de beaucoup qu'une femme ait ma taille. Regarde comme nous sommes faits l'un pour l'autre. Poitrine contre poitrine, cuisse contre cuisse, bouche contre bouche... Je n'aime pas me tordre le dos pour embrasser une femme.

Alison sentait Miguel reposer contre elle et surtout son membre chaud enfermé entre leurs deux corps qui lui enflammait le ventre.

— Et tu n'es pas maigre mais mince. Tu possèdes toutes les rondeurs qu'il faut. Ici, dit-il en lui encerclant un sein. Ici, ajouta-t-il en lui caressant les hanches. Et ici, dit-il en glissant une main sous ses fesses qu'il pétrit avec ses doigts. Crois-tu que j'aurais choisi une épouse que je ne trouverais pas désirable ? Non... Même celles-ci sont une pure merveille, dit-il en lui effleurant les jambes. Je n'avais jamais vu une femme avec d'aussi belles et longues jambes.

Miguel avait réussi à dissiper tous les doutes d'Alison. Reflétée dans son regard ardent, elle se sentait la plus belle femme du monde. C'était un sentiment exquis, qui lui tournait la tête autant que les merveilleuses caresses de son mari.

Lui entourant les épaules de ses bras, elle lui

offrit ses lèvres. Il l'embrassa avec une telle tendresse qu'elle en eut les larmes aux yeux. Alors la passion qu'ils éprouvaient l'un pour l'autre se déchaîna. Tels deux jeunes animaux jamais rassasiés par leur amour, Miguel embrassa Alison qui lui répondit avec ardeur, sa langue dansant une folle sarabande qui excitait son désir et le rendait fou.

Fiévreusement, il goûta le satiné de sa peau, déposant des baisers là où tombaient ses lèvres. Elle trembla comme une feuille quand il effleura l'intérieur de ses cuisses avec sa langue.

Instinctivement, Alison se redressa et saisit le membre de Miguel dans la main. Avec une audace dont elle ne se croyait pas capable, elle le caressa et écouta avec ravissement les plaintes de plaisir de Miguel.

Lorsqu'il posa la main sur la sienne, elle lut sur son visage une expression presque douloureuse et son cœur se mit à battre la chamade. Il la repoussa doucement sur la couverture. L'un comme l'autre devaient maintenant trouver leur délivrance. Alison arqua son corps vers lui et se raidit en sentant sa langue fouiller son intimité.

C'était choquant... Il ne l'avait jamais aimée ainsi. Choquant — mais merveilleux ! Aussi habiles que fussent ses doigts, ils n'étaient pas comparables à la délicatesse de sa langue. C'était comme si des flammes l'encerclaient... Des vagues de plaisir intense la submergeaient et elle craignait de mourir s'il ne cessait pas bientôt cette exquise torture...

— Arrête, je t'en prie !

Mais Miguel ne pouvait pas arrêter. Le parfum

d'Alison et le doux nectar de sa féminité l'obsédaient. Il lui saisit ses longues jambes et les plia sur ses épaules.

C'était le paradis, c'était l'enfer. Des sensations violentes éclataient en elle tels des volcans de lave. Elle avait chaud, froid... Chacun de ses muscles tremblait et sa respiration courte et hachée traduisait le brasier infernal qui la consumait. Il la retenait au bord du gouffre, l'ensorcelait...

Lorsqu'il la pénétra d'un mouvement fluide, Alison ressentit l'éclat du plaisir comme un éclair. Des étincelles éclatèrent dans sa tête et son corps. Miguel serra les dents, se maîtrisant alors qu'il percevait les convulsions de jouissance de sa bien-aimée.

Etourdie, Alison ouvrit les yeux sur son beau visage. Le membre palpitant de Miguel, dur comme de l'acier, s'allongeait encore en elle.

— Qu'est-ce qui ne va pas ?

— Rien.

— Mais tu n'as pas...

— Non. Pas encore.

— Pourquoi ?

— Parce que je n'ai pas encore fini de te donner du plaisir.

Comment pouvait-elle ressentir un plaisir plus intense ? Elle se sentait aussi faible qu'une poupée de chiffons. Mais la première longue poussée de Miguel la détrompa. Sentant sa passion renaître, elle ouvrit grands les yeux. Avec un cri de joie, elle lui entoura les reins de ses longues jambes, s'abandonnant aux sensations exquises et s'émerveillant de cet amant si viril, si puissant, qui l'emmenait une nouvelle fois vers les sommets étincelants et le paradis...

Quand ils eurent fini, ils restèrent un long moment dans les bras l'un de l'autre, tremblants, la sueur luisant sur leurs corps. Puis, Miguel se retourna sur le dos et la serra contre lui avec un geste possessif. Alison n'était plus gênée de leur nudité en plein jour, dans cette prairie offerte au ciel et au vent. Il semblait normal de reposer dans les bras de son mari, avec le soleil qui la réchauffait, le bourdonnement des abeilles dans les oreilles et en respirant l'odeur de l'herbe fraîche. Lorsque Miguel proposa un autre bain, elle n'hésita pas. Main dans la main, ils descendirent jusqu'au ruisseau, comme s'ils avaient été nus toute leur vie.

« Et pourquoi pas ? » se dit Alison en entrant dans le ruisseau. Il ne devait y avoir aucun secret, ni aucune honte entre un homme et sa femme.

14

Les deux semaines qui suivirent furent une période bénie pour Alison, quinze jours dont elle se souviendrait toute sa vie. Les deux époux tombèrent sous le charme hypnotique de la vallée et se laissèrent bercer par sa douceur.

Ils passèrent beaucoup de temps à parfaire leurs activités amoureuses, comme le disait Miguel. Ainsi qu'il l'avait promis, il apprit à sa jeune épouse tout ce qu'il connaissait de l'amour et Alison fut stupéfaite d'en découvrir les différentes facettes — un amour parfois sauvage et passionné, parfois d'une tendresse exquise, ou encore insouciant avec des rires et des taquineries. Puis, ils cherchèrent ensemble les moyens de faire plaisir à l'autre. Miguel avait eu raison : l'art de s'aimer s'améliorait avec le temps. C'était comme une échelle de la jouissance et plus leurs jeunes corps vigoureux se découvraient, plus ils la gravissaient dans l'extase.

Mais il n'y eut pas que cette fête sensuelle. Ils échangèrent aussi des confidences et Alison apprit quels événements et quelles différences culturelles avaient façonné cet homme fascinant qui était son mari. Miguel lui raconta combien les Apaches appréciaient leurs enfants et comment ils fêtaient chaque événement de leur vie par des cérémonies spécifiques : à la naissance, ils plaçaient le cordon ombilical dans les branches d'un arbre fruitier pour que la vie de l'enfant fût renouvelée chaque année quand l'arbre donnait ses fruits, puis ils déposaient les nouveau-nés dans des berceaux construits et bénis par les *di-yins* lors d'une fête. Plus tard, il y avait la cérémonie des mocassins quand l'enfant faisait ses premiers pas en direction de l'est, la direction sacrée, et la première coupe de cheveux symbolique à l'âge de cinq ans. Miguel lui raconta aussi qu'on baignait les enfants apaches dans des rivières froides pour fortifier leur cœur et qu'on leur enseignait dès le plus jeune âge la vertu du silence, car un enfant en larmes peut trahir la cachette d'une tribu entière. Il lui décrivit son apprentissage de guerrier l'année de ses quatorze ans, comment il avait dû utiliser un bâton pour se gratter, et boire seulement avec l'aide d'un roseau, comment il avait dû exécuter des tâches ingrates en obéissant à des règles strictes. Pendant l'initiation, il n'avait eu le droit de parler qu'avec le langage de guerre, en se servant de quatre-vingts euphémismes mystiques pour se préserver des mauvais esprits.

Alison fut stupéfaite par les révélations de Miguel. Elle avait pensé que les Apaches étaient des sauvages, un peuple non civilisé sans aucune tenue, comparables à des bêtes féroces, et maintenant elle découvrait qu'on leur enseignait la discipline dès l'enfance et qu'ils devaient obéir à des lois sociales sévères qui, dans de nombreux cas, faisaient apparaître l'homme blanc comme un homme indulgent. Les Apaches aimaient s'amuser et organiser des fêtes dansantes, et Alison n'en revenait pas lorsque Miguel lui apprit qu'ils tenaient en si haute estime la virginité de leurs jeunes filles, que lorsque celles-ci atteignaient la puberté, une fête de quatre jours était organisée en leur honneur. La société apache lui avait pourtant semblé dominée par les mâles et Alison demanda à Miguel d'où venait cette reconnaissance de la femme. Selon la croyance apache, leur race descendait d'une femme puissante qu'ils appelaient la Femme Peinte en Blanc et lors de la cérémonie de la puberté, toute jeune fille recevait cette puissance. Cela donna à réfléchir à la jeune Américaine: combien de peuples soi-disant civilisés accordaient-ils une si grande place à la femme? Elle-même avait été fêtée lors de son bal de jeune fille, mais l'événement semblait tellement plus frivole en comparaison des coutumes apaches. Personne en effet n'avait parlé de pouvoir. L'opiniâtre Alison trouvait très agréable de penser qu'une femme pût être douée de puissance.

Miguel était devenu Chef à dix-sept ans et c'était lui qui avait découvert cette vallée secrète au sein des Chisos. Quittant l'ancien campement près de Fort Davis, il y avait mené sa tribu, menacée par l'arrivée des Blancs. C'était à peine croyable qu'un homme aussi jeune ait pu endosser une responsabilité pareille, mais il n'avait pas failli à sa tâche et s'était montré digne de leur confiance à maintes reprises. Miguel en avait tiré une dignité qu'Alison avait admirée dès leur première rencontre. Grâce à ces années à la tête de ses hommes, il avait acquis une maturité et une sagesse qui transcendaient son âge.

A la fin de leur voyage de noces, Alison voyait Miguel d'un œil différent. Son attitude orgueilleuse continuait à l'irriter mais elle comprenait désormais que c'était une part intrinsèque de sa personnalité et qu'on ne pouvait détacher le Chef de l'homme, les deux étant liés à jamais.

Alison fut attristée de devoir quitter la merveilleuse vallée et de mettre fin à cette harmonie qui s'était établie entre eux, mais elle avait déjà rompu deux des promesses qu'elle s'était faites à elle-même : elle avait donné son corps à Miguel et lui avait secrètement accordé son estime. Quant à sa troisième promesse, elle était sérieusement en péril. N'était-elle pas en train de tomber amoureuse du puissant Chef apache ?

Le jour de leur retour au campement, un arc-en-ciel s'éleva dans le ciel, un immense arc multicolore qui s'étendait d'un pic de montagne à un autre. Alison était émerveillée, elle n'en avait jamais vu avec des couleurs aussi intenses.

— Crois-tu que nous arriverons au campement avant la pluie ? demanda-t-elle.

— Difficile à dire. Quelquefois l'arc-en-ciel reste au-dessus de nous un ou deux jours avant de céder la place à la pluie.

Lorsqu'ils passèrent devant les champs de maïs, Alison fut horrifiée de voir comme la terre était sèche.

— Mais la pluie va venir, n'est-ce pas ? s'inquiéta-t-elle. Le maïs en a besoin pour survivre.

— Jusqu'à maintenant, elle ne nous a jamais déçus. D'ailleurs, écoute... Tu entends les grillons chanter.

— Et alors ?

— Leurs chants sont le signe d'une belle récolte.

Mais la pluie ne tomba pas ce jour-là et le lendemain matin, l'arc-en-ciel n'avait toujours pas disparu. Tandis que la journée s'écoulait, Alison commença à craindre que l'arc-en-ciel ne leur fît des vaines promesses et les chants stridents des grillons l'agaçaient. Puis, en fin d'après-midi, de gros nuages noirs roulèrent au-dessus des montagnes, cachant le soleil et étendant leur ombre sur la vallée.

Jacita se trouvait avec Alison dans la cuisine quand l'orage éclata. Lorsque Miguel entra, le vent fouettant ses longs cheveux, Jacita lui ordonna aussitôt d'une voix inquiète :

— Retire ton bandeau et cache-le !

Avec un sourire indulgent, Miguel cacha son bandeau dans sa chemise et Jacita rentra chez elle en courant pour éviter la pluie.

— Pourquoi as-tu dû dissimuler ton bandeau ? s'enquit Alison.

— Parce qu'il est rouge. Les Apaches pensent que le rouge attire la foudre.

— Tu n'es pas sérieux...

— J'ai bien peur que les Apaches ne soient

très superstitieux en ce qui concerne la foudre. Ils y voient la plus terrifiante des puissances sur terre. Ils pensent que ce sont les flèches des Hommes du Tonnerre et que le grondement du tonnerre est le bruit de leurs cris. Lorsque la foudre vous manque d'un cheveu, c'est un avertissement. Les Apaches cachent les objets rouges, relâchent les animaux sauvages captifs, refusent de monter des chevaux tachetés et ne mangent pas avant la fin de l'orage.

— Tu ne crois tout de même pas à ces balivernes ?

— Non, mais Jacita y croit dur comme fer. Plutôt que de l'inquiéter, je me plie à ses demandes.

Ils entrèrent dans leur *wickiup* et tandis que l'orage éclatait au-dessus de leurs têtes, ils entendirent un bruit encore plus fort que celui de la tempête.

— Qu'est-ce que c'est ? demanda Alison.

— Les autres imitent l'appel de l'aigle de nuit. Ils croient que cela éloigne les flèches de feu.

Alison décréta que les superstitions des Apaches étaient ridicules — jusqu'à ce que l'orage empirât ! Jamais de sa vie elle n'avait entendu des claquements de tonnerre aussi violents, ni vu la foudre s'abattre avec une telle intensité. La réverbération de la lumière blanche éclairait le petit *wickiup* d'un halo terrifiant et lorsque la foudre s'abattait trop près d'eux, elle pouvait sentir l'odeur de l'herbe brûlée. N'ayant jamais connu un orage aussi violent, Alison se recroquevilla dans les bras de Miguel, se demandant si l'intensité de l'orage était due à la présence des montagnes. On aurait dit que les cieux se déchiraient et la terre tremblait sous leurs pieds. Les Hommes du Tonnerre avaient-ils décidé de les anéantir ? Brusquement, Alison se sentit très vulnérable et lorsque l'orage s'éloigna, laissant dans son sillage une pluie torrentielle, elle en fut intensément soulagée. Elle se promit de ne plus jamais se moquer de la peur des Apaches : ces orages électriques étaient en effet terribles.

Un automne précoce, que les Apaches appelaient la saison des Fruits Abondants, prit la place de l'été. S'émerveillant de la riche récolte qu'offrait une nature généreuse, Alison trouva le nom parfaitement approprié. Il y avait tant de choses à faire : recueillir le maïs, les cosses des yuccas, préparer les graines des tournesols et les pignons de pin, ramasser les raisins, les noix, et les haricots des *mezquites* pour les moudre. Et le travail n'était pas encore terminé... Il fallait aussi recueillir et sécher les fruits des yuccas qu'on appelait des *datiles* et les douces *tunas* des cactus à poires.

Les femmes n'étaient pas les seules à se préparer activement pour l'arrivée de l'hiver. Miguel augmentait la cadence des attaques de convois et de ranchs, ses guerriers et lui s'absentant parfois pour des semaines.

Lorsque Miguel était loin du campement, il manquait à Alison. Pour ne pas penser à lui, elle s'absorbait dans le travail. Mais si la journée elle réussissait à l'oublier, aussi épuisée fût-elle le soir, elle ne parvenait pas à s'endormir. Sans sa présence réconfortante et sensuelle, elle se sentait seule. Le temps passait avec une pénible lenteur et Alison ne le mesurait pas avec le lever et le coucher du soleil, mais selon les absences du Chef apache.

Un jour, lorsque la récolte fut finie, Jacita lui apprit comment tresser un *tuts* avec des branches de saule et comment l'enduire avec de la colle de pomme de pin. La jarre à eau terminée, Alison l'admira avec plaisir, trouvant que ce premier effort était bien plus réussi que sa première paire de mocassins.

— Avec quoi vas-tu la décorer? demanda Jacita.

— Tu veux dire qu'il faut la peindre?

— Oui. La plupart des femmes apaches y peignent leur symbole, quelque chose de la nature à laquelle elles s'identifient, comme la lune ou l'étoile du matin, ou une jolie fleur. Moi-même j'ai choisi la fleur du cactus à poires.

Alison se souvint en effet avoir vu la fleur jaune peinte sur le panier de son amie. Cette petite fleur fragile convenait parfaitement à la jeune fille délicate, mais en aucun cas elle-même ne pourrait choisir une fleur. Elle ressemblait plutôt à un pin élancé, mais elle ne voulait pas utiliser un arbre comme symbole. Alison voulait quelque chose de plus coloré. Lorsqu'elle leva la tête, elle aperçut un magnifique arc-en-ciel. Voilà! Elle était comme cet arc-en-ciel qui passait son temps à attendre l'arrivée de la pluie, alors qu'elle-même attendait... quoi donc? La promesse de l'amour de Miguel? «Quelle idiote je suis!» se dit tristement Alison. Elle n'obtiendrait jamais son amour. Il le lui avait dit. Elle se contentait d'attendre son retour.

— As-tu trouvé un symbole ? s'enquit gentiment Jacita.

— Oui, je pense prendre l'arc-en-ciel.

Le lendemain, Miguel et ses guerriers revinrent d'une expédition. Comme d'habitude, il réapparut par surprise aux côtés de son épouse. Ses arrivées silencieuses surprenaient toujours Alison mais une fois l'émotion passée, elle ne pouvait plus dissimuler sa joie.

Cette nuit-là, Miguel lui fit l'amour de manière ardente et passionnée. Il semblait affamé, ses mains et ses lèvres ne la quittaient pas. Même quand il la pénétra, il semblait exigeant, comme s'il ne devait se satisfaire que d'une possession absolue. Alison s'abandonna à lui, s'émerveillant du bonheur qu'il lui apportait, rendant chaque baiser, chaque caresse, l'encourageant à ne pas s'arrêter. Elle lui abandonnait son corps totalement, mais elle conservait son cœur telle une pierre précieuse.

Beaucoup plus tard, tandis qu'Alison allait s'endormir entre ses bras, Miguel lui parla :

— J'ai quelque chose à te dire. Ton oncle et un autre homme, que je devine être ton père, ont parcouru ces montagnes à ta recherche depuis des mois. Mes sentinelles les ont surveillés et m'ont tenu informé du moindre de leurs mouvements. Ils ont finalement abandonné leur quête et sont rentrés à Presidio.

Alison avait été certaine que son oncle et son père se lanceraient à sa recherche. Mais pourquoi n'était-elle pas déçue d'apprendre qu'ils avaient abandonné ? Etait-ce parce qu'elle savait depuis son arrivée dans ces montagnes austères qu'il n'y aurait aucun espoir d'être sauvée ? Ou y avait-il une raison plus profonde, qu'elle n'osait pas s'avouer ?

— Il n'y avait aucun danger qu'ils trouvent notre campement, continua Miguel. Ils ne s'en sont même jamais approchés. Mais je suis heureux qu'ils aient abandonné avant d'avoir été tués par les Chisos. Quand ils sont repartis, ils n'avaient que la peau sur les os. Je sais maintenant d'où tu tiens ta détermination et ton courage. Même s'ils ont échoué, je les admire.

Alison était soulagée que son oncle et son père fussent encore en vie. Les compliments de Miguel lui firent très plaisir, car d'une manière détournée, Miguel lui avait avoué qu'il l'admirait elle aussi. Elle se souvint de l'admiration que son oncle avait éprouvée pour le Chef apache. L'oncle Sam aurait été heureux de ce témoignage.

Au fond de son cœur, Alison comprit qu'elle n'avait pas envie d'être sauvée, et elle ne pensait plus à s'échapper mais elle désirait par-dessus tout que Miguel lui rendît sa liberté.

Deux jours plus tard, en entrant dans le *wickiup*, Alison y trouva Miguel en train de nettoyer ses fusils. Ainsi, il préparait une nouvelle expédition. Par entente tacite, ils ne discutaient jamais de ces raids, afin d'éviter une discussion violente. Bien qu'Alison admît que ces expéditions faisaient partie de la manière de vivre des

Apaches, qu'elles étaient indispensables à leur survie, ces attaques de convois et de fermes lui déplaisaient fortement. Après tout, il attaquait et pillait des Blancs comme elle. Quant à Miguel, il était très conscient des sentiments de sa femme. Aussi, ils évitaient d'en discuter ouvertement.

Tandis qu'Alison regardait fixement la Winchester que nettoyait Miguel, une prémonition l'assaillit, comme le jour du procès de Miguel où elle avait aperçu le convoi se dirigeant vers Presidio et deviné qu'il concernait l'Apache. Sans pouvoir l'expliquer, Alison était certaine que cette expédition serait un échec et que Miguel était personnellement en danger. Elle blêmit.

— Ne pars pas, dit-elle en s'agenouillant.

— Nous ne discutons pas de mes affaires, répliqua sèchement Miguel. Une femme apache ne se mêle pas des affaires de la tribu et certainement pas de celles de son Chef.

— Je ne suis pas une Apache ! lança Alison. D'ailleurs, la couleur de ma peau n'a rien à voir. C'est trop dangereux. Je sens qu'il va se passer quelque chose de terrible.

— Es-tu en train de prévoir un échec ?

— Je ne prévois rien. Je le *sais !*

— Tu connaîtrais l'avenir ?

— Je n'ai pas de visions, mais je ressens quelque chose très intensément. Ne me demande pas de l'expliquer, je ne le comprends pas moi-même.

— Tu n'es qu'une femme inquiète. C'est normal qu'une épouse ait peur quand son mari part en expédition.

— Non, ce n'est pas normal ! Je ne crains pas

qu'il se passe quelque chose de terrible, j'en suis certaine. Cela m'est déjà arrivé une fois, le jour de ton procès, quand j'ai aperçu le convoi qui descendait vers Presidio. Je savais alors qu'il avait un rapport avec toi. Mais cette prémonition est encore plus forte. Je t'en supplie, ne pars pas.

— Ne parle pas comme ça ! siffla Miguel en lui saisissant brutalement le poignet. Seule une sorcière peut prédire l'avenir.

— Tu n'es pas sérieux, répondit Alison, bouleversée.

— Les Apaches ne jouent pas avec la magie.

Alison savait que les *di-yins*, les hommes-médecine, pratiquaient une étrange sorcellerie. Ils prétendaient être des guérisseurs doués de pouvoirs magiques et fabriquaient des amulettes de protection contre presque tous les dangers. Parmi la tribu, certaines femmes vendaient en cachette des amulettes destinées à influencer le désir sexuel des hommes.

— C'est encore une de vos superstitions apaches, fit-elle. Puisque tu ne crois pas aux pouvoirs des *di-yins*, comment peux-tu croire aux sorcières ?

— Ce que je crois est indifférent. Les croyances de la tribu en revanche sont essentielles. Désormais, tu ne parleras plus jamais de tes prémonitions, ni à moi, ni à personne.

D'un pas empressé, Miguel quitta le *wickiup* et se dirigea vers les bois. Là, il marcha de long en large, essayant de calmer la terreur que lui avaient inspirée les paroles d'Alison. Il ne savait pas s'il devait la croire ou pas, mais si jamais elle possédait ce don, elle était en danger. Avec leur crainte des sorcières, les Apaches y verraient un pouvoir maléfique, et même s'il était leur Chef, il ne pourrait pas la protéger. Souvent, confrontés à des échecs, les *di-yins* des autres tribus avaient accusé une pauvre vieille femme d'en être responsable et ils avaient retourné sa famille contre elle, les convaincant que l'innocente avait pratiqué l'inceste, preuve irréfutable qu'elle était une sorcière. Puisque Alison n'avait pas de famille au campement, les hommes-médecine auraient de la peine à l'accuser de ce crime, mais si les membres de la tribu apprenaient qu'elle prévoyait l'avenir, ils la rendraient responsable de tous les échecs. Dans ce cas, Miguel se battrait à mort pour lui éviter la punition infligée aux sorcières : être brûlée vive. Mais il serait seul contre tous et ses chances de la défendre seraient bien minces. A l'idée qu'Alison fût vulnérable, le Chef apache était terrifié et c'était une émotion que Miguel avait de la peine à maîtriser, car c'était la première fois de sa vie qu'il l'éprouvait.

15

Pendant les jours qui suivirent le départ de Miguel et de ses guerriers, Alison fut déchirée entre deux sentiments contradictoires : elle était furieuse que Miguel ne l'eût pas écoutée et affolée à l'idée qu'il arrivât un malheur. Peu à peu, elle se laissa gagner par l'angoisse. Elle faisait son travail sans entrain, le visage blême, les traits tirés. L'appréhension lui déchirait les entrailles.

Un jour, alors qu'elles moulaient du maïs dans la cuisine d'Alison, Jacita s'inquiéta :

— Es-tu malade ?

— Non, je m'inquiète pour...

Alison se tut. Elle refusait de s'avouer qu'elle s'inquiétait pour Miguel, cet homme arrogant qui lui avait pris sa liberté et imposé le mariage. Même si leur union lui procurait un grand bonheur, elle lui en voulait de ne pas lui avoir laissé le choix et cette amertume ne la quittait pas. Non ! Elle n'avouerait à personne qu'elle était attachée à ce tyran !

Mais la jeune fille apache devinait les pensées de son amie.

— Ne t'inquiète pas pour Miguel. Il sait prendre soin de lui. Il est le plus valeureux de nos guerriers et il reviendra sain et sauf.

— Je lui ai demandé de ne pas partir, avoua tristement Alison. Oh, qu'il aille au diable avec son entêtement !

— Non... Tu ne dois pas le maudire, s'empressa d'ajouter Jacita, effrayée. Même si tu es en colère. Les Apaches ne maudissent jamais personne, par crainte que cela ne se réalise.

Alison l'avait en effet remarqué. Les mots les plus violents de Miguel étaient un «*Dios*» assez rare et le juron apache «poignard et alêne», qui, en comparaison avec les jurons des Blancs, semblaient bien fades pour un homme aussi viril. «Encore ces stupides superstitions des Apaches», se dit Alison, irritée. Ces naïfs pensaient vraiment attirer le malheur sur quelqu'un en prononçant certains mots. Mais sachant combien Jacita aimait son frère, Alison s'en voulut.

— Pardonne-moi, s'excusa-t-elle. Je ne le pensais pas. L'homme blanc n'attache aucune importance aux jurons.

— Il n'empêche que tu ne dois pas en dire, la réprimanda Jacita.

— Je sais. Même l'homme blanc n'approuve pas les femmes qui parlent mal.

— Alors pourquoi le fais-tu ?

— Parce que ton frère m'irrite tellement que c'est le seul moyen pour laisser libre cours à mon exaspération. Avant de le rencontrer, je ne jurais jamais. D'où je viens, le laisser-aller est très mal vu. On dirait que Miguel provoque mes mauvais penchants.

— Pourquoi est-ce qu'il te met en colère ?

— Parce qu'il est si autoritaire !

— Les hommes blancs ne le sont-ils pas, eux aussi ? s'étonna Jacita.

— Probablement, avoua Alison. C'est le côté masculin. Ils essayent tous de vous dominer, mais je ne l'apprécie pas. Ce n'est pas parce que je suis une femme, que je dois leur obéir au doigt et à l'œil. Moi aussi, j'ai une tête bien faite.

« Et une forte volonté », se dit Jacita. En dehors de Miguel, elle n'avait jamais rencontré une personne aussi déterminée qu'Alison. Même si le couple le dissimulait en public, elle avait deviné qu'ils ne s'entendaient pas parfaitement. On pouvait féliciter Alison de jouer à l'épouse docile. Jusqu'à maintenant, Jacita n'avait pas réalisé quel sacrifice d'amour-propre faisait Alison et la jeune Apache lui en était reconnaissante. La tribu ne tolérerait jamais un Chef qui ne régnait pas dans sa propre famille. Mais l'un ou l'autre allait devoir faire des concessions, sinon leur mariage ne serait qu'une bataille de nerfs. C'était dommage qu'ils gaspillent leur énergie à s'affronter. Ensemble, Alison et Miguel seraient invincibles.

— Pourquoi as-tu demandé à Miguel de ne pas partir ? demanda Jacita, curieuse de savoir si Alison essayait d'exercer un pouvoir sur Miguel.

Cela eût été une grave erreur, car Miguel n'admettait pas qu'on discute ses ordres. Les

Apaches n'avaient jamais eu à remettre son jugement en cause ; il ne les avait jamais déçus.

Miguel avait mis Alison en garde : elle ne devait parler de sa prémonition à personne. La jeune fille apache était très superstitieuse et Alison se demanda si Miguel lui-même ne croyait pas aux sorcières. N'avait-il pas eu l'air inquiet ? Craignait-il de le lui avouer par peur de se ridiculiser ? Mais Miguel était trop intelligent pour se laisser abuser par de pareilles balivernes.

— Je craignais simplement qu'il ne lui arrivât quelque chose, dit enfin Alison. Il a mené tant d'expéditions ces derniers temps. N'est-ce pas tenter le sort que de repartir encore ?

Jacita se contenta de l'explication d'Alison. Même si la femme blanche et Miguel se disputaient, Jacita était certaine qu'Alison aimait son mari. Il était normal de s'inquiéter pour son bien-aimé, car même si les guerriers apaches évitaient une confrontation directe avec les Blancs, les expéditions comportaient toujours une part de risque.

— Si tu as peur pour Miguel, tu dois avoir un comportement irréprochable au campement, dit Jacita. Nous croyons que la protection d'un guerrier est influencée par la conduite de sa famille pendant son absence.

« Encore une superstition », se dit Alison. Comment son comportement pouvait-il influencer des événements qui se déroulaient à des dizaines de kilomètres ?

— Et ne le maudis plus, conseilla Jacita à mi-voix. S'il arrivait un malheur lors de ce raid, et que les autres se souviennent de t'avoir entendue le maudire, ils t'accuseraient d'être une sorcière. Ils diraient que tu lui as jeté un mauvais sort. Je sais que tu es le contraire d'une personne maléfique, mais eux ne te connaissent pas aussi bien que moi. Crois-moi, Alison, tu dois faire très attention à ce que tu dis.

Tandis que Jacita s'éloignait, Alison réfléchit aux conseils de la jeune fille. Comment un peuple guerrier et implacable comme les Apaches pouvait-il être aussi superstitieux ? Elle aurait pensé qu'ils ignoraient la peur. Et ils étaient si raisonnables, efficaces, utilisant toutes les ressources de la nature pour survivre. Comment pouvait-on être raisonnable et croire à des choses illogiques ? Décidément, ils étaient un peuple contradictoire. Un mystère...

Deux jours plus tard, Alison regardait les femmes jouer au *stove*, un jeu compliqué qui ressemblait à la marelle, quand elle entendit le cri d'une sentinelle. Elle se redressa d'un bond, sachant que le cri annonçait le retour des guerriers.

Avec les autres, elle se dirigea vers la « fenêtre » et Jacita devait presque courir pour rester à sa hauteur.

— Tu vois, dit la jeune Apache en riant. Je t'avais dit qu'il était inutile de t'inquiéter.

Mais Alison ne se sentait pas rassérénée. Lorsqu'elle avait entendu le cri de la sentinelle, sa prémonition aurait dû disparaître alors qu'elle n'avait fait que croître. Puis, lorsque les guerriers entamèrent la descente des montagnes, elle sut pourquoi son cœur était toujours aussi lourd : les chevaux tiraient des civières dont deux portaient des corps enroulés dans des couvertures. Un cri effrayé parcourut le campement et Alison fut prise de frémissements. Sa prémonition s'était vérifiée...

Incapable de bouger, elle regarda les guerriers épuisés entrer au village, leurs visages hagards, les vêtements ensanglantés. Les femmes se pressaient vers leur mari, leur fils ou leur bien-aimé, poussant des cris de soulagement ou des soupirs de désespoir. Mais Alison n'entendait pas leurs gémissements. Elle cherchait Miguel. Puis elle le vit, montant la garde à l'arrière de la colonne. Envahie par un immense soulagement, elle sentit ses jambes trembler mais se ressaisit aussitôt : pourquoi diable ne l'avait-il pas écoutée ?

Lorsqu'il s'approcha, la colère d'Alison disparut comme par enchantement. Même s'il se tenait droit sur sa selle, sa position était étrange. Elle ne l'avait jamais vu aussi blême, comme s'il souffrait. Pourtant, elle ne voyait pas de blessure. Etait-ce le désespoir d'avoir eu des guerriers tués qui le rendait si malheureux ? S'en voulait-il de les avoir entraînés dans une expédition malheureuse ?

Il arrêta son cheval devant leur *wickiup* et Alison se précipita vers lui. Plusieurs guerriers mirent pied à terre et se dépêchèrent d'aider leur Chef. Les repoussant d'un geste de la main, Miguel essaya de descendre seul, et faillit tomber. C'est alors qu'Alison vit sa jambe couverte de sang.

Lorsqu'elle s'approcha de lui, il la repoussa aussi, mais au lieu de lui obéir comme l'avaient fait ses guerriers, elle lui saisit la taille.

— Recule-toi ! ordonna-t-il. Je vais entrer dans mon *wickiup* sur mes deux jambes.

— Pas question ! rétorqua Alison.

— Ne discute pas ! répéta-t-il, ses yeux noirs la transperçant.

Alison s'aperçut que tout le campement la regardait. « Encore cet orgueil insensé », se dit-elle. Si Miguel ne se montrait pas plus fort que les autres, il ne se jugerait pas digne de les diriger. Alison avait envie de lui tordre le cou, mais elle obtempéra, la gorge nouée. Tandis qu'il boitillait jusqu'à l'enceinte protégée devant le *wickiup*, elle resta à ses côtés sans le toucher, lui offrant son soutien moral. Chaque grimace de douleur de son mari la poignardait. Il leur fallut une éternité pour arriver jusqu'au battant en peau du *wickiup* qu'elle repoussa. En se penchant pour entrer, Miguel s'écroula. Elle le rattrapa, ployant sous son poids. Quand Jacita se précipita pour l'aider, Alison s'aperçut que la jeune fille les avait suivis pas à pas.

Les deux femmes posèrent Miguel sur sa paillasse. Ou plutôt elles évitèrent qu'il s'y affalât. A moitié écrasée par le poids de l'Apache, Alison parvint à se dégager. Le visage de Miguel était en sueur et ses yeux trahissaient ses souffrances.

— Et tu oses dire que je suis butée ! s'exclama Alison, retenant ses larmes. Espèce d'imbécile borné ! Que voulais-tu prouver ? Que tu étais courageux, intrépide ?

— Je leur ai prouvé que j'étais encore leur Chef, déclara Miguel.

Lorsqu'il ferma les yeux, Alison crut qu'il

s'était évanoui. Puis, d'une voix si faible qu'elle dut se pencher pour l'entendre, il ajouta :

— Tu parles vraiment d'une manière trop relâchée. Nous devons faire quelque chose. Une femme apache n'aurait jamais traité son mari d'imbécile borné.

— Je ne suis pas une Apache ! Et je t'interdis de commenter mon langage ! Si tu voulais une femme docile, tu n'avais qu'à épouser une fille de la tribu.

— Mais je ne voulais pas une Apache, murmura Miguel en esquissant un sourire. Je te voulais, toi.

Puis il s'évanouit.

Alison et Jacita ne perdirent pas de temps à s'occuper de sa blessure. En déchirant le pantalon, Alison retint un cri : l'énorme trou dans sa cuisse saignait encore abondamment. N'ayant jamais vu de blessure provoquée par une balle auparavant, Alison eut peur de s'évanouir. L'odeur fauve du sang était suffocante. Seule sa crainte de voir mourir Miguel l'empêcha de céder à ces faiblesses féminines. Elle devait se montrer forte. Elle le devait absolument !

— Crois-tu que la balle y est toujours ? demanda-t-elle à Jacita d'une voix mal assurée.

— Retournez-le et regardez de l'autre côté, dit quelqu'un derrière elles. Si vous voyez un trou, vous saurez que la balle est ressortie.

José se tenait à l'entrée du *wickiup*... Alison avait complètement oublié le père de Miguel. Inquiet pour son fils, il était bien sûr venu aux nouvelles.

— Aide-moi, dit-elle à Jacita.

Les deux femmes firent de leur mieux, mais Miguel était trop lourd à bouger.

— Si vous placez mes mains au bon endroit, je pourrai vous aider, proposa José.

Jacita plaça les mains de son père sur les hanches de Miguel et lorsque son corps fut soulevé, Alison jeta un coup d'œil rapide sous sa cuisse. Le pantalon était imbibé de sang mais elle aperçut le trou.

— La balle l'a transpercé, dit-elle.

— Tant mieux, répondit José, soulagé. Au moins, vous n'aurez pas à la retirer.

— Mais je croyais que les hommes-médecine soignaient les blessures ! s'écria la jeune femme, affolée.

— Seulement si elles sont trop graves pour que la famille s'en occupe, expliqua Jacita. On ne les appelle qu'en dernier recours.

« De toute façon, ce ne sont que des charlatans », se dit Alison amèrement. Elles préparèrent un pansement, mais à peine posé sur la jambe, il était déjà rouge de sang. Trois fois de suite, elles répétèrent leur geste.

— Nous n'arrivons pas à le serrer suffisamment, dit Jacita.

— Si nous le serrons davantage, nous allons couper la circulation dans sa jambe, rétorqua Alison.

— Mais nous devons faire quelque chose, s'exclama Jacita à moitié hystérique. Sinon, il va mourir. Son visage est déjà aussi pâle que celui d'un Blanc.

— Les Apaches n'ont-ils pas un moyen d'arrêter l'hémorragie ? demanda Alison, terrifiée par la couleur de cendre de Miguel. Un cataplasme, ou quelque chose ?

— Non.

— Mais je croyais que les Apaches connaissaient des plantes miraculeuses, accusa Alison.

— Nous les utilisons pour guérir. Nous prenons des racines de *osha* pour les rhumes, préparons une boisson de *zagosti* pour redonner de la vigueur aux vieillards, guérissons les maux d'oreilles avec du sel et des haricots et nous avons aussi de quoi arrêter les diarrhées... mais rien pour empêcher le sang de s'écouler d'une plaie. Quand c'est aussi grave, il faut appeler les hommes-médecine.

— Et que feront-ils ? lança Alison d'un air sarcastique. Agiter leurs gourdes, jouer du tam-tam, chanter et brûler quelques plumes ? Tu crois vraiment que ça va arrêter l'hémorragie ?

— Ils peuvent lui donner une amulette, proposa Jacita.

Alison était si frustrée qu'elle avait envie de hurler ou de secouer la jeune fille pour sa confiance aveugle en ces charlatans. Mais la peur qu'elle lisait dans le regard de Jacita tempéra sa colère.

— Il y a quelque chose que font les Mexicains pour empêcher le sang de couler, dit José. Ils cautérisent la plaie.

— Vous voulez dire qu'ils la brûlent ? demanda Alison en frissonnant d'horreur.

— Oui.

— Comment ? dit-elle d'une voix résignée en voyant le sang tacher la paillasse.

— Ils placent un couteau chauffé à blanc contre la plaie.

— Allume le feu pendant que je cherche mon couteau de cuisine, ordonna-t-elle à Jacita qui la regardait d'un air affolé en secouant la tête. Allons, Jacita, obéis-moi ! ajouta Alison, furieuse.

Aussitôt, la jeune fille alluma un feu et Alison partit chercher son couteau dont la lame brillait dans la lumière des flammes.

— Entourez le manche d'un chiffon, conseilla José. Même s'il est en bois, la lame pourrait générer assez de chaleur pour vous brûler la main.

Retirant le bandeau du front de Miguel, Alison en entoura le manche.

— Jacita, dit son père, guide-moi jusqu'aux épaules de Miguel pour que je puisse le maintenir. En sentant le couteau, il risque de reprendre connaissance.

Le visage aussi blême que celui de son frère, la jeune Apache s'empressa d'obéir.

— Et maintenant, tiens lui son autre jambe, commanda José.

— Interdiction de t'évanouir ! ordonna sèchement Alison en voyant l'expression terrifiée de son amie. Nous avons besoin de ton aide.

Brusquement, Jacita eut honte. N'était-elle pas une Apache, fille d'un peuple connu pour sa vigueur et son courage ? Elle devait se montrer aussi forte que la femme blanche.

Lorsqu'ils furent tous en position, Alison attendit que la lame devînt rouge. Le couteau prêt, pleine d'appréhension, elle se tourna lentement vers Miguel. A la vue de la terrible blessure, son courage vacilla. Comment pouvait-elle y plonger le couteau, sachant qu'elle lui infligeait une douleur encore plus grande ? Elle regarda José, calmement assis sur ses talons, tenant les épaules de son fils. Si seulement José n'était pas aveugle... Il aurait pu le faire à sa place... Quant à Jacita, elle avait détourné la tête et Alison se sentit soudain désespérément seule.

— Fais-le, avant que le couteau ne refroidisse.

Miguel avait repris connaissance et ses yeux la fixaient d'un regard intense.

— Veux-tu que je meure, Visage Pâle ? insista-t-il. Est-ce pour cela que tu hésites ? Alors tue-moi d'une manière honorable et non par défaut. Enfonce le couteau dans ma poitrine.

— Je ne veux pas que tu meures, dit Alison, les larmes aux yeux.

— Alors, fais-le !

Mordant sa lèvre inférieure, Alison rassembla son courage et plaça le couteau contre la plaie. Le corps de Miguel sursauta lorsqu'il sentit sa peau brûler et il s'arrêta de respirer. Puis, il s'évanouit.

L'odeur de peau brûlée prit Alison à la gorge. Elle fit un effort pour se maîtriser, sachant que ce serait inutile de faire le travail à moitié. Bien qu'elle se sentît affaiblie et que le *wickiup* tournât autour d'elle d'une façon étrange, elle se força à brûler chaque côté de la plaie en tournant la lame. Le grésillement des chairs augmenta son malaise. Elle retira enfin le couteau et s'assit sur ses talons, le corps tremblant, le front couvert de sueur. Des larmes inondaient ses joues. Il y eut un moment de silence dans le *wickiup*.

— Est-ce terminé ? demanda José.

— Oui, murmura Alison.

— Est-ce que l'hémorragie s'est arrêtée ?

La vision des chairs noircies donna un haut-le-cœur à Alison. Elle mit une main devant sa bouche.

— Est-ce que le sang coule encore ? insista José.

— Non, rien qu'un peu, dit enfin Alison.

— Mon fils a eu raison de vous épouser. Vous êtes une femme courageuse.

— Vous ne diriez pas cela si vous m'aviez vue. J'étais terrifiée et je tremblais comme une feuille.

— Il n'y a pas de courage sans crainte. Vous avez fait votre devoir.

— Tu es très courageuse, dit Jacita, admirative. Je n'aurais pas pu prendre ta place. J'ai honte de l'avouer, mais c'est la vérité.

— Ce n'était pas à toi de le faire, Jacita, dit Alison pour la réconforter. C'est moi, son épouse. Dieu soit loué, c'est terminé. Nous devons maintenant lui retirer ses vêtements ensanglantés et le placer sur une paillasse propre.

Tous trois débarrassèrent Miguel de ses habits, Jacita gardant les yeux modestement baissés, et ils le couchèrent sur un lit propre. Sans l'aide de José, les deux jeunes femmes n'auraient jamais réussi à soulever Miguel. La force physique du vieillard étonna Alison. Tandis qu'elle posait un pansement sur la blessure,

Jacita sortit préparer le repas. Alison recouvrit Miguel d'une couverture et s'assit enfin auprès de José, épuisée.

— Jacita et moi resterons avec vous ce soir, dit-il. La plupart des blessures par balle s'infectent. Si la fièvre le fait délirer, vous aurez besoin de nous.

— Alors le danger n'est pas écarté ?

— Non, le pire nous attend.

— Est-ce que Jacita le sait ?

— Non, elle ne s'est encore jamais occupée d'un homme blessé. Quand j'ai été touché à la tête, elle n'était qu'une enfant et c'est la sœur de ma femme décédée qui s'était occupée de moi. Il n'est pas digne qu'une jeune fille veille sur les blessures d'un homme.

« C'est pareil chez les Blancs », pensa Alison en se rappelant les critiques qu'avaient suscitées les infirmières célibataires pendant la guerre civile. Les deux races étaient stupides : ce n'était pas parce qu'une femme était mariée qu'elle était capable de soigner un malade. N'était-elle pas le parfait exemple ? A cet instant, Alison aurait tout donné pour posséder les connaissances de ces infirmières.

La nuit tomba et peu après s'élevèrent de grands bruits de tam-tam et de cris indiens. Curieuse, Alison sortit pour voir ce qui se passait. Les Apaches dansaient autour d'un immense brasier, plusieurs d'entre eux portaient des pagnes qui ressemblaient à des kilts écossais et des masques en forme de bois de cerf. Ils entouraient deux blessés étendus sur des litières et les saupoudraient de cendres en marmonnant des litanies.

— Les hommes-médecine ont appelé les *Ganhs* pour les aider.

La voix de José fit sursauter Alison. Elle n'avait pas réalisé qu'il l'avait suivie.

— Ces hommes vêtus de façon étrange, ce sont eux les *Ganhs* ?

— Oui, les Esprits des Montagnes.

— On ne dirait pas des esprits.

— Tout le monde sait que ce sont des hommes du campement choisis par les hommes-médecine, avoua José avec un léger rire, mais ils croient en leurs pouvoirs.

— Des guérisons par la foi ?

— Ne soyez pas trop critique, persista José en entendant le ton cynique de la jeune femme. C'est parfois utile.

— Pas si cela empêche le progrès ou les gens de regarder la vérité en face.

— Le progrès est un mot du monde des Visages Pâles. Ceux-là sont des Apaches. Ils restent fidèles à leurs anciennes croyances.

— Vous êtes aveugle. Comment avez-vous su que c'étaient des *Ganhs* ?

— J'entends. Ils sont en train de danser la danse du diable. Autrement, les tambours des Apaches ne résonnent pas d'une manière aussi frénétique.

Hystériques, les Apaches bondissaient en hurlant. La lumière étrange du brasier les rendait encore plus terrifiants et les hululements donnaient la chair de poule à Alison.

— Pourquoi ont-ils mis le feu à ces deux *wic-*

kiups ? demanda-t-elle, effrayée. Est-ce aussi de la magie noire ?

— Ce sont les maisons des deux guerriers morts, expliqua Jacita. Une coutume veut que nous brûlions toutes leurs possessions pour que leurs fantômes ne reviennent pas les chercher.

Agacée, Alison secoua la tête. Bien que pauvres, les Apaches brûlaient les biens des défunts plutôt que de se les partager. C'était une nouvelle fois en contradiction avec leur nature raisonnable. Elle se dit qu'elle n'avait pas seulement tourné le dos à la civilisation, mais qu'elle vivait au Moyen Age.

Elle retourna au *wickiup*.

Il était impossible de dormir avec tout ce tintamarre, mais ils s'allongèrent tout de même. Puisque le *wickiup* était si petit, Alison était obligée de s'étendre près de Miguel, mais c'était ce qu'elle avait voulu. Il était si immobile qu'elle surveillait son torse pour voir s'il respirait encore. Puis, elle s'aperçut qu'il brûlait de fièvre.

— De l'eau, murmura-t-il.

Soulagée qu'il eût repris conscience, Alison lui souleva les épaules et glissa la jarre sous son menton pour l'aider à boire. Après quelques gorgées, il s'arrêta, bien qu'elle le suppliât de boire encore.

— Trop fatigué... croassa-t-il avant de s'évanouir à nouveau.

A l'aube, la fièvre de Miguel était si forte qu'ils se mirent à trois pour l'empêcher de se lever dans son délire. Sa force stupéfiait Alison. Puisqu'il avait perdu tant de sang, elle aurait pensé qu'il lui était impossible de bouger mais il luttait comme un damné. Avec des jurons apaches, il essayait de les repousser.

— Allez au diable ! lança-t-il quelquefois, horrifiant Jacita.

Et Alison s'en voulut de lui avoir appris les jurons des hommes blancs.

Enfin, il s'évanouit une nouvelle fois, ce qui inquiéta Alison. Son corps était très rouge, et si chaud qu'elle arrivait à peine à le toucher.

— Nous devons faire baisser la fièvre, dit-elle. Sinon, son cerveau n'en sortira pas indemne.

— Si nous demandions aux *di-yins* d'appeler les *Ganhs*, ils pourraient lui retirer sa fièvre avec leurs tridents, proposa Jacita d'une petite voix, craignant de mécontenter Alison en évoquant les Esprits des Montagnes que sa belle-sœur méprisait.

— Pas question ! rétorqua Alison. Ce ne sont que des charlatans et je n'en veux pas. Nous allons le faire à la façon des hommes blancs en le lavant avec de l'eau fraîche. Cours vite remplir les jarres, Jacita.

— Nous pourrions peut-être le mettre dans la rivière, répondit Jacita, pleine d'espoir.

— Non ! lança fermement José. C'est ce qui a tué ta mère. L'eau froide a été un trop grand choc.

— Je ne vous blâme pas de ne pas rechercher l'aide des *di-yins*, dit José après le départ de sa fille. La plupart sont en effet des charlatans, mais ils sont très puissants. Ils vous en voudront de ne pas leur demander leur aide, surtout que Miguel est leur Chef. S'il meurt, ils vous tiendront pour responsable. Ils soulèveront tout le campement. Votre vie, elle aussi, est en danger.

La peur fit frémir Alison. Elle savait qu'en appelant les *Ganhs* maintenant, elle se sauverait. Mais elle perdrait aussi un temps précieux. La vie de Miguel dépendait de la vitesse avec laquelle ils faisaient baisser la fièvre.

— Il ne mourra pas, déclara-t-elle d'un air déterminé en redressant ses épaules. Je ne le laisserai pas mourir !

Toute la matinée, ils épongèrent le corps de Miguel avec de l'eau fraîche. Alison souffrait de le voir claquer des dents, mais elle continuait sans relâche et ordonnait à Jacita en larmes de faire de même. Enfin, la fièvre baissa suffisamment pour qu'Alison permît un moment de repos.

— Il semble en effet moins chaud, dit Jacita stupéfaite.

— Oui, la fièvre descend beaucoup, expliqua Alison en remontant la couverture sous le menton de Miguel. Il est hors de danger pour l'instant, mais le pansement est trempé, je vais devoir le changer.

La peau autour de la blessure était devenue pourpre et elle était si gonflée qu'elle menaçait d'éclater.

— Il faut drainer la plaie pour libérer l'infection, dit-elle. Connais-tu un cataplasme qui fait sortir le pus ?

— Non, répondit Jacita.

— Et vous ? demanda-t-elle à José.

— Non.

— Connaissez-vous quelqu'un qui pourrait nous aider ?

— Non.

Visiblement, les Apaches dépendaient tant de leurs hommes-médecine qu'ils étaient moins doués pour soigner leurs malades que les autres tribus indiennes.

— Alors, nous le ferons comme les hommes blancs.

— C'est-à-dire ? s'enquit José.

— Quand ma sœur a eu un furoncle, le médecin a ordonné qu'on lui applique des compresses chaudes d'eau salée. Il a dit que les compresses aidaient à retirer le poison.

Lorsque Alison posa une compresse sur la blessure de Miguel, Jacita fit une objection.

— La médecine de l'homme blanc n'a pas de sens. Nous avons passé des heures à le rafraîchir et maintenant tu lui appliques des compresses presque brûlantes.

— Seulement sur la blessure, expliqua patiemment Alison. C'est le poison dans la plaie qui le rend si malade.

— Mais comment est-ce que des chiffons chauds vont aider ?

— Je ne sais pas. La chaleur en vient à bout d'une façon ou d'une autre.

— Pourquoi as-tu ajouté du sel à l'eau bouillante ?

— Je ne sais pas non plus.

— J'espère que le médecin blanc sait de quoi il parle, s'inquiéta Jacita. Tu as utilisé toute notre réserve de sel et c'est très précieux.

Alison savait que le sel était une denrée rare.

Miguel lui avait raconté que des tribus se battaient pour contrôler une mine de sel dans ce pays désertique. Auparavant, elle n'y avait jamais prêté attention. Désormais, elle avait appris qu'on pouvait mourir du manque de sel.

— Si nous sauvons la vie de ton frère, cela aura été utile.

— Je suis désolée, dit Jacita, les larmes aux yeux. Je ne devrais pas m'inquiéter de choses aussi triviales. Mais j'ai si peur.

— Je sais. Mes façons de faire t'effraient, mais tu dois avoir confiance en moi.

C'est alors qu'Alison comprit l'immensité de ce qu'elle demandait à la jeune fille apache : de faire confiance à une Blanche, à cette race qui avait trahi les Apaches maintes et maintes fois.

— J'ai confiance en toi, répondit Jacita en souriant.

Et Alison en éprouva une grande fierté. C'était aussi une lourde responsabilité. Elle tenait entre ses mains la vie de Miguel et la confiance de Jacita. Elle ne pouvait pas se permettre d'échouer.

Au soulagement de tous, la fièvre de Miguel ne remonta pas. Toute la journée, les deux femmes appliquèrent consciencieusement les compresses. Puis, au coucher du soleil, Miguel reprit connaissance.

Alison eut une nouvelle bataille à livrer : malgré sa douleur, Miguel refusait de boire le thé aux herbes qu'elles lui avaient préparé, prétextant qu'il devait rester lucide au cas où la tribu aurait besoin de lui. Les supplications d'Alison tombèrent sur une sourde oreille. Son opiniâtreté l'exaspérait.

— Espèce de goujat ! lança-t-elle. Tu as été inconscient pendant une journée et la tribu n'en est pas morte.

— Ce n'était pas ma faute, répliqua Miguel.

— Prends-en un petit peu, supplia-t-elle. Pour soulager ta douleur.

— Non !

— Très bien ! Mais il est hors de question que je reste ici pour te regarder souffrir inutilement.

Quittant le *wickiup*, Alison arpenta l'enceinte protégée. Bien qu'elle sût que Jacita et José veillaient Miguel, elle ne pouvait s'en éloigner longtemps. Le besoin impérieux de se retrouver près de l'être aimé en pleine souffrance la fit rentrer sous la tente.

— Je suis content que tu sois revenue, même si tu es en colère contre moi, dit Miguel en lui prenant la main. Ce n'est pas si terrible quand tu es près de moi.

— Je suis seulement venue vérifier qu'on changeait ta compresse, dit-elle sèchement, alors que son amour pour Miguel menaçait de l'étouffer.

Miguel esquissa un sourire. Il savait qu'Alison mentait. Elle était revenue parce qu'elle tenait à lui et cela lui donna le courage de supporter l'atroce douleur. Il ferma les yeux.

16

Le lendemain matin, la plaie de Miguel avait commencé à se drainer. Sachant que son fils allait guérir, José annonça qu'il repartait avec Jacita dans leur *wickiup*. Il fit promettre à Alison de venir les chercher en cas de besoin.

Lorsque le vieil homme sortit à l'air libre, il fut approché par des guerriers qui s'inquiétaient du sort de leur Chef. José les rassura : Miguel se remettrait et Alison avait été exceptionnelle, courageuse, sage et forte. La jeune femme rougit des compliments. Heureusement, Miguel dormait et n'entendait pas les louanges que lui adressait son père. Il s'en serait sûrement moqué.

Miguel dormit une grande partie de la journée, mais chaque fois qu'il se réveillait, Alison se trouvait à ses côtés et l'encourageait à boire un potage épais qu'elle avait préparé.

— Si tu continues, je serai bientôt aussi gras qu'un cochon, dit-il en plaisantant.

— Ça te ferait du bien d'avoir un peu plus de graisse sur les os, répliqua-t-elle sèchement.

— Tiens ? J'ignorais que tu ne trouvais pas ma silhouette à ton goût.

Alison le trouvait magnifique, du muscle pur sous une peau de bronze, mais elle ne le lui dirait certainement pas.

— Tu ne me l'as jamais demandé, lança-t-elle en haussant les épaules. Je préfère les hommes un peu plus corpulents.

— Les Apaches n'ont pas de ventre comme les Visages Pâles, se moqua-t-il. Nous restons minces et ardents, même quand nous sommes vieux.

— Si tu n'avales pas ce potage, tu ne retrouveras pas tes forces et tu ne vivras pas assez longtemps pour devenir vieux.

— Depuis quand n'as-tu pas dormi ? demanda Miguel qui s'apercevait que sa femme était épuisée.

— C'est toi le malade, pas moi.

— Allonge-toi et dors.

— Pas encore. Je dois changer ton pansement.

— Il peut attendre demain.

— Pas question ! Et ne commence pas à me donner des ordres, je ne l'admettrai pas ! Jusqu'à ce que tu sois guéri, c'est moi qui décide ici. Et maintenant, bois, ou je t'assomme avec le bol.

Miguel essaya de repousser le potage mais il était si faible qu'il pouvait à peine lever la main.

— Tu es une femme obstinée, dit-il en voyant l'air déterminé d'Alison.

— C'est vrai ! Je peux être dix fois plus obstinée que toi. Alors, tu vas avaler, oui ou non ?

Des yeux bleus étincelants et un regard de braise s'affrontèrent. Miguel céda le premier.

— Je vais avaler, dit-il en souriant.

Plus tard, alors qu'Alison changeait son pansement en prenant garde à ne pas lui faire mal, il lui murmura à l'oreille :

— Je crois que tu dois m'aimer un tout petit peu.

Le cœur d'Alison se mit à battre la chamade. Elle ne pouvait plus le nier : elle aimait Miguel. Son corps et son cœur lui appartenaient de manière irrévocable. Mais tant que Miguel lui refuserait son amour, sa fierté lui interdirait de le lui avouer.

— Où as-tu été pêcher une idée aussi absurde ?

— Tu avais les larmes aux yeux quand je t'ai dit de cautériser la plaie.

— Je ne voulais pas te faire souffrir. La compassion n'est pas une preuve d'amour.

— C'était plus que de la compassion.

— Pas du tout ! J'aurais fait la même chose pour n'importe qui.

— Tu aimes ma manière de te faire l'amour, lança Miguel en changeant de tactique.

— Oui, c'est vrai. Mais ce n'est pas non plus une preuve d'amour. C'est purement physique.

La réponse désinvolte d'Alison blessa Miguel. Plus que tout, il voulait l'entendre dire qu'elle l'aimait. Ce n'était plus par amour-propre, mais un besoin profond. Depuis longtemps, Miguel savait que l'amour purement physique était avant tout une union égoïste.

C'est alors que Miguel s'aperçut que les joies qu'il avait connues avec d'autres femmes ne pouvaient en rien se comparer avec ce qu'il ressentait entre les bras d'Alison. *Dios !* Quel pouvoir possédait cette Visage Pâle? Etait-elle vraiment une sorcière? Lui avait-elle jeté un sort? Il ne pouvait pas se permettre d'être amoureux. Son engagement absolu et sans faille appartenait à la tribu. En tant que Chef, il ne pouvait pas partager sa loyauté entre eux et l'un de leurs ennemis. Il n'aurait jamais dû s'attacher à elle. Il aurait dû épouser une femme apache, une épouse docile et obéissante. Mais l'idée d'une femme qui lui obéirait au doigt et à l'œil irrita Miguel. Le tempérament d'Alison l'exaspérait parfois, mais l'excitait toujours. Alison était un brasier ardent, alors que les autres femmes semblaient fades. Mais pouvait-il payer le prix pour l'obtenir? Une femme apache n'aurait jamais mis le cœur d'El Halcon en péril.

— Qu'est-il arrivé pendant l'expédition? lui demanda Alison le lendemain.

— Les femmes ne s'occupent pas des affaires de la tribu, rétorqua-t-il sèchement.

— Je ne suis pas une Apache. Je suis blanche! Et les femmes blanches sont très concernées par ce qui se passe autour d'elles. J'ai le droit de savoir, surtout quand mon mari revient à moitié mort.

Comme Miguel restait obstinément silencieux, Alison se mit en colère.

— Réponds-moi! J'en ai assez d'être traitée en imbécile... Les femmes apaches se contentent peut-être de vivre comme des légumes, mais pas moi. Je veux savoir ce qui s'est passé... Tu es vraiment l'homme le plus exaspérant que je connaisse, ajouta-t-elle en voyant son visage fermé. D'abord, tu m'amènes dans cette prison...

— Tu n'es pas en prison.

— Si ! Cette vallée est une prison et les montagnes là dehors en sont les murs.

— Tu peux sortir par la « fenêtre » quand tu veux.

— Pour me perdre dans le désert et mourir, répliqua Alison amèrement. Tu n'as même pas besoin de murs pour me tenir enfermée. Tu m'as emprisonnée et maintenant tu m'exclus de tes pensées. La seule chose que nous partageons, c'est notre paillasse. Quel genre de mariage avons-nous ? Je ne suis pas une épouse...

— Tu accomplis tous les devoirs d'une épouse.

— Je ne parle pas de devoirs. Je parle de partage... Un mari et une femme doivent se confier l'un à l'autre. Ils doivent tout partager. Je n'essaye pas de mettre mon nez dans les affaires de la tribu, je veux simplement savoir ce qui se passe. Mais tu refuses. Tu me donnes un peu de toi, point final. Je ne veux pas des miettes que tu daignes me jeter. Je veux être une véritable épouse, pas une servante et une concubine !

Suffoquée par le chagrin, elle s'enfuit du *wickiup*.

Alison resta absente plusieurs heures et Miguel eut le temps de réfléchir. Qu'un mari et sa femme partagent leurs pensées et échangent des confidences n'était pas dans les coutumes apaches. Les hommes blancs ouvraient-ils vraiment leur cœur à leur épouse ? Un Apache y verrait un signe de faiblesse car le mâle était censé endosser les responsabilités de ses décisions et leurs conséquences; en tant que Chef, Miguel devait l'assumer. Mais au fond de son cœur, il avait envie de se confier à quelqu'un. Impossible d'en parler à ses guerriers qui comptaient sur lui pour connaître toutes les réponses. S'ils apprenaient qu'il lui arrivait de douter, ils n'auraient plus confiance en lui. Un Chef qui avait perdu sa médecine n'était plus un Chef, mais la responsabilité était un lourd fardeau. C'était une époque troublée pour les Apaches, la plus grave qu'ils eussent jamais connue. L'une après l'autre, les Américains remportaient les batailles et enfermaient les grands Chefs apaches et leurs tribus sur des réserves, d'horribles étendues de terres arides dont personne ne voulait, même pas les Blancs les plus avides. Combien de temps resteraient-ils encore à l'abri des Chisos? Mais pouvait-il révéler à Alison ses doutes et ses craintes? Cela demandait une grande confiance.

Avant même que son père lui eût raconté comme elle avait été courageuse pendant sa maladie, Miguel s'était mis à admirer Alison. La menace des hommes-médecine qui pouvaient la tuer s'il mourait ne l'avait pas effrayée. Miguel était fier d'Alison. Elle avait une force de caractère peu commune chez une femme. Mais lui faire confiance? S'il se confiait à elle, se contenterait-elle d'écouter? Ou lui donnerait-elle son avis? Alison avait tendance à être autoritaire. Elle l'avait forcé à avaler ce potage... Mais elle disait ne pas vouloir mettre son nez dans les affaires de la tribu. D'ailleurs, il ne le tolérerait pas. Il ne pouvait y avoir qu'un seul Chef!

Cette nuit-là, alors que le feu s'était presque éteint et qu'Alison s'endormait, Miguel lui parla :

— Je vais te dire ce qui s'est passé. Nous sommes tombés dans un guet-apens près d'un point d'eau. Les Jaunes, c'est ainsi que nous appelons votre cavalerie, nous y attendaient.

— Comment savaient-ils que vous alliez venir ?

— Ils ne le savaient pas. Le guet-apens avait été mis en place pour capturer le Chef Beduiat et ses guerriers, mais aux yeux d'un Jaune, tous les Apaches se valent.

— Qui est le Chef Beduiat ?

— Tu connais probablement son surnom mexicain, Victorio.

Comme tout le monde, Alison avait entendu parler de Victorio. Depuis des années, les journaux des Etats-Unis relataient les crimes sanglants que ce Chef apache renégat avait perpétrés dans le Nouveau-Mexique et en Arizona.

— Je croyais qu'on l'avait mis sur une réserve.

— Il s'est enfui au printemps dernier.

— C'est la troisième fois, commenta Alison. Pourquoi persiste-t-il à se rendre, s'il n'a pas l'intention de tenir parole ?

— Ce n'est pas Victorio qui ne tient pas parole, mais les Blancs. Il s'était rendu avec la promesse que sa tribu serait placée dans la réserve d'Ojo Caliente, au sein de leurs Montagnes Noires adorées. Ils y vécurent deux ans en paix. Puis, l'homme blanc a failli à sa promesse. Deux compagnies de soldats sont venues les emmener à San Carlos, la réserve mescalero en Arizona. Victorio avait déjà été dans l'enfer de San Carlos, où les températures dépassent les 40° dans la journée, il avait vu son peuple étouffer pendant les tempêtes de sable et mourir de faim et de maladie. Furieux d'avoir été trahi par les Blancs, il s'est enfui avec cent de ses guerriers en abandonnant leurs femmes et leurs enfants. Les familles ont été emmenées à San Carlos au milieu de l'hiver, à travers de terribles blizzards. Cette marche forcée en a tué beaucoup...

Alison était perplexe : elle n'avait pas entendu parler de cette marche forcée en plein hiver, de femmes et d'enfants mourant au fil des kilomètres. Les journaux ne parlaient que des pillages de Victorio et de ses attaques de pionniers blancs.

— Victorio n'était pas heureux de vivre loin des familles des siens, continua Miguel. Il supplia en vain l'homme blanc de les laisser retourner sur la réserve d'Ojo Caliente. Au mieux, ils lui offrirent la réserve mescalero de Tularosa, un autre enfer au Nouveau-Mexique, et s'ils y restaient tranquilles, l'armée leur amènerait leurs familles. Victorio se rendit mais l'homme blanc prouva une nouvelle fois sa traîtrise. Un jour, Victorio vit s'avancer des hommes blancs de Silver City et reconnut le juge et le procureur. Il devina qu'ils venaient pour le pendre. Rassemblant ses guerriers, il s'enfuit. Il a juré de ne plus jamais signer la paix avec les *pindahs*.

— Mais pourquoi pensait-il que les Blancs venaient le pendre ? Ce n'était peut-être pas leur intention.

— Il a soupçonné un piège à cause de ce qui est arrivé il y a une dizaine d'années à Camp

Grant, une réserve apache près de Tucson. Sans prévenir, un groupe de citoyens armés a attaqué les Apaches et les a massacrés. Cent vingt-cinq d'entre eux, surtout des femmes et des enfants, ont été tués et tous les morts ont été mutilés. A ce moment-là, la plupart des guerriers étaient partis chasser. Sachant cela, les Blancs ont eu le courage d'attaquer. Depuis lors, quand les Apaches voient s'approcher un groupe de Blancs, qu'ils soient des civils ou des militaires, ils sont très soupçonneux.

Alison était horrifiée : elle n'avait jamais entendu cette terrible histoire, mais elle savait que Miguel lui disait la vérité.

— A chaque fois, l'homme blanc nous a trahis, les Américains comme les Mexicains. Juan José, l'un de nos grands Chefs, a été trompé par des négociants près de Santa Rita. Ils l'ont invité à participer à une fête, puis, comme preuve de leur bonne foi, ils lui ont offert des cadeaux. Il y avait une bombe cachée entre les paquets de marchandises. Juan José et beaucoup de femmes et d'enfants ont été tués.

» Mangas Colorado, un autre de nos grands Chefs, se dirigeait paisiblement vers une réserve quand il tomba dans un guet-apens et fut assassiné par des soldats. A Ramos, au Mexique, les Apaches ont été trompés par les Mexicains. Eux aussi les ont invités à festoyer. Quand les Apaches furent ivres morts, les soldats et les villageois les ont massacrés. Même Cochise, cet homme si sage, a été trompé par l'homme blanc. Il fut invité à une assemblée donnée par l'armée américaine, qui se renseignait sur un métis qui avait été capturé par une autre tribu apache. L'officier responsable convia les Chefs à se rendre dans une tente où les attendait un repas ; une fois à l'intérieur, ils furent attaqués par des soldats. Cochise s'échappa en découpant l'arrière de la tente. Connaissant les traîtrises passées de l'homme blanc, es-tu étonnée de la méfiance de Victorio ?

— Non, je ne peux pas lui en vouloir, admit Alison, bouleversée. C'est surprenant que vous fassiez confiance à qui que ce soit.

— Nous choisissons nos amis avec le plus grand soin, mais nous sommes toujours sur nos gardes, c'est pourquoi nous ne voulons pas nous joindre à d'autres tribus. Les Apaches ne se sont jamais unis. Mais si nous l'avions fait, l'homme blanc n'aurait pas réussi à nous vaincre et à nous chasser de notre pays.

Alison n'en doutait pas. Avec quelques guerriers, Victorio rendait déjà la vie impossible à l'armée ; si toute la nation apache s'était rassemblée, elle aurait été invincible. Leurs divisions, nées de la méfiance, avaient été la cause de leur déchéance.

— As-tu chevauché depuis le Nouveau-Mexique avec cette blessure ? demanda Alison, intriguée.

— Non. Elle saignait tellement que je n'y serais jamais parvenu. Nous avons été attaqués près d'une rivière entre ici et les montagnes Davis.

— Mais pourquoi tendre un piège à Victorio au Texas ? Il ne s'aventure pas aussi loin à l'est.

— Il a été contraint de s'enfuir au Mexique. En descendant vers le sud, il a traversé l'ouest du Texas. L'armée espérait le coincer lorsqu'il retournerait vers Ojo Caliente.

— Mais pourquoi ferait-il une chose aussi dangereuse ?

— Parce que c'est sa maison. Depuis le début, il n'a demandé qu'une seule chose : vivre en paix là-bas.

— C'est si important pour lui ? Il risquerait sa vie pour y retourner ?

— C'est un Apache chiricahua. Ils croient qu'à Ojo Caliente, où se rejoignent les quatre prairies, la Femme Peinte en Blanc a appris aux Apaches comment célébrer la cérémonie de la puberté avant de monter au ciel. Selon eux, c'est un endroit sacré, plein de puissance. Et sa tribu est une tribu d'Apaches de la montagne, comme la mienne, pas des Apaches du désert. Nous ne supportons pas de vivre ailleurs que dans des montagnes. C'est là que veut retourner Victorio, dans ses Montagnes Noires au-dessus d'Ojo Caliente.

— Et les imbéciles ne l'ont pas laissé faire... grommela Alison.

— Que dis-tu ?

— Je dis que les Blancs qui l'en ont empêché sont des imbéciles. A cause de leur bêtise, du sang a été versé inutilement.

— Tu traites les hommes blancs d'imbéciles ? s'étonna Miguel.

— Oui ! S'ils avaient été quelque peu sensés, tout ce drame entre les Indiens et nous aurait pu être évité. On ne retire pas un poisson de l'eau en pensant qu'il va survivre. On ne transporte pas une plante du désert dans un climat froid en pensant qu'elle va y prospérer.

— Tu oublies une chose, fit Miguel d'un ton amer. L'homme blanc ne veut pas nous voir prospérer... Il veut notre mort.

Alison ne trouvait rien à ajouter. C'était malheureux, mais Miguel disait vrai. La formule « Un bon Indien est un Indien mort » était devenue le credo des Blancs. Etaient-ils poussés par l'appât du gain ou agissaient-ils par bêtise ? Elle éprouvait une immense tristesse à l'idée que leurs deux races fussent ennemies.

Longtemps, ils restèrent silencieux, troublés par leurs pensées.

— J'aurais dû t'écouter, dit Miguel enfin. Je n'aurais pas dû mener cette dernière expédition.

« Se sent-il coupable ? » se demanda Alison. Elle aurait voulu lui éviter ce remords. Et elle n'éprouvait aucune satisfaction d'avoir eu raison, mais un grand regret.

— Tu ne peux pas t'en vouloir, dit-elle. Sur le moment, ma prémonition a dû te sembler très étrange. Comment pouvais-tu envisager quelque chose d'aussi irrationnel ?

— Je ne voulais pas que ce soit vrai. Je ne voulais pas que tu puisses lire l'avenir. J'avais peur.

La prenait-il pour une sorcière ? Peut-être l'était-elle, sinon comment aurait-elle deviné ce qui allait se passer ?

— Moi aussi, j'avais peur, avoua-t-elle en frissonnant. Je n'aime pas que des choses étranges m'arrivent.

— En as-tu parlé à quelqu'un ?

— Non.

— Tu dois me promettre que ce sera un secret entre nous.

— Je te le promets, dit-elle, ne désirant pas le mettre dans une situation pénible.

Miguel fut soulagé ; le silence d'Alison était le seul moyen de la protéger. Il avait eu tort de ne pas l'écouter et il était content de le lui avoir avoué, puisqu'elle ne l'avait pas critiqué. Il pourrait peut-être se confier à elle désormais. Elle avait été sincère et compréhensive et cette discussion les avait rapprochés. Cette nouvelle intimité était agréable.

Miguel attira Alison contre lui, lui déposa un baiser sur le front et la serra contre son cœur pendant leur sommeil.

17

La nuit suivante, après qu'Alison eut changé son pansement, Miguel l'attira contre lui et commença à lui mordiller le cou.

— Arrête, Miguel.

— Je veux te faire l'amour.

— Tu es encore trop faible.

— Je me sens beaucoup mieux aujourd'hui.

— Et tu te sentiras encore mieux demain. Peut-être que demain…

— Non, déclara-t-il fermement en délaçant la chemise d'Alison. Maintenant !

Tandis que d'une main il lui pétrissait un sein, Alison sentit revenir les frissons du plaisir. Mais elle le repoussa.

— Ce n'est vraiment pas une bonne idée. Et si ta blessure se remettait à saigner ?

— Elle ne le fera pas.

— Tu n'en sais rien. Tu n'as même pas encore essayé de te lever.

— Tu n'as qu'à faire le travail. Tu es déjà montée sur moi, n'est-ce pas ?

Alison hésita.

— Est-ce que tu n'aimes pas être au-dessus de moi ? persista Miguel.

Alison aimait beaucoup cette position ; elle maîtrisait le rythme et contrôlait parfaitement chacun de ses mouvements.

— Je veux bien, mais je crois que c'est trop tôt.

— Si tu penses que je ne suis pas prêt... s'amusa Miguel. Regarde !

La couverture qui lui couvrait le ventre se dressait comme si l'on y avait planté un bâton. Miguel ne la laissa plus rechigner. D'un geste souple, il lui retira sa blouse et prit un mamelon dans sa bouche. Lorsqu'elle sentit les mains de Miguel lui caresser le dos, Alison sut qu'elle n'aurait pas la volonté de lui résister. Toujours à fleur de peau, la passion qu'elle éprouvait pour Miguel s'éleva telle une vague gigantesque. A califourchon sur Miguel, elle plaça ses avant-bras de chaque côté de sa tête et lui offrit ses deux seins.

Les mains de Miguel se glissèrent sous la jupe d'Alison pour caresser ses cuisses. Il enfouit son visage dans la vallée entre ses seins et continua à les lécher et à les mordiller tour à tour. Lorsque sa langue laissa une traînée fiévreuse sur l'un des mamelons engorgés, Alison cria de plaisir, comme si un éclair s'était logé entre ses jambes.

— C'est de la folie, murmura-t-elle.

— Une merveilleuse folie, ajouta Miguel, frôlant le mamelon de ses dents avant de le sucer. Enlève ta jupe !

— Pourquoi ? Elle ne gêne pas.

— Je veux te voir en entier.

Alison lui obéit et Miguel rejeta la couverture. Tandis qu'elle se glissait le long de son corps, il l'arrêta et l'embrassa avec ardeur. C'était une exquise torture pour la jeune femme : la langue de Miguel dansant une sarabande dans sa bouche, alors qu'elle sentait se dresser sa virilité contre ses fesses, si proche mais encore si lointaine du but.

— Je croyais que c'était moi qui devais faire le travail, dit-elle essoufflée, interrompant leur baiser.

— Fais comme chez toi, répondit-il avec un sourire qui l'enflamma de passion.

Sur les genoux, Alison laissa lentement Miguel se glisser en elle, en faisant très attention à ne pas toucher la cuisse blessée.

— Non ! s'écria-t-elle, lorsqu'il commença à caresser la perle nichée dans sa féminité.

— Pourquoi ?

— Ça va arriver trop vite.

— Alors, nous recommencerons.

Alison ne pouvait rien contre les doigts habiles de Miguel. Il prenait plaisir à la conduire vers les sommets du plaisir, lui donnant toujours plus de jouissance qu'elle ne pouvait lui rendre. Mais c'était la première fois que Miguel l'amenait jusqu'à l'orgasme avec ses doigts, alors que sa virilité se dressait en elle. Les vagues de plaisir devinrent si fortes qu'elle perdit contrôle et explosa en une gerbe d'étincelles multicolores avant de s'effondrer sur lui.

Miguel se contracta lorsqu'il sentit les spasmes de plaisir qui irradiaient Alison. Ne pensant qu'à elle, il devait exercer une volonté de fer pour ne pas la suivre dans l'extase, mais son propre plaisir attendrait.

— Espèce d'idiot, maintenant regarde ce que tu as fait, dit-elle, le visage enfoui dans la nuque de Miguel. Je suis trop épuisée pour continuer.

— Tu vas retrouver tes forces, ajouta-t-il en lui déposant un baiser sur la tempe. Nous ne sommes pas pressés.

Miguel lui mordillant l'oreille, il ne fallut pas longtemps à la passion d'Alison pour renaître. Se redressant, elle commença à le monter, avec des ondulations lentes et sensuelles, puis de plus en plus rapides. Sa respiration devint haletante et son corps se couvrit de sueur. C'était merveilleux! Extraordinaire! Elle ne s'était jamais sentie aussi vivante...

Miguel observa Alison, admirant la beauté sauvage de sa femme, ses seins fièrement tendus. Il lui caressa les cuisses et toucha les globes blancs, mais il ne la quitta pas des yeux, alors que son propre plaisir était sur le point de culminer. Lorsqu'il vit le regard perdu d'Alison, prête à connaître sa jouissance, il lui saisit la tête et l'embrassa avec ferveur. D'une longue poussée, il les transporta tous les deux de l'autre côté du miroir...

Lentement, Alison revint sur terre. Tremblante, elle se serra contre Miguel.

— Oh non! s'écria-t-elle soudain. J'ai complètement oublié ta jambe! Est-ce que tu as eu mal?

— Non. Ne bouge pas! ordonna-t-il alors qu'elle voulait se relever.

— Pourquoi?

Miguel se contenta de sourire et Alison le sentit grandir à nouveau en elle. Il avait des pouvoirs de récupération vraiment hors du commun !

— Ça doit être ce potage que tu me forces à boire, dit-il amusé. Je t'avais dit que j'étais en pleine forme.

Alison éclata de rire. Puis, elle s'abandonna au plaisir que lui procurait son magnifique amant apache.

Miguel insista pour se lever le lendemain matin. Alison essaya de l'en empêcher, craignant qu'il n'eût retardé la guérison de sa blessure en faisant l'amour la veille, mais il ne se laissa pas convaincre. « Il doit aller mieux, se dit Alison, agacée. Il est redevenu aussi arrogant et insupportable ! »

Décidée à ne pas l'aider à s'habiller, elle eut cependant pitié de lui alors qu'il essayait avec peine d'enfiler un pantalon. Elle fut surprise lorsque Miguel accepta son aide et s'appuya sur son épaule pour faire quelques pas autour du *wickiup* afin d'enlever la raideur de sa jambe.

Les gouttes de sueur qui perlaient à son front trahissaient sa souffrance et Alison le savait bien plus faible qu'il ne voulait l'avouer. Elle sentait les tremblements qui le parcouraient à chaque pas. Maudissant l'opiniâtreté de son mari, elle eut néanmoins la prudence de se taire. Lorsque Miguel eut décidé qu'il avait fait suffisamment d'exercice pour la journée, elle se sentit soulagée.

— Où sont mes sacoches de selle ? demanda-t-il dès qu'il fut à nouveau installé sur sa paillasse.

— Je ne savais pas que tu en avais.

— J'en ai acheté lors de cette dernière expédition. J'ai décidé qu'il serait plus facile de transporter des petites choses dans les sacoches de l'homme blanc que dans les nôtres.

Alison se rappela que Miguel empruntait volontiers à l'homme blanc ses inventions les plus pratiques.

— Maintenant que j'y pense, dit-elle, je me souviens avoir vu José rapporter quelque chose. Tiens, les voilà, ajouta-t-elle en découvrant une sacoche de cuir derrière le *parfleche*.

— Peux-tu me les donner ? Viens près de moi, dit-il en défaisant les lanières. J'ai quelque chose pour toi.

Lorsqu'il sortit un collier et le montra à la lumière, Alison retint son souffle.

— C'est superbe... Un collier de turquoises comme le tien.

— Oui, j'ai demandé à l'artisan de copier mon modèle. Il y a celles-ci aussi, ajouta-t-il en retirant des boucles d'oreilles de la sacoche.

— Mais je n'ai pas les oreilles percées.

— Jacita peut te les percer.

— Est-ce que ça fait mal ? se méfia Alison.

— Je ne sais pas. Les miennes l'ont été alors que je n'étais qu'un bébé. Mais je ne pense pas que ce soit très douloureux. Plutôt comme la piqûre d'une aiguille. Mets le collier, veux-tu ?

Alison l'enfila autour du cou. Tandis qu'elle assurait le fermoir dans sa nuque, Miguel admira les seins qui se tendaient sous la chemise. Puis, lorsqu'elle abaissa les bras et que la pierre se nicha entre ses seins, Miguel sourit :

c'était la place parfaite, près de son cœur et cependant visible aux yeux de tous.

— Où l'as-tu trouvée? demanda Alison en caressant la belle pierre.

— Au même endroit que la mienne. Au Nouveau-Mexique. Mais je crains que nous n'ayons perdu toutes les autres marchandises pendant la bataille et notre fuite.

— Tes guerriers et toi êtes autrement plus importants pour la tribu que quelques biens matériels.

— C'est vrai, mais nous en avions besoin, surtout des couvertures. Elles nous servent aussi de manteaux pendant l'hiver.

— Est-ce qu'il peut faire très froid dans les montagnes?

— Pas dans cette vallée. Les montagnes nous protègent du vent du nord qui glace le reste du Texas. Parfois, nous avons de la neige mais en général, nos hivers sont doux. N'oublie pas que les Chisos se trouvent au beau milieu d'un désert! Les choses sont différentes dans les montagnes au nord et à l'ouest. Elles subissent de terribles blizzards qui sont le plus souvent imprévisibles. C'est pourquoi nous ne pouvons pas risquer une autre sortie jusqu'au Nouveau- Mexique.

— Ne pourriez-vous pas marchander au Mexique?

— Oui, mais les prix qu'offrent les Mexicains pour nos chevaux et notre bétail ne sont pas aussi élevés que ceux des *pindahs*. En revanche, nous échangeons nos fourrures au Mexique.

— Des fourrures? s'étonna Alison. Vous êtes aussi des trappeurs?

— Nous nous en occupons vers la fin de l'hiver, quand les fourrures sont les plus épaisses. Près du Rio Grande, il y a des castors et des rats musqués. Nous prenons aussi quelques renards et des peaux de loups.

— Je dois mettre mon ragoût sur le feu, dit Alison en se levant. Sinon, la viande sera dure. Merci pour le collier et les boucles d'oreilles, ils sont superbes.

— De rien.

— Il faudra se souvenir de les retirer quand nous ferons l'amour, dit-elle en riant. Les chaînes en argent risqueraient de s'emmêler et de se rompre.

— Elles sont plus solides qu'elles n'en ont l'air. Nous risquerions plutôt de nous étrangler ! Surtout en perdant la tête comme nous le faisons...

Alison rougit ; elle se savait impudique quand ils s'aimaient, mais c'était toujours un moment si extraordinaire...

Après son départ, Miguel se demanda pourquoi il lui avait acheté ces bijoux. Ne s'était-il pas juré de ne jamais acheter des babioles inutiles à une femme ? Il se raisonna : l'épouse du Chef de la tribu se devait d'arborer quelques bijoux. Mais Miguel dut s'avouer qu'il avait eu vraiment envie de les donner à Alison. Le collier et les boucles d'oreilles étaient un témoignage d'un sentiment bien plus profond que la fierté.

Dans l'après-midi, les *di-yins* vinrent rendre visite à leur Chef. Dès que les quatre vieillards se furent installés dans le *wickiup*, Alison se retira.

Les hommes-médecine restèrent très longtemps. Elle attendit qu'ils eussent quitté le *wickiup* pour y retourner, ajoutant un peu d'eau au ragoût avant de pénétrer sous la tente. Elle s'aperçut d'emblée de la mauvaise humeur de Miguel.

— Que se passe-t-il ? demanda-t-elle, avant de se rappeler qu'elle avait promis de ne pas se mêler des affaires de la tribu. Excuse-moi, ajouta-t-elle aussitôt. Ça ne me regarde pas.

Curieusement, Miguel ne lui en voulait pas de sa curiosité. Il était furieux des regards mauvais que lui avaient adressés les *di-yins*, quand ils avaient vu son nouveau collier. Il craignait qu'en refusant de les appeler à l'aide, Alison ne s'en fût fait des ennemis. Les vieillards étaient très soucieux de leur place au sein de la tribu. Si Alison, l'épouse du Chef, les rejetait, ils avaient peur que les autres membres de la tribu n'en fissent autant. Mais Miguel ne tenait pas à partager ces inquiétudes avec Alison.

— Ils sont venus s'assurer que j'allais mieux, dit-il.

— Ils ont mis longtemps à le vérifier.

— Ils m'ont aussi demandé ce qui s'était passé.

— Est-ce qu'ils en ont le droit ?

— En fait, non, mais j'essaye d'être agréable. Surtout avec Benito qui prétend posséder une grande médecine de guerre.

— Comment ces vieux vautours osent-ils te questionner ? s'indigna Alison. Est-ce qu'ils t'ont critiqué ?

— Non, répondit Miguel, amusé par la comparaison avec les vautours, mais Benito était gêné et cherchait à se disculper. Il avait prédit une expédition triomphale.

— Ah, et comment en était-il arrivé à cette conclusion ? déclara Alison d'un air méprisant. En examinant les entrailles d'un pauvre poulet ?

— Où as-tu entendu parler de ça ?

— Je l'ai lu dans un livre qui parlait des pratiques vaudou de certains esclaves.

— C'est intéressant. J'ignore totalement comment Benito trouve ses intuitions. Il est très secret quant à ses méthodes de déduction.

— Evidemment. Si quelqu'un connaissait ses stupidités, on le prendrait pour le charlatan qu'il est !

— Attention à ce que tu dis à leur propos. Ce sont des hommes vindicatifs.

— Oh, je me méfie. José m'a déjà prévenue. Je garde mes opinions pour moi, mais je trouve insupportable qu'ils donnent de faux espoirs à ces pauvres gens. Et regarde les mauvais conseils qu'ils t'ont prodigués avant ton départ.

— Je fais semblant de les écouter, mais je n'agis pas selon leur dire. Je ne suis pas un imbécile. Je suis fidèle à mon propre jugement.

— Comment Benito a-t-il réussi à sauver la face ? demanda encore Alison, curieuse.

— Il n'y est pas arrivé, mais il a parlé si longuement qu'il a embrouillé les autres. Lorsqu'ils sont partis, il avait réussi à les persuader qu'il n'avait fait aucune prédiction sur cette expédition.

— Chez nous, des politiciens adoptent la même tactique, déclara Alison en riant.

Une semaine plus tard, Miguel annonça qu'il partait avec quelques guerriers chercher des couvertures dans leur réserve de secours, puisqu'ils avaient perdu celles de l'expédition.

— Dans ce cas, puis-je te demander une faveur ? demanda Alison. Pourrais-tu me rapporter un peu de ce tissu dont tu m'avais parlé au printemps ? Avec l'hiver qui approche, je voudrais coudre des blouses à manches longues.

— J'ai une meilleure idée. Tu peux venir avec nous et choisir ce qui te plaît ?

— Ce n'est pas une excursion réservée aux hommes ?

— Il y a longtemps que les guerriers ont compris qu'il valait mieux emmener leurs épouses. Sinon, ils rapportaient une couleur de couverture ou un tissu imprimé qui déplaisaient à leurs femmes et ils devaient repartir deux ou trois fois.

Alison aperçut une lueur d'espoir pour les femmes apaches : après tout, elles n'étaient pas si maltraitées.

Le lendemain, la petite troupe quitta le campement et escalada le versant sud de la montagne. Lorsqu'ils arrêtèrent leurs chevaux sur un promontoire, Alison regarda autour d'elle d'un air étonné.

— Je ne vois pas de grotte.

— Elle est cachée derrière ces rochers, répondit Miguel.

Il fallut la force de trois hommes pour déplacer les rochers et Alison aperçut une ouverture dans la paroi de la montagne. Allumant des torches, les Indiens y pénétrèrent. Alison était stupéfiée : il y avait là des piles de couvertures et des rouleaux de tissu, des boîtes de munitions et des armes, des sacs de maïs séché, des paniers de cœurs d'agaves et de la viande séchée, des boîtes de fil à coudre, des aiguilles, des couteaux, des casseroles, des selles et des filets de chevaux.

Miguel indiqua à sa femme quels étaient ses rouleaux de tissu et Alison choisit deux imprimés et une couleur unie, mais ce fut lui qui décida des couvertures. Alison s'étonna de le voir choisir avec autant de soin.

— Voilà la couverture que je cherchais, dit-il enfin en la lui jetant sur l'épaule.

En la voyant, Alison comprit son intention : la laine comportait beaucoup de bleu.

— J'espérais qu'elle irait avec tes yeux, ajouta doucement Miguel, mais je me suis trompé. Sur cette terre, il n'y a rien d'aussi bleu que tes yeux, ni rien d'aussi beau.

— Merci, murmura-t-elle, rougissant du compliment. Elle est merveilleusement douce et chaude.

— Il faut avouer que ces diables de Navahos tissent des couvertures exceptionnelles.

— Pourquoi dis-tu que ce sont des diables ?

— Ce sont nos anciens ennemis.

— Mais ils marchandent leurs couvertures avec vous ?

— Nous les obtenons par l'intermédiaire des Blancs.

Tandis que les hommes préparaient les marchandises, Alison quitta la grotte pour admirer le paysage. Elle voyait à des kilomètres à la ronde : le petit village qui se spécialisait dans la production de maïs, le sinueux Rio Grande qui faisait une large boucle avant d'arriver au Mexique, le grand désert avec ses collines de sable, la Sierra del Carmen qui ressemblait dans le lointain à d'immenses brisants.

Miguel s'approcha d'elle, ses cheveux fouettés par le vent.

— J'ai l'impression de voir jusqu'au bout du monde… murmura-t-elle.

— Tu vois sur plus de cent cinquante kilomètres.

— Mais c'est impossible ! Personne ne peut voir aussi loin.

— Dans le désert, c'est possible. Même un feu peut être vu à quatre-vingts kilomètres.

Alison fut attristée de quitter cet observatoire splendide, mais alors qu'ils retournaient vers le campement, elle retrouva sa bonne humeur : les arbres avaient pris leurs teintes d'automne et la vallée s'étourdissait d'ors et de rouges, d'oranges et de verts foncés. A cet instant, Alison pensa que la vallée devait être le plus bel endroit au monde, mais dans son cœur, elle la considérait toujours comme sa prison.

L'hiver devint la saison préférée d'Alison dans les Chisos. Comme Miguel l'avait annoncé, le climat restait doux, tel un automne dont le fond de l'air eût été un peu plus frais.

Mais ce n'était pas seulement la douceur du temps qu'appréciait Alison, le rythme de vie était aussi beaucoup plus agréable. Les hommes s'entretenaient en chassant, en s'occupant de leurs chevaux et en s'adonnant à des jeux où ils se dépensaient sans compter. Les femmes tannaient les peaux, tissaient des tapis, cousaient et s'occupaient de la cuisine. Mais puisqu'il n'y avait pas de nourriture à récolter, elles aussi trouvaient le temps de s'amuser à des jeux et participaient souvent aux loisirs des hommes.

Ce qu'Alison préférait par-dessus tout, c'était les nuits d'hiver. Alors, tous se réunissaient autour d'un grand feu de bois et écoutaient un conteur. Désormais, la jeune femme parlait suffisamment l'apache pour comprendre qu'on racontait le plus souvent les mésaventures de Coyote, un personnage que les Apaches méprisaient pour sa bêtise, et que les histoires avaient toujours une connotation morale. Parfois, elles étaient même un peu osées et le conteur prévenait son auditoire lorsqu'il allait évoquer un passage qui pourrait gêner les adolescents. Ce n'était pas tant les histoires qu'aimait Alison, que de se retrouver près d'un feu joyeux sous le ciel étoilé, respirant l'odeur des pommes de pin, alors que les Apaches se passaient des bols de noix grillées en encourageant le conteur par des cris de *ao, ao* qui enchantaient la jeune Américaine. Elle éprouvait alors le sentiment chaleureux d'appartenir à une grande famille, sentiment qu'elle n'avait jamais ressenti chez elle à Baltimore.

Une nuit, alors qu'ils étaient rassemblés autour du feu, un bébé vint s'installer contre ses jambes. Alison l'entoura d'une couverture et le serra contre elle. Elle admirait chez les Apaches cet amour qu'ils portaient à leurs enfants.

Chaque enfant appartenait à la tribu entière et tous, hommes et femmes, veillaient sur lui comme s'il était le sien. Un enfant pouvait approcher quiconque, sachant qu'il était aimé et accepté par tous.

Lorsque le conteur eut fini son histoire, la maman vint chercher son fils, qui dormait la tête sur les genoux d'Alison. La jeune femme eut de la peine à rendre à sa mère l'adorable petit garçon.

— Est-ce que tu as remarqué Jacita s'éloignant avec son amoureux pendant la veillée ? demanda Alison à son mari tandis qu'ils retournaient vers leur *wickiup*.

— Oui. Je suppose que Santo fera une demande en mariage après la prochaine expédition.

— Mais pourquoi attendre ? Pourquoi ne se marient-ils pas maintenant que la situation est plus calme ?

— Je suis certain que Santo aurait souhaité le faire après la dernière expédition, mais comme elle a été un désastre, il n'a pas pu. C'est avec le butin qu'il amasse qu'un jeune guerrier a les moyens de se marier.

L'arrivée du printemps désola Alison, mais elle ne pouvait pas retenir l'avancée inexorable des jours. Lorsque Miguel et ses guerriers repartirent, elle eut peur, mais c'était la crainte raisonnable qu'éprouve toute femme qui voit partir l'homme qu'elle aime dans une expédition dangereuse, et non pas cette terrible prémonition de danger.

Deux semaines plus tard, les guerriers étaient

de retour. Leur expédition avait été un grand succès. Tous les guerriers, Miguel inclus, souriaient aux anges.

— J'avais presque peur de partir, avoua-t-il plus tard, lorsqu'ils furent seuls. Je craignais d'avoir perdu mon pouvoir.

— Ta chance ? Mais il est normal d'essuyer quelques défaites. On ne peut pas toujours être vainqueur.

— Je sais. Mais un Chef craint de perdre son pouvoir.

Soudain, Jacita passa la tête par l'entrée du *wickiup*.

— Père dit que tu dois venir ! s'écria-t-elle, surexcitée, avant de disparaître à nouveau.

— Que se passe-t-il ? demanda Alison.

— Je suppose que Santo va proposer son prix pour le mariage. Viens, dit Miguel en se levant. Tu fais partie de la famille, toi aussi.

Lorsqu'ils arrivèrent au *wickiup* du père de Miguel, José se tenait devant la tente mais Jacita avait disparu.

Santo traversa le campement, menant fièrement six chevaux magnifiques derrière lui. Il s'arrêta devant José, salua le père et le fils, puis annonça qu'il était venu demander Jacita en mariage.

— Jacita, appela doucement José.

Jacita sortit du *wickiup*, les yeux modestement baissés.

— Jacita, dit encore José, veux-tu que j'accepte l'offre de ce jeune homme ?

— Oui, père.

Avec un grand sourire, José étendit la main et

Santo lui donna gravement les rênes des chevaux. Puis, José les donna à Jacita qui les attacha derrière le *wickiup* afin que le campement sache qu'elle avait accepté Santo comme époux.

José invita Santo à partager leur dîner et le jeune guerrier accepta.

— Quand vont-ils se marier? demanda plus tard Alison à Miguel.

— Pas avant quelques jours. Santo doit encore construire le *wickiup* de mariage.

— Ils ont l'air si timides.

— Ils sont jeunes et sans expérience.

— Mais on dirait qu'ils ont peur l'un de l'autre.

— Je suis certain qu'ils pensent à leur nuit de noces. Ils doivent l'attendre avec impatience et craindre de faire des erreurs.

— Est-ce que personne ne leur explique ces choses?

— Je ne pense pas que Santo soit tout à fait innocent. S'il n'a pas rendu visite à l'une des veuves qui initient les jeunes guerriers, il a certainement entendu parler les hommes.

— Et Jacita?

— On m'a dit que les femmes parlaient, elles aussi.

D'après ce qu'Alison avait entendu, elles semblaient surtout en rire. Jacita aurait dû savoir comme c'était merveilleux. Elle se promit de lui rendre une petite visite et de lui parler de femme à femme.

Trois jours plus tard, Jacita et Santo quittèrent le campement pour retrouver leur *wickiup* de mariage. La jeune Apache ne se tenait plus de joie et son regard trahissait son bonheur. Alison en était heureuse, mais elle espérait qu'elle n'avait pas donné de fausses espérances à la jeune fille. Après tout, Miguel était un amant exceptionnel.

— Vont-ils dans la même vallée que nous ? demanda-t-elle.

— Non. Il n'y a que toi et moi pour la connaître.

— Alors, ce n'est pas l'endroit où l'on se rend toujours lors d'un mariage ?

— Non, c'est notre vallée secrète. Je ne pars pas en expédition pour plusieurs jours. Voudrais-tu y retourner ? Mais nous ne pourrons rester qu'une nuit et une journée.

— Oh, oui... ! s'exclama Alison, le cœur battant. Quand partons-nous ?

— Demain.

18

Alison et Miguel partirent tôt le lendemain matin rejoindre la merveilleuse vallée où ils avaient passé leur lune de miel. Tandis qu'ils traversaient les montagnes, Alison réfléchissait à ce qui la tracassait depuis la veille. Est-ce qu'avoir gardé secret l'emplacement de cette vallée avait une signification spéciale pour Miguel ? Cette idée, ainsi que le désir d'y retourner, semblaient très romantiques à la jeune femme. L'aimerait-il en dépit de ses dénégations ? Elle fut parcourue par un frisson de bonheur. Alison voulait désespérément que Miguel l'aimât... Un amour non partagé était bien désolant.

— Tu es très silencieuse aujourd'hui, fit remarquer Miguel.

— Je... hésita Alison, avant de prendre son courage à deux mains. Je me demandais pourquoi tu n'avais pas parlé aux autres de cette vallée.

Miguel n'osait pas lui avouer qu'il éprouvait un attachement particulier pour l'endroit où ils s'étaient aimés la première fois. Il se rapprochait dangereusement d'un sentiment qu'il cherchait à tout prix à nier.

— Un Chef ressent de temps à autre le besoin de s'isoler des responsabilités qui lui incombent.

En entendant ces paroles, Alison fut très déçue et se félicita d'être assise devant Miguel sur sa monture; ainsi il ne pouvait pas voir les larmes qui lui voilaient soudain les yeux. Elle était idiote de s'imaginer qu'il éprouvait quelque chose pour elle. Miguel était trop rationnel pour jamais laisser son cœur gouverner sa raison.

Lorsqu'ils entrèrent dans la petite vallée, les pensées moroses d'Alison s'envolèrent et elle se laissa gagner par la grande sérénité de l'endroit. Il n'y avait pas de doute: la vallée possédait une qualité magique. On ne pouvait y être triste, ou amer ou haineux. C'était le paradis avant la chute d'Adam et Eve, un lieu d'une parfaite beauté et d'une grande tranquillité.

L'herbe parsemée de fleurs arrivait presque à la hauteur des genoux et les arbres étaient remplis d'oiseaux multicolores, certains arborant des couleurs si spectaculaires qu'on aurait dit qu'un peintre fou avait vidé sa palette entière sur leurs plumes.

— D'où viennent tous ces oiseaux? demanda Alison, ravie.

— Ils ont passé l'hiver au Mexique et ils retournent vers le nord. A cette époque de l'année, les Chisos en regorgent.

— Je n'avais rien remarqué au campement.

— Ils préfèrent se reposer dans des endroits plus solitaires avant de continuer leur long voyage. Ces oiseaux s'arrêtent ici depuis des centaines d'années.

Oui, pensa Alison, la vallée n'avait probablement pas changé depuis le début des temps, revêtant à chaque saison une parure différente. C'était l'un des joyaux de la nature qui attendait d'être découvert et apprécié.

— Je vois que notre *wickiup* est toujours debout, déclara Miguel. Mais je vais devoir couper de nouvelles branches de pins.

— Pourquoi te fatiguer ? Nous ne passerons qu'une journée ici et ce soir, nous pourrons dormir à la belle étoile.

— Il fera frais au coucher du soleil.

— Nous avons des couvertures et nous pouvons construire un feu pour nous réchauffer. Nous n'aurons même pas à couper du bois, ajouta-t-elle en riant. Nous pouvons utiliser les vieilles branches de pins.

Déployant leur couverture près du ruisseau, ils partagèrent leur repas. Puis, ils s'allongèrent, réchauffés par les doux rayons du soleil, s'émerveillant chacun de la présence de l'autre. Inévitablement, leur passion se renoua, car ils étaient venus dans cette vallée pour s'aimer.

Ils firent l'amour tendrement, avec cette sérénité qui caractérisait la vallée. Ils se déshabillèrent lentement, goûtant chaque parcelle de peau que les vêtements mettaient à nu, s'embrassant et se caressant, retrouvant les secrets de chacun comme si c'était la première fois.

Lorsque Miguel déposa une traînée de baisers le long de son cou, Alison l'attira à elle, enchantée de sentir son cœur d'homme s'emballer dans sa poitrine. Comme elle l'aimait, ce magnifique guerrier indomptable, cet amant merveilleux !

La langue de Miguel taquina les lèvres d'Alison, avant de s'enfouir dans sa bouche, caressant, goûtant le nectar de la jeune femme. Alison répondait avec des caresses sensuelles, leurs souffles se mélangeant tandis que leur baiser se prolongeait, leurs langues dansant follement et enivrant leurs sens.

Quand Miguel interrompit le baiser, Alison laissa échapper un gémissement déçu, puis soupira de plaisir lorsqu'il effleura ses épaules avant de trouver la douceur de ses seins. L'exquise sensation de Miguel lui léchant un mamelon avant de le prendre dans sa bouche la parcourut d'un frisson d'excitation.

Miguel rendit hommage à chaque sein et Alison s'agrippa à lui, un feu ardent naissant entre ses jambes. Que jamais ces sensations merveilleuses ne s'arrêtent...

La langue de Miguel caressa le ventre de la jeune femme et ses mains glissèrent le long de ses hanches pour trouver l'intérieur des cuisses, puis remonter, centimètre par centimètre, vers le secret de sa féminité. Un sanglot dans la gorge, Alison attendit le dénouement inévitable et cette attente presque douloureuse intensifia son bonheur. Enfin, Miguel écarta les lèvres gonflées et toucha la moiteur de sa passion. Les vagues de plaisir se répandirent en elle. La tête lui tourna, elle quitta le monde réel pour un autre univers.

Miguel était agenouillé entre les jambes de sa bien-aimée et ses boucles d'oreilles argentées accrochaient les rayons du soleil, rivalisant avec l'intensité de son regard. Lorsqu'il glissa les mains sous ses hanches et baissa la tête, le cœur d'Alison se mit à battre la chamade. La langue et les lèvres de Miguel recommencèrent leur danse magique et la respiration d'Alison s'accéléra. Avant il y avait eu des vaguelettes de plaisir, maintenant de puissantes ondulations de jouissance secouaient les tréfonds de son être. Il l'amena jusqu'à l'orgasme encore et encore, fier de lui procurer ce plaisir si intense, et Alison craignait de mourir s'il ne cessait pas bientôt cette exquise agonie.

Lorsqu'il la reposa doucement, les yeux brillant de satisfaction, Alison se sentit épuisée. Son amour pour Miguel l'emplit telle une vague gigantesque et fit renaître son désir. Lui prenant sa virilité d'une main, elle la caressa, excitée par les gémissements de plaisir qui échappaient à Miguel.

Le repoussant sur le dos, Alison lui embrassa et lui mordilla la peau de la tête aux pieds, sa bouche s'attardant sur son aine, puis elle lui lécha l'intérieur des cuisses et remonta encore plus haut.

Miguel sentit la bouche d'Alison se refermer sur lui comme un fer brûlant. Il se mit à trembler. Tandis qu'elle l'emmenait au septième ciel avec sa langue magique, il lui tint la tête, leurs positions inversées. Désormais, c'était lui le prisonnier enchanté, et elle le poussait jusqu'à l'ultime limite, jusqu'à l'éclatement des chairs...

Miguel attira brusquement Alison à lui et la pénétra d'un mouvement fluide et profond. Alison l'accueillit avec un cri de joie. Ensemble, ils restèrent un instant immobiles, goûtant leur parfaite union, puis Miguel commença ses lentes poussées, sans cesser d'embrasser Alison qui suivait son rythme avec bonheur. Il se retira un moment, la taquinant, jusqu'à ce qu'elle le supplie de mettre fin à cette attente et de revenir en elle. Le baiser devint plus ardent, plus passionné, les poussées s'amplifièrent avec une douce sauvagerie qui enflammait son corps de jeune femme. Leurs cœurs battant dans leurs poitrines, ils s'immobilisèrent une nouvelle fois au bord du précipice, prolongeant l'attente insupportable, à la fois enfer et paradis.

— Maintenant! s'écria Alison.

Et Miguel lui donna ce qu'elle attendait. D'une profonde poussée, il l'enleva vers un tourbillon de sensations bouleversantes, un kaléidoscope de couleurs et une jouissance si intense qu'elle brûla leurs deux âmes et les laissa à la fois vidés de leur énergie et comblés.

Ils passèrent le restant de la journée à se parler et à profiter l'un de l'autre et Alison trouva que cette harmonie était la plus délicieuse partie de leur escapade. Elle ne s'était jamais sentie aussi proche de Miguel, même lorsqu'il lui faisait l'amour, car alors la passion les enivrait et leur faisait perdre la tête. Le bonheur et la joie qu'elle éprouvait en cet après-midi unique étaient purs, une union spirituelle plus que physique.

— Nous devrions faire l'amour plus souvent à l'extérieur, dit-elle à la nuit tombée, alors qu'ils se serraient l'un contre l'autre, contents et apaisés. C'est encore plus beau que dans un *wickiup*.

Miguel lui donnait raison. Sous le dais d'étoiles scintillantes, respirant la bonne odeur des pommes de pins et écoutant le gargouillis joyeux du ruisseau, leur amour prenait une intensité plus grande. Loin de murs érigés par des mains humaines, la nature participait pleinement à leur union.

— J'ai bien peur que ce ne soit pas très pratique de nous promener dans les bois chaque soir, dit-il, amusé. Sans parler du manque d'intimité.

Ce serait en effet gênant si quelqu'un trébuchait sur eux dans le noir...

— Nous pourrions tirer nos paillasses dans l'enceinte abritée, répliqua Alison. Nous pourrions voir le ciel et respirer les arbres tout en restant à l'abri des regards.

Miguel ne répondant pas, Alison se sentit idiote d'avoir suggéré une chose aussi romantique. Si seulement elle avait deviné les pensées de Miguel... Il regrettait de ne pas avoir fait l'amour à Alison au clair de lune; les deux fois où ils étaient venus dans la vallée, les nuits avaient été sombres. Une pensée encore plus excitante s'empara de lui: et qu'en serait-il sous la pluie?

En quittant la vallée magique, Alison fut emplie de tristesse. Retrouverait-elle jamais cette harmonie avec Miguel? Dans la vallée, il lui appartenait entièrement, tandis qu'au campement, elle était obligée de le partager avec les autres. En tant que Chef, Miguel était acquis à sa tribu et Alison savait qu'il placerait toujours son peuple avant elle. Mais de savoir qu'elle n'obtiendrait jamais son cœur et son âme augmentait son amertume à la pensée qu'il lui avait volé sa liberté.

En arrivant au campement, Alison vit les femmes planter le maïs dans le champ. Elle s'en voulut d'avoir pris une journée de vacances alors que les autres travaillaient. En les voyant s'échiner, une idée lui traversa soudain l'esprit.

— Est-ce que tu iras à un marché lors de la prochaine expédition ? demanda-t-elle à Miguel.

— Probablement.

— Pourrais-tu me rapporter quelque chose ?

— Quoi ?

— Des graines de légumes.

— Je t'ai déjà dit que nous n'avions pas de champ assez grand pour cultiver autre chose que du maïs, répliqua Miguel, mécontent. Et nous n'en avons pas besoin. La nature nous procure ce qu'il faut.

— C'est facile à dire pour toi ! Tu es un homme. Tu ne te casses pas le dos en cherchant des racines et tu n'as pas à affronter les feuilles acérées des yuccas et les épines de cactus. Alors que nous, les femmes, nous devons le faire tous les jours ! Si nous plantions des légumes, cela faciliterait notre travail, surtout avec des melons, des haricots...

— Il n'y a pas assez de terrain dégagé.

— Nous n'avons pas besoin d'un grand espace et ce ne sera pas difficile de brûler un peu d'herbe pour faire de la place.

— Les Apaches ne sont pas des fermiers... Excepté les Mimbres, ajouta-t-il en réfléchissant.

— Qui sont-ils ?

— Une grande tribu apache qui vit au Mexique.

— Si eux peuvent être des fermiers, pourquoi pas nous ? A moins que tu n'imagines que les fermiers sont des mauviettes parce qu'ils manient la charrue au lieu de poignards et de fusils ?

Miguel se moquait certes des Navahos pour leurs penchants agricoles, mais il n'aurait jamais traité les Mimbres de mauviettes. Ceux-ci comptaient parmi les tribus apaches les plus farouches et les plus craintes. Deux des plus grands guerriers apaches, Juan José et Mangas Colorado, avaient été des Mimbres.

— Ils sont plus sédentaires que nous. Ils sont restés sur les mêmes terres depuis des générations.

— Depuis quand êtes-vous dans cette vallée ?

— Sept ans.

— Ce n'est déjà pas si mal. Et qu'avez-vous à perdre ? Quelques graines et un peu de travail. Planter des légumes est un travail bien plus facile que ceux qu'accomplissent déjà les femmes.

Miguel restait silencieux mais Alison insista :

— Pourquoi es-tu si opposé à mon idée ? Je ne t'explique pas comment diriger cette tribu. Je ne m'attends pas à ce que tes guerriers ou toi vous vous mettiez à travailler la terre. Je me contente de suggérer une manière de faciliter la tâche des femmes.

C'était la première fois que Miguel réfléchissait au travail des femmes — n'avaient-elles pas travaillé ainsi depuis des centaines d'années ? — et il ne s'était jamais attardé sur les succès agricoles des Mimbres. Si la tribu mexicaine pouvait s'occuper de la terre sans perdre le respect des autres Apaches, pourquoi ne feraient-ils pas de même ? Une nourriture plus abondante serait la bienvenue. Mais...

— Je ne crois pas que les femmes apprécieraient ton idée, fit-il. Elles sont habituées aux anciennes coutumes.

— Apporte-moi les graines et je m'occuperai des femmes, déclara fermement Alison, bien décidée à convaincre les Apaches.

Miguel n'ajouta rien et Alison fut persuadée qu'il ne l'écouterait pas. « Le voilà qui redevient arrogant », pensa-t-elle en colère. Miguel était aussi attaché à son rôle de Chef que ces imbéciles d'hommes-médecine à leurs soi-disant pouvoirs, et tout aussi arriéré dans ses pensées. Or, à son retour, Miguel apporta à Alison les graines qu'elle avait demandées.

La jeune femme était si heureuse qu'elle enlaça Miguel pour le remercier et il fut abasourdi par cette femme inattendue qu'il avait épousée. Lorsqu'il lui avait donné des bijoux, Alison l'avait remercié mais ne s'était pas montrée aussi enthousiaste que pour ces quelques graines. Si elle avait été apache, sa réaction n'aurait pas autant étonné Miguel car les Apaches attachaient une grande importance à leur survie et connaissaient la valeur de la nourriture. Cependant, même une femme apache se montrait plus heureuse de recevoir des bijoux que des légumes. Miguel avait toujours pensé que les femmes étaient des êtres frivoles et Alison le surprenait. Il avait deviné qu'elle possédait une force intérieure peu commune et une détermination qui ressemblait à la sienne, mais il n'aurait jamais imaginé qu'une Blanche, gâtée comme Alison l'avait été dans sa jeunesse, partageât des valeurs aussi fondamentales. Il en ressentit une intense fierté.

— Que connais-tu à la vie des fermiers ? demanda-t-il en délaçant de la selle les sacoches de graines.

— Rien, admit Alison. Je suis une citadine, mais ça ne doit pas être plus difficile que de planter du maïs et cela, j'ai appris à le faire. Il suffit de faire un trou dans la terre avec un bâton et d'y planter quelques graines.

— Selon les Mimbres à qui j'ai acheté ces graines, ce n'est pas aussi simple. Le vieil homme m'a dit que les melons et les citrouilles devaient être plantés sur de petites collines et que les haricots devaient pousser sur des tiges. Les légumes pourrissent s'ils restent dans l'eau de pluie.

Les recommandations de Miguel furent très utiles à Alison. Pourtant, malgré ses efforts, elle ne parvint pas à intéresser les femmes apaches. Elles se moquaient des projets de la Blanche, bien qu'Alison tentât de leur expliquer que leur travail en serait grandement facilité. Seule Jacita accepta d'aider Alison à brûler le champ et à planter les légumes, et uniquement parce que celle-ci était son amie. Comme les autres refusaient de participer, les deux jeunes femmes durent se contenter d'un emplacement plus modeste.

Lorsque les légumes poussèrent, les femmes apaches admirèrent les jolies fleurs jaunes et blanches, mais leur intérêt pour le potager s'arrêta là. Elles ne l'appréciaient que pour des valeurs esthétiques. Mais quand Alison et Jacita firent leur récolte en été, les femmes commencèrent à s'y intéresser de plus près. Elles restèrent bouche bée en regardant Alison et Jacita ramasser les légumes sans aucune peine et remplir leurs paniers en un temps record, sans avoir à éviter des feuilles tranchantes comme des rasoirs. Le potager fut si productif qu'Alison et Jacita purent donner des légumes aux autres. En fin de compte, le goût des courgettes convainquit les Apaches que l'agriculture n'était pas une occupation si mauvaise que cela. Certains légumes avaient le goût du mescal, qu'ils adoraient, et cuisaient bien plus vite que les cœurs d'agaves. Bientôt, Alison dut lutter avec les femmes qui cherchaient à récolter des melons et des citrouilles qui n'étaient pas encore mûrs.

Trop heureuse du succès de son projet, la jeune femme ne pouvait pas leur en vouloir. Une nouvelle fois, elle devina que Miguel, lui aussi, était content.

19

Fin août, l'une des sentinelles, qui surveillait les alentours du sommet d'une montagne, galopa vers Miguel qui planifiait la prochaine expédition avec ses lieutenants à l'ombre d'un grand pin. Une seconde plus tard, Miguel et ses lieutenants quittèrent le campement à cheval, laissant les autres s'interroger. Quelques heures plus tard, ils étaient de retour, conduisant un groupe d'Apaches hagards, dont les montures n'avaient plus que la peau sur les os.

— Qui sont-ils ? demanda Alison, curieuse.

— Je reconnais leur Chef ! s'écria Santo, le mari de Jacita, les yeux brillant d'excitation. C'est le Chef Victorio !

Presque aussi grand que Miguel et bâti en force comme lui, Victorio avait des cheveux courts qui ondulaient naturellement, mais il était plus âgé de près de vingt ans. A ses côtés se tenait un vieillard à moitié handicapé dont les boucles d'oreilles en or ressemblaient à des chaînettes de montres de gousset.

— Qui est le vieil homme avec les cheveux

blancs et les curieuses boucles d'oreilles? s'enquit Alison.

— C'est probablement Nana, le lieutenant le plus fidèle de Victorio et son compagnon de route, déclara Santo. On raconte qu'il est encore plus rusé et féroce que Victorio.

Miguel emmena Victorio et Nana vers le *wickiup* qui servait pour les réunions importantes de la tribu et les trois hommes s'y engouffrèrent, tandis que les guerriers de Victorio, qui portaient tous un cercle de peinture rouge sur les joues en signe de guerre, mettaient pied à terre et s'installaient près de leurs chevaux. Ils furent bientôt entourés par les hommes de la *ranchería* qui voulaient savoir pourquoi ils étaient venus au campement. Alison fut agacée de ne pas pouvoir entendre les réponses des renégats car Jacita l'emmena préparer le repas des invités. Tout en mangeant, les guerriers observaient, de leurs regards sombres, le *wickiup* où se tenait le conseil des deux Chefs qui fumaient leur calumet. Après le dîner, les hommes restèrent silencieux, aussi bien les étrangers que les Chisos.

Les guerriers de Victorio mettaient Alison mal à l'aise. Ils semblaient épuisés et à moitié affamés, leurs vêtements pendaient en lambeaux, et le désespoir qui se peignait sur leurs visages lui serrait le cœur. C'étaient des hommes tourmentés, pourchassés, qui étaient devenus téméraires et extrêmement dangereux. Elle aurait dû les haïr pour le mal qu'ils avaient fait aux Blancs, mais elle ne ressentait que de la pitié.

Une heure passa, et puis encore une autre. Les membres de la tribu devenaient de plus en plus nerveux. Enfin, Miguel quitta le *wickiup* en compagnie des deux Apaches et Alison comprit, aux visages des étrangers, qu'ils étaient mécontents de leurs discussions. Impassible, Miguel ne trahissait aucune émotion mais les deux renégats semblaient furieux. Alison connaissait bien ce visage fermé de Miguel : quelle que fût sa décision, il n'en démordrait pas.

Deux femmes tendirent des bols de nourriture à Victorio et à Nana, mais ils les repoussèrent d'un geste brutal et remontèrent à cheval, leurs guerriers les imitant. Miguel dit un mot à l'un de ses lieutenants qui prit son cheval. Puis, guidés par l'Apache chiso, Victorio et ses hommes quittèrent le campement au grand galop, soulevant un nuage de poussière.

Avant même que les renégats eussent quitté la vallée, Miguel invita ses guerriers à se rassembler autour de lui. Alison était trop éloignée pour entendre leurs paroles, mais elle lisait sur les visages des guerriers qui écoutaient Miguel déclamer avec sa voix d'orateur. Certains semblaient déçus, mais la majorité était soulagée. Tandis que Miguel allait s'éloigner, le *di-yin* Benito s'approcha de lui. Alison n'entendait rien mais elle vit Miguel se raidir et ses yeux lancer des éclairs de colère. La réponse du Chef indien fut cinglante. Puis, Miguel quitta le cercle des siens, la tête haute et l'air décidé.

Arrivé dans leur *wickiup*, Miguel s'assit en tailleur sur un tapis et regarda fixement les branches de saule tressées. Alison lui apporta un bol de nourriture.

— Je t'ai apporté de quoi manger.

— Je n'ai pas faim, répliqua sèchement Miguel.

Tandis qu'il continuait à fixer le mur, Alison menait une lutte silencieuse avec elle-même. D'un côté, elle était impatiente de savoir ce que Victorio était venu demander ; de l'autre, Miguel lui en voudrait de se mêler des affaires de la tribu qui ne la concernaient pas. Les minutes de silence semblaient s'éterniser. Enfin, sa curiosité l'emporta.

— Que voulait Victorio ? demanda-t-elle.

Miguel lui jeta un regard noir.

— Ce n'était qu'une question ! protesta Alison. Si tu ne me le dis pas, je le découvrirai tôt ou tard par les autres femmes. L'une d'elles a certainement entendu ce que tu disais à tes guerriers et leurs maris leur en parleront. Tu seras étonné d'apprendre que tous tes guerriers ne sont pas aussi cachottiers que toi.

Miguel savait que ses guerriers discutaient entre eux des problèmes de la tribu et que certains en parlaient même à leurs femmes, si celles-ci insistaient pour avoir des nouvelles, mais c'était par simple curiosité. Lorsque leurs maris leur avaient donné l'information souhaitée, elles ne s'y intéressaient plus, car elles ne pouvaient que se plier aux décisions et non pas les discuter, surtout quand ces décisions étaient prises par leur Chef tout-puissant. Mais Alison était d'une race différente. Elle était non seulement curieuse, mais aussi dotée d'une intelligence rare et d'un franc-parler dévastateur. Si Miguel lui faisait part de sa décision, Alison ne manquerait pas de lui donner son avis. Quelle importance que la jeune femme fût d'accord avec lui ou non! Après tout, il était le Chef, et il n'avait pas l'intention de se laisser influencer par les *di-yins*, ni par son épouse.

Cependant, Miguel avait envie de discuter avec quelqu'un et il avait besoin d'être conseillé. Par le passé, il avait avoué à Alison des secrets qu'il n'avait jamais partagés avec quiconque. Jusqu'à maintenant, elle ne s'était pas mêlée de ses affaires mais Miguel craignait secrètement son influence. Alison était une personne déterminée, aussi déterminée que lui. Si elle avait été un homme, Miguel l'aurait surveillée de très près, par crainte qu'elle ne veuille prendre la tête de la tribu. En tant que femme, elle ne pourrait jamais devenir chef, mais son pouvoir semblait néanmoins menaçant. Miguel n'avait jamais rencontré une femme comme Alison. Les femmes n'étaient pas censées être sages et puissantes, des qualités strictement réservées aux hommes. A moins que cette femme ne fût la Femme Peinte en Blanc...

Cette pensée bouleversa Miguel. Alison serait-elle la réincarnation de la Femme Peinte en Blanc, venue aider son peuple dans ces temps si difficiles? Son pouvoir de lire l'avenir s'expliquerait et dans ce cas, il serait un imbécile de ne pas écouter ses conseils. Miguel essaya de se raisonner: il ne croyait pas à ces balivernes d'esprits comme les autres membres de la tribu, et pourtant, son éducation apache était trop solide pour qu'il en écarte totalement l'idée. Il jeta un regard pénétrant à sa femme.

— Pourquoi me regardes-tu aussi intensément ? demanda Alison, mal à l'aise. J'ai simplement déclaré que je saurais tôt ou tard ce que voulait Victorio.

— Qui es-tu ?

Un frisson apeuré parcourut l'échine de la jeune femme. Pourquoi Miguel semblait-il soudain si bizarre ?

— Qu'est-ce que tu veux dire ? s'écria-t-elle. Je suis Alison, évidemment.

Miguel se sentit frustré. Si Alison avait été la Femme Peinte en Blanc, elle le lui aurait certainement avoué. A moins qu'elle ne le mît à l'épreuve... Mais qu'elle fût sa femme ou l'incarnation de la déesse apache, Miguel devait s'ouvrir à elle. La décision qu'il avait à prendre était trop grave.

— Assieds-toi, ordonna-t-il. Je vais te dire ce que voulait Victorio.

Surprise par la volte-face de son mari, Alison s'assit en face de lui.

— Victorio m'a demandé de me joindre à lui pour faire la guerre aux Blancs. Il a désespérément besoin d'aide et nous sommes la seule tribu apache de la région qui n'ait pas encore été emmenée sur une réserve. Il a essayé de rejoindre la réserve mescalero à Tularosa au Nouveau-Mexique. Ils le fournissent secrètement en armes et en provisions. Mais la cavalerie l'a coincé au Mexique. Ils surveillent toute la frontière et ils ont placé des embuscades à chaque point d'eau entre le Rio Grande et Tularosa. Par deux fois, il a été repoussé par le Général Grierson et ses soldats buffalos, à Tinaja de las Palmas dans le canyon de Quitman et puis encore à Rattlesnake Springs. Victorio pense qu'en unissant nos forces, nous parviendrons à forcer le passage jusqu'à Tularosa, mais j'ai refusé.

« Voilà pourquoi Victorio et Nana semblaient si furieux », se dit Alison. Dieu soit loué, Miguel avait refusé ! Elle avait saisi et accepté la différence entre piller pour survivre et partir sur le sentier de la guerre. Si Miguel avait engagé une lutte déclarée avec les Blancs, les tuant par haine et par souci de vengeance, l'amour qu'elle lui portait serait mort. Même si Alison comprenait désormais la haine des Apaches pour les Blancs, il y aurait eu entre eux une montagne infranchissable de cadavres innocents. Mais son amour serait-il vraiment mort ? se demanda soudain Alison. Les sentiments profonds que lui inspirait le Chef apache dépassaient le cadre de la raison et elle ne les maîtrisait pas. Elle aurait été cruellement déchirée entre son amour pour Miguel et la loyauté envers les siens. Heureusement qu'en refusant l'offre du renégat, Miguel lui avait épargné ce tourment.

Puisque Alison se taisait, Miguel poursuivit :

— Ce n'était pas une décision facile à prendre. Il a été très dur de refuser mon aide à un frère apache qui en a désespérément besoin, alors que je n'ai aucune affection pour l'homme blanc. Mais je craignais qu'en me joignant à eux, je n'attire la colère des *pindahs* sur les Chisos. Pour l'instant, ils essayent sans véritable entrain de nous empêcher de piller. Mais leur attitude changerait si nous étions sur le sentier de la guerre. Ils chercheraient alors à nous exterminer, comme ils le font avec Victorio. En tant que Chef, il est de mon devoir de penser avant tout à la sécurité de mon peuple.

— C'est vrai, acquiesça Alison. Tu as eu raison de refuser l'offre de Victorio. Aux Etats-Unis, tous veulent se venger de lui et de sa bande de renégats. Les gens ne se calmeront que lorsqu'il aura été écrasé. Si tu avais pris son parti, tu aurais été certainement vaincu.

Un frisson parcourut Miguel : Alison avait-elle un autre pressentiment ?

— Pourquoi dis-tu que la défaite de Victorio est certaine ?

— C'est évident, répondit-elle. Sa petite troupe n'est pas de taille à affronter l'armée américaine et plus le public se plaint, plus le gouvernement va envoyer de soldats pour l'arrêter. Tu dis toi-même qu'ils tiennent la frontière et que Victorio ne parvient plus à s'approvisionner. Ce n'est qu'une question de temps désormais. Victorio court à sa perte.

La même logique avait amené Miguel à prendre sa décision. Les *pindahs* disposaient d'un nombre illimité de soldats. Il aurait été imprudent de soutenir les tristement célèbres renégats.

— Que t'a dit Benito pour te mettre en colère ? voulut encore savoir Alison.

Miguel resta silencieux un long moment avant d'ajouter :

— Il m'a traité de lâche.

— Parce que tu as refusé de te joindre à Victorio ? s'indigna Alison. Ce vieil imbécile ! Ne sait-il donc pas qu'il faut plus de courage pour rester fidèle à tes principes, que pour suivre Victorio dans une entreprise aussi risquée ?

Miguel espérait que les gens de sa tribu verraient aussi la sagesse de sa décision, mais après l'accusation du vieux sorcier, il n'en était pas très sûr.

— Il m'a aussi accusé de trahir mon peuple, parce que j'ai refusé de donner à Victorio les fusils et les munitions qu'il réclamait. Je lui ai également interdit d'utiliser ces montagnes comme abri. En revanche, je lui ai permis d'emporter des vivres de nos réserves, mais seulement pour cette fois, parce que ses hommes mouraient de faim. Benito a déclaré que j'aurais dû aider davantage Victorio dans sa lutte contre les Blancs honnis, et qu'un véritable Apache aurait soutenu ses frères apaches. Je lui ai répliqué que je me souciais d'abord des Apaches de ce campement, que nous avions besoin des armes et des munitions pour nous protéger, et que je n'attirerais pas sur nous la fureur des Blancs en offrant un refuge à Victorio.

Miguel n'avouait pas à Alison la vraie raison pour laquelle Benito l'avait accusé de traîtrise. Le vieux *di-yin* n'était pas irrité par le refus d'aider Victorio ; il se fichait de Victorio et de ses guerriers. L'accusation avait dissimulé une allusion directe à Alison. Par deux fois, elle avait violé les coutumes des Apaches, la première fois en refusant l'aide des hommes-médecine quand Miguel était mourant et la deuxième fois en apprenant aux femmes les rudiments de l'agriculture. Les hommes-médecine craignaient que la Visage Pâle n'exerçât une influence sur leur

Chef, pouvoir qu'eux-mêmes n'avaient jamais obtenu. Benito avait espéré que ses accusations, en irritant Miguel, le ramèneraient à la raison, mais au lieu de se retourner contre Alison, ainsi que l'avait espéré le vieil homme rusé, Miguel avait été encore plus déterminé à imposer son jugement. Alison n'avait rien eu à voir avec sa décision. Comme d'habitude, Miguel avait agi en pensant à l'avenir de son peuple. Mais le vieux renard avait semé le doute dans l'esprit des Chisos, ce qui aurait inévitablement le même résultat. Si Benito pouvait éliminer Miguel comme Chef, il n'aurait plus à s'inquiéter de l'influence néfaste d'Alison. Et l'homme-médecine espérait pouvoir manipuler le prochain Chef.

Trop occupée par ses réflexions, Alison ne savait pas ce qui tourmentait Miguel.

— Je suis heureuse que tu leur aies donné de la nourriture, murmura-t-elle. Même en sachant ce qu'ils font à mon peuple, j'ai de la compassion pour eux. Mais tu as été sage de leur refuser des armes et un refuge. Les aider aurait attiré la colère des Blancs aussi sûrement que partir en guerre. La décision a dû être très difficile à prendre.

Victorio et Nana, en effet, avaient plaidé avec éloquence et Miguel avait été touché par leur désespoir. Mais il n'avait pas laissé son cœur dicter à sa raison et il était resté inflexible. D'autres membres de la tribu risquaient de prendre position pour Benito, en l'accusant de trahir son peuple, mais Alison avait compris son dilemme et elle avait compati. Curieusement, cela suffisait pour apaiser Miguel. Le sentiment de culpabilité qu'il éprouvait depuis le départ de Victorio avait été remplacé par un doux contentement. En dépit des doutes semés par Benito chez les membres de la tribu, Miguel savait désormais qu'il avait pris la bonne décision.

Cet automne-là, l'un des Mescaleros qui avaient accompagné Victorio revint à la *ranchería* pour demander l'asile. C'est par lui que les Chisos apprirent la fin tragique de Victorio. Les Américains et les Mexicains s'étaient unis pour le pourchasser jusque dans les montagnes Candelaria. Puisque le Chef apache avait été en guerre contre les deux nations et que sa stratégie préférée avait été de franchir la frontière pour échapper à l'armée qui le poursuivait sur le moment, les deux pays avaient décidé d'unir leurs forces pour venir à bout de l'Apache. Mais ils découvrirent bientôt que Victorio et sa troupe s'étaient déplacés vers le sud. L'officier mexicain responsable, le Colonel Terrazas, avait renvoyé chez eux l'armée américaine et les Texas Rangers, puis il avait réussi à coincer Victorio dans un canyon dans les montagnes des Trois Châteaux. Ayant encerclé les Apaches, Terrazas et son armée forte de mille hommes avaient attaqué. Sans munitions, les Apaches avaient été massacrés. Soixante guerriers, y compris Victorio, et dix-huit femmes et enfants furent tués et soixante-dix faits prisonniers par les Mexicains. Un petit nombre, dont l'homme qui avait rejoint les Chisos, avaient réussi à se cacher dans un ravin, mais ils n'avaient survécu qu'en étranglant un bébé en larmes qui menaçait de les trahir, puis en rampant à travers un feu de prairie que les Mexicains avaient allumé pour les brûler vifs.

Ce récit laissa le campement horrifié. Voyant l'expression satisfaite de Benito, Miguel craignit que les siens ne l'accusent de la mort de Victorio parce qu'il lui avait refusé des armes. Puis, le Mescalero raconta aux Chisos un événement qui les choqua encore davantage : il décrivit comment son Chef et leur petit groupe de Mescaleros avaient voulu quitter Victorio après la défaite à Rattlesnake Springs. Victorio n'avait rien voulu entendre, il avait tué le Chef mescalero et contraint les autres à rester avec lui. Les Chisos n'arrivaient pas à croire que Victorio avait aussi mal agi. Les Mescaleros s'étant librement joints à Victorio, selon le code apache de la liberté individuelle, ils avaient le droit de partir quand ils le désiraient. Lorsque les renégats étaient venus au campement, Miguel avait donné le choix à ses guerriers de rester ou de se joindre à Victorio. Ceux qui avaient hésité étaient désormais contents de leur choix : s'ils avaient suivi Victorio, ils seraient morts avec lui.

Lorsque Miguel permit au Mescalero orphelin de rester, les Chisos opinèrent de la tête. Oui, leur Chef était sage et compatissant. Au lieu de condamner Miguel, ils le louèrent. Grâce à lui, ils avaient évité de commettre une grave erreur. Ainsi, la position de Miguel fut encore renforcée.

Dans l'intimité de leur *wickiup*, Miguel jeta un regard interrogateur à Alison.

— Tu te souviens avoir dit que Victorio courait à sa perte ?

— Oui, pourquoi ? répondit-elle.

— Es-tu certaine que ce n'était que du bon sens ?

— Tu me demandes si j'avais eu un pressentiment ? Non, je n'avais rien éprouvé de tel.

Dans ce cas, Alison ne pouvait pas être une réincarnation de la Femme Peinte en Blanc, car elle aurait certainement prévu le désastre qui attendait Victorio. La déesse protégeait en effet tous les Apaches. Miguel en fut soulagé. Il préférait qu'Alison fût une femme de chair et de sang. La Femme Peinte en Blanc appartenait à tous les Apaches, mais cette femme exceptionnelle, dont il admirait le courage et la sagesse, n'appartenait qu'à lui.

20

Au printemps, les expéditions de Miguel furent maintes fois mises en échec. On aurait dit que la cavalerie infestait toute la région des Chisos, les Américains comme les *rurales* de Diaz. Miguel avait à peine le temps de quitter les montagnes qu'il y revenait à la hâte, poursuivi par ses ennemis.

— Je ne comprends pas, dit Alison un jour, après un nouvel échec. Pourquoi surveillent-ils cette région de si près ? Victorio et sa tribu sont partis.

— Victorio certes, mais Nana a échappé au massacre. Il a pris la tête des quelques guerriers survivants et s'est joint à son gendre, Geronimo.

— Je n'ai jamais entendu parler de Geronimo.

— C'est un *di-yin* chef de guerre qui est en train de se faire connaître. Comparé à Nana et à lui, Victorio était un enfant de chœur. Ils sont partout à la fois, traversant sans relâche le Rio Grande, un jour au Nouveau-Mexique, le lendemain à Sonora, puis au Texas, tuant les *pindahs* et les Mexicains sur leur passage et mettant le territoire à feu et à sang. Ils ont si bien terrorisé le Sud-Ouest que même les citoyens américains se sont joints à la poursuite. Je n'ai pas que les Jaunes à mes trousses, mais aussi les Texas Rangers et des groupes de commerçants et de vachers, tous avides de sang apache — de n'importe quel Apache !

— Et si tu restais tranquille quelque temps ? suggéra Alison.

— Mais où se procurer les éléments indispensables à notre survie, si ce n'est en pillant ?

— Nous avons de la nourriture, grâce au potager et à la nature. Et nous avons nos provisions de secours.

— Elles ne dureront pas éternellement.

— Peut-être que Nana et les siens auront été pris d'ici là.

Miguel n'avait pas le choix : il était obligé de se tenir tranquille. C'était du suicide de tenter une sortie alors que les alentours grouillaient de soldats et de détachements criant vengeance.

Mais la semaine suivante, Miguel apprit une nouvelle qui lui glaça le sang. La cavalerie fouillait les Chisos, envoyant des patrouilles dans ces montagnes qui étaient le sanctuaire de sa tribu. Ce n'était pas tant la présence des Jaunes qui le dérangeait, car Miguel savait que l'aridité et le climat impitoyable des montagnes les élimineraient tour à tour. Mais il était très inquiet de la présence des Texas Rangers, des hommes aux visages burinés, aussi résistants que les Apaches eux-mêmes.

— Mais pourquoi sont-ils si déterminés à vous

faire prisonniers ? interrogea Alison lorsqu'il lui fit part de ses angoisses.

— Je ne sais pas. Peut-être croient-ils que je fournis Nana en armes et en provisions. Ou tout simplement parce que nous sommes des Apaches et qu'ils veulent nous éliminer de la face de la terre.

Miguel surveillait de près les patrouilles. Lorsqu'un jour il trouva qu'elles se rapprochaient dangereusement du campement, il donna l'ordre d'évacuer immédiatement.

C'était terrible... Les femmes préparaient les bagages alors que les guerriers les houspillaient. Bientôt, leurs paquets accrochés aux flancs des chevaux, tous étaient prêts, certains à deux ou trois sur un cheval. Tandis qu'Alison quittait la vallée, serrant un enfant apeuré devant elle alors qu'un autre lui enlaçait la taille, elle jeta un dernier coup d'œil au campement. Il n'en restait que les *wickiups* et les meules des femmes. Mais les Apaches abandonnaient autre chose dans cette vallée : ils quittaient leurs souvenirs et les maisons qui les avaient abrités du soleil brûlant de l'été et des vents glacés de l'hiver. Quand Alison vit le potager dont la récolte était presque prête, ses yeux se remplirent de larmes. Tout ce travail pour rien... Maudits soient les *pindahs* ! Pourquoi ne pouvaient-ils pas les laisser en paix ? Les Apaches ne faisaient de mal à personne.

La jeune femme s'aperçut qu'elle pensait comme une Apache, mais elle ne reprit pas son juron. A cet instant-là, elle était une véritable Apache, partageant leur douleur d'être chassés de chez eux, leur colère et leur haine de l'homme blanc.

Jacita guida son cheval vers celui d'Alison.

— C'est ainsi que cela a commencé pour Beduiat, fit-elle d'un air morose. Les Blancs l'ont obligé, lui et sa tribu, à quitter leurs montagnes adorées.

— Nous ne quittons pas les montagnes, observa Alison. Seulement la vallée.

— Nous ne trouverons jamais un abri semblable.

— Pourquoi est-ce que vous ne vous appelez jamais par vos noms apaches ? demanda Alison après un moment de silence. Miguel m'avait expliqué que vous ne les utilisiez qu'en cas d'extrême urgence, mais je ne comprends toujours pas pourquoi.

— Porter un nom apache confère une grande responsabilité. Nous ne nous interpellons jamais par notre nom apache à moins d'être en danger de mort ou dans un cas extrême, car si l'on demande une faveur, il est impossible de refuser.

— Si je te demandais quelque chose, tu serais donc obligée de me le donner ? s'étonna Alison.

— Oui. Ce serait déshonorant de refuser.

Voilà pourquoi Miguel ne lui avait jamais dévoilé son nom apache, par crainte qu'elle ne lui demande de lui rendre sa liberté et qu'il ne fût obligé de lui obéir.

— Par simple curiosité, quel est le nom apache de Miguel ?

— Chatto, répondit Jacita.

Alison retourna le nom dans sa tête. Avec sa puissante résonance, il lui convenait encore mieux que son surnom mexicain.

Miguel installa sa tribu dans une petite vallée de l'autre côté des montagnes, mais quelques jours plus tard, ils furent encore obligés de bouger. Résolument, les soldats les suivaient à la trace. Pendant une quinzaine de jours, ils changèrent de campement cinq fois, traversant les montagnes austères sous un soleil implacable, se cachant dans de profonds canyons dont les falaises reflétaient la chaleur telles les parois d'un four, se désaltérant dans de petites mares, mais sans jamais assouvir leur soif.

Les chevaux épuisés par le manque d'herbe et d'eau, les Apaches furent bientôt obligés de marcher à pied. Alison suivait les autres, transpirant à grosses gouttes, une migraine due au soleil lui serrant les tempes. En dépit de sa forte volonté, elle ne parvenait pas à suivre le rythme et lorsqu'ils l'eurent tous dépassée, elle s'effondra par terre. Epuisée, elle ne pouvait pas faire un pas de plus et elle n'avait même pas l'énergie suffisante pour mourir.

Miguel se dressa devant elle, son ombre apportant à la jeune femme un peu de répit sous le soleil torride.

— Je ne peux plus continuer, murmura-t-elle.

— Ce n'est pas nécessaire. Nous allons nous établir ici.

Il la porta dans l'une des grottes qui s'éparpillaient sur le flanc de la montagne. Soulagée d'être à l'abri du soleil, Alison regarda par l'ouverture et ne vit que l'abrupte et austère façade rocheuse. Soudain, toutes les frustrations et les privations qu'elle avait endurées ces dernières semaines l'écrasèrent. Brisé de fatigue, son corps tremblait de tous ses membres ; sa gorge était aussi sèche qu'un parchemin et ses lèvres craquelées saignaient.

— Je n'en peux plus ! lança-t-elle à Miguel. J'en ai assez de courir et de me cacher. Je n'en peux plus de ces soldats qui nous traquent comme des bêtes sauvages. Je ne suis pas aussi résistante que vous autres Apaches... Je suis à bout de forces !

Se penchant en avant, elle saisit une jambe de Miguel.

— Je t'en prie, ramène-moi chez moi ! supplia-t-elle. Je t'en prie... Ramène-moi !

— Non.

— Est-ce que tu ne comprends pas ? Cette fuite en avant est en train de me tuer.

— Tu es simplement fatiguée. Quand tu te seras reposée...

— Nous ne pourrons jamais nous reposer ! Ils ne vont pas cesser de nous pourchasser. Si tu ne veux pas me ramener, laisse-moi partir.

— Non. Je ne te laisserai jamais partir.

— Pourquoi ? Par orgueil ? Tu peux divorcer et la tribu ne t'en voudra pas. Tu as l'excuse parfaite. Je sais ce qu'ils pensent d'un mariage sans enfants, que c'est la plus grande des tragédies qui puissent arriver à un Apache. Tu peux utiliser ma stérilité pour dissoudre notre mariage.

— Tu n'es pas stérile. Nous n'avons pas été mariés assez longtemps pour avoir un enfant. Nous n'avons pas assez fait l'amour.

Si Alison n'avait pas été aussi furieuse, elle aurait éclaté de rire. Ils ne cessaient pas de faire l'amour et elle aurait déjà dû être enceinte depuis longtemps. Or, plus Miguel refusait de lui rendre sa liberté, plus elle la désirait.

— Va au diable ! Pourquoi es-tu si buté ? Pourquoi ne me laisses-tu pas repartir ?

Lorsque Miguel resta silencieux, une expression déterminée figea les traits d'Alison et elle ordonna d'une voix dure :

— Chatto, je te demande de me laisser partir.

— Non, répliqua-t-il, surpris qu'elle connût son nom apache.

— Tu ne peux pas me le refuser ! Jacita m'a dit qu'on ne pouvait pas refuser une demande formulée avec le nom apache.

— Je refuse quand même.

Alison n'arrivait pas à le croire ; Miguel prenait pourtant son éducation apache très au sérieux. Etait-il si décidé à la garder, qu'il mît en péril son honneur, lui qui était un homme si fier ?

— Pourquoi ? insista Alison, furieuse. Pourquoi me le refuses-tu ?

Miguel laissa passer un long silence, puis il arracha la réponse au tréfonds de son âme.

— Je ne peux pas te laisser partir ! s'écria-t-il d'une voix torturée qui ressemblait étrangement à un sanglot. Je t'aime...

Ces mots-là, Alison les attendait depuis une éternité. Un long moment, elle savoura l'aveu de Miguel, mais elle s'aperçut que la joie procurée par ces mots ne changeait pas son désir de liberté. Elle plaçait sa liberté au-dessus de tout, même de son amour. Comment Miguel pouvait-il l'aimer, s'il lui refusait ce qu'il lui avait pris et que lui seul pouvait lui rendre ? Les larmes aux yeux, elle ajouta d'une voix aussi tourmentée que la sienne :

— Si tu m'aimais *vraiment*, tu me rendrais ma liberté !

— Je ne peux pas ! Ce serait comme arracher mon âme de mon corps. J'ai besoin de toi. Tant que je vivrai, je ne te laisserai jamais partir.

Lui tournant le dos, Miguel quitta la grotte et Alison pleura toutes les larmes de son corps.

Il faisait nuit lorsque Miguel revint. Alison s'était ressaisie mais l'amertume ne l'avait pas quittée. S'asseyant à côté d'elle sur la couverture, il lui prit la main.

— Ne laisse pas ta colère créer un obstacle entre nous. Je t'ai tout donné. Tu es ma femme, mon amour, mon âme sœur. J'ai déposé mon cœur à tes pieds.

Soumise au regard de braise, Alison était perdue. Quoi qu'il fît, elle ne pouvait renier son amour pour Miguel. Elle lui caressa le visage.

— Je t'aime aussi, mais...

— Pas de « mais » ! dit-il en lui baisant la paume de la main. Pas de « mais » entre nous... Nous avons enfin déclaré notre amour. Cette nuit est spéciale. Ne gâche pas notre bonheur. Laisse-moi t'aimer.

La repoussant tendrement sur la couverture, il lui effleura le visage de baisers. Malgré son amertume, Alison le désirait autant que lui. Sa passion faisait partie intégrante de son amour pour Miguel, aussi indissociable que l'âme l'était du corps.

Cette nuit-là, il y eut une intensité particulière dans leur amour, une tristesse sous-jacente qui le rendait encore plus doux. Il y eut aussi une terrible impatience, car ils ne savaient pas s'ils referaient jamais l'amour.

Miguel l'aima encore et encore. D'abord, avec un abandon absolu, des baisers ardents, comme s'il luttait avec elle ; puis, quand ils furent redescendus des sommets de leur jouissance, il l'aima avec tendresse, prenant son temps et célébrant les beautés de son corps de jeune femme. Mais leur faim étrange n'était toujours pas apaisée... Alison l'aima à son tour, l'emmenant avec sa bouche et ses mains vers des extases encore inconnues, des tourbillons de plaisir intense. Elle le regarda dormir, son beau visage posé entre ses seins et sa virilité encore enfouie dans la profondeur veloutée de son corps.

Le soleil venait de se lever, teintant le ciel de rose et de pourpre, lorsque Alison murmura :

— Tu es réveillé ?

— Oui, dit Miguel, le visage toujours enfoui entre ses seins moelleux.

— Je t'aime avec tout mon corps et mon esprit, dit-elle en lui caressant le dos, mais je ne peux pas te pardonner de m'enlever ma liberté. Le comprends-tu ?

Miguel la comprenait. Lui aussi plaçait sa liberté par-dessus tout. La seule chose à laquelle il tenait encore davantage était Alison.

— Je comprends, dit-il en la serrant contre lui. Mais je ne te laisserai jamais.

21

Deux jours plus tard, guidée par les redoutables Texas Rangers, ennemis mortels des Indiens depuis que l'Etat du Texas était devenu une jeune république, la cavalerie se rapprocha dangereusement du campement. Tels des chiens de chasse à l'affût, les Rangers et les soldats buffalos, surnommés ainsi par les Indiens à cause de leurs cheveux noirs et crépus, ne voulaient pas s'avouer vaincus. S'ils ne parvenaient pas à rattraper les Apaches, ils provoqueraient leur mort par épuisement.

Miguel ordonna une nouvelle évacuation, mais en dépit de la vertu apache qui ne voyait aucun déshonneur dans une fuite pour sauver des vies, il avait été poussé à bout. La tribu exténuée ne pouvait plus soutenir ce rythme. L'heure était venue de se battre pour conserver leurs montagnes adorées.

Alison ne connaissait pas les plans de Miguel. Comme tous les autres membres de la tribu, excepté ses fidèles lieutenants, elle ne comprit pas pourquoi, ce jour-là, il les houspilla sans merci à travers des canyons arides, sous un soleil cruel. Il ne leur donna même pas la permission de s'arrêter pour se désaltérer ou se rassasier. A plusieurs reprises, comme beaucoup d'autres, Alison tomba sur le sol pierreux, arrachant la peau de ses genoux et de ses mains, et à chaque fois l'un des guerriers lui ordonnait de se relever et de continuer sans traîner.

Une saine colère contre le Chef apache se leva en elle, mais Miguel avait disparu et elle ne pouvait pas s'en prendre à lui. Pourquoi se montrait-il aussi implacable envers les siens, ne les laissant jamais reprendre leur souffle ? Alison ignorait qu'à l'arrière de la tribu en fuite, Miguel mettait son piège en place. Cette colère donna à Alison la force de continuer pendant cette journée interminable.

Lorsque Miguel décida que sa tribu se trouvait à une distance suffisante, il attaqua la cavalerie dans un canyon étroit. Ce fut un chef-d'œuvre de ruse apache, car la cavalerie était persuadée que la tribu était sur le point de se rendre, et elle ne se douta pas un instant de l'embuscade meurtrière. Les soldats furent pris par surprise lorsque les guerriers de Miguel, cachés derrière des rochers, ouvrirent le feu. Faits comme des rats, ils étaient soumis au feu nourri des Apaches. Cette bataille fut à l'image de la guérilla que menèrent les Indiens contre les Blancs : les Indiens aux peaux de bronze, vêtus simplement de leurs pagnes, se confondaient avec les rochers. Les soldats ne pouvaient pas les atteindre parce qu'ils ne les voyaient pas et l'ennemi bougeait sans cesse, s'abritant derrière un rocher, puis derrière un autre. Aveuglés par le soleil, les soldats étaient des proies faciles pour les Apaches qui les dominaient de leur hauteur stratégique. Jusqu'au crépuscule, Miguel et ses guerriers les décimèrent et ce qui restait de la patrouille battit en retraite à la tombée de la nuit. Au matin, les soldats s'étaient enfuis des Chisos, talonnant leurs montures à travers le désert jusqu'à leur fort, aucun n'osant jeter un coup d'œil par-dessus son épaule pour regarder les pics effilés des montagnes qui avaient assisté à leur écrasante défaite.

Le lendemain de la bataille, après avoir posté des sentinelles pour surveiller l'arrivée d'autres patrouilles, Miguel guida sa tribu vers un autre campement au sud des montagnes. De cet emplacement, ils pouvaient clairement apercevoir le Rio Grande et le petit village mexicain qui produisait du maïs. La tribu s'installa et attendit.

Après une semaine, comme il n'y avait pas eu d'autres attaques, la tribu s'installa plus commodément et construisit des *wickiups*. Pour la première fois depuis des semaines, les femmes eurent le temps de ramasser suffisamment de nourriture pour apaiser la faim de la tribu. L'endroit n'était pas aussi beau que leur vallée en haut des montagnes et il n'y faisait pas aussi frais, mais c'était un répit bienvenu après la traque acharnée des soldats.

Une semaine s'écoula, puis un mois, puis un autre mois, sans retour de leurs ennemis. Mais Alison avait remarqué les fréquentes apparitions au campement d'un petit Mexicain qui ressemblait à une fouine. Un jour, alors qu'elle moulait du maïs avec Jacita, elle lui demanda qui il était.

— Il s'appelle Lionecio Castro. Il est né dans le petit village à nos pieds et il a autrefois accompagné Miguel dans plusieurs raids. En quittant notre tribu, il nous avait dit qu'il partait pour Chihuahua. Depuis lors, nous ne l'avions plus revu.

Alison se demanda pourquoi l'homme était revenu. Voulait-il se joindre à nouveau à la tribu ? Il passait beaucoup de temps en compagnie de Miguel.

Quelques jours plus tard, Alison en apprit la raison. Sans prévenir, Miguel entra dans le *wickiup* et lui annonça que Castro était un envoyé du gouvernement mexicain, chargé de conclure un traité avec lui.

— Un traité ? s'étonna Alison, car le Mexicain n'avait pas l'allure d'un émissaire de gouvernement. Mais il n'a aucune éducation. Que connaît-il aux subtilités d'un traité ?

— Le gouvernement mexicain savait que je ne permettrais jamais à un inconnu d'approcher du campement. Ils ont choisi Castro car il est un ami de la tribu et me connaît personnellement. Il n'est que leur intermédiaire et il suit leurs instructions à la lettre. Pour cela, Castro n'a pas besoin d'éducation.

Certes, pensa Alison. Les Mexicains envoyaient souvent des amis des Indiens pour parlementer avec eux, mais elle se méfiait du Mexicain.

— Quelles sont les conditions de ce traité ? demanda-t-elle.

— Nous serons placés sur une réserve au Mexique où l'on nous donnera régulièrement de la nourriture et des vêtements. Castro promet que nous serons bien traités.

— Mais tu avais dit que tu n'abandonnerais jamais ta liberté pour une réserve !

— C'était avant le harcèlement de la cavalerie.

— Nous n'avons pas revu les soldats depuis la bataille.

— Ils reviendront dès qu'ils seront d'attaque.

— Comment peux-tu en être si sûr ? Auparavant, ils ne sont jamais venus te chercher dans les montagnes.

— Le *pindah* a-t-il jamais laissé l'Apache en paix ? rétorqua Miguel d'un ton amer. Non ! L'une après l'autre, ils ont contraint les tribus apaches à quitter leurs territoires et ils les ont enfermées sur des réserves. C'est maintenant au tour de ma tribu. Nous sommes parmi les derniers Apaches à posséder encore nos terres. Les *pindahs* ne le permettront pas. Ils ne se reposeront qu'après nous avoir chassés ou anéantis. Nulle part nous ne pourrons rester libres, même au Mexique.

Alison savait que Miguel disait vrai. Un jour ou l'autre, la cavalerie serait de retour. Les Américains y veilleraient. Ils ne seraient satisfaits que le jour où tout Indien serait sur une réserve, ou mort. Leur haine déraisonnable pour le Peau-Rouge ressemblait à un génocide.

— Mais puisque tu as décidé de t'installer sur une réserve, pourquoi choisir le Mexique ? Les Américains t'offriraient les mêmes conditions.

— Plutôt mourir que d'aller à San Carlos ou dans n'importe quel autre enfer de ce pays ! lança Miguel. Les réserves sont toutes délimitées dans un désert aride, infestées de moustiques et de maladies. On peut tuer un homme autrement qu'avec une balle. Les Mexicains nous ont promis une réserve dans les montagnes, au sein des sierras Madre.

« Bien sûr, Miguel et sa tribu ne peuvent vivre que dans des montagnes », se dit Alison.

— Peut-être les Américains vous donneraient-ils aussi une réserve dans les montagnes ?

— Comme ils l'ont fait avec Victorio ? répliqua sèchement Miguel. Jamais ! Je ne fais pas confiance aux *pindahs* !

— Mais tu ne peux pas faire confiance aux Mexicains non plus ! Ils ont souvent appâté les Apaches avec de vaines promesses, avant de les massacrer.

— Je ne fais pas confiance aux Mexicains, mais à leur président. Le traité sera signé par lui personnellement. Il me donnera sa promesse.

— Le président Diaz ? Mais il est mexicain.

— Non, c'est un Indien de pure souche. C'est le sang blanc des Mexicains qui les incite à la traîtrise.

— Diaz est un Indien ? s'étonna Alison.

— Oui, un Indien mextec. Pour cette raison, il nous traitera de manière honorable. Castro dit que Diaz ne veut pas exterminer les Indiens et qu'il souffre pour ses frères de sang.

— Mais il a envoyé ses *rurales* et ses soldats contre vous, objecta Alison.

— Seulement parce que les Mexicains le lui

ont imposé. Il préférerait de beaucoup nous mettre sur des réserves où les Blancs nous laisseraient vivre en paix. Il existe des endroits comme cela dans les sierras, des endroits coupés de la civilisation dont même les Mexicains ne veulent pas.

Alison fronça les sourcils : les propositions de Diaz ressemblaient étrangement à celles du gouvernement américain qui disait aussi vouloir envoyer les Indiens sur des réserves pour les protéger comme pour protéger les Blancs. Mais les réserves devenaient des prisons où les Indiens affamés étaient oubliés par ceux qui avaient prétendu les aider. Miguel lui-même avait décrit les conditions inhumaines dans lesquelles survivaient les Indiens, à la merci de soldats qui ne faisaient rien pour les protéger contre la vindicte d'autres Blancs.

— Je ne comprends toujours pas pourquoi tu crois pouvoir faire confiance à Diaz parce qu'il est indien, dit-elle.

— Un Indien ne revient jamais sur sa parole. C'est une trahison des Blancs.

— Tu n'as même pas sa parole, seulement celle de Castro.

— J'ai sa parole écrite. Regarde ! ajouta-t-il en brandissant un rouleau de papier. Voilà pourquoi je suis venu te voir. Je ne peux pas le déchiffrer. Et toi ?

— Je ne sais pas, dit Alison en regardant le papier couvert de grands sceaux verts et or. Je n'ai pas appris à lire l'espagnol.

— Essaye, l'encouragea Miguel.

Alison essaya de déchiffrer l'écriture. Ici et là,

elle reconnaissait un mot mais le document était écrit d'une manière si élaborée qu'elle n'en saisissait pas le sens. Les documents légaux étaient souvent si complexes que seul un homme de loi pouvait les comprendre, et celui-ci paraissait certes très officiel, mais...

— Alors ? s'impatienta Miguel.

— Je n'arrive pas à le comprendre, avoua Alison.

— Selon Castro, ce n'est pas le traité définitif. Nous devons encore en discuter les conditions. Il dit que c'est la preuve de la bonne foi de Diaz et qu'il l'a signé lui-même.

Feuilletant le document, Alison découvrit la signature hardie à la dernière page, accompagnée par un sceau impressionnant.

— C'est en effet signé de son nom et il me semble reconnaître la signature qui était inscrite au bas de son portrait dans la cour de justice de Presidio, mais ça pourrait être un faux.

— Pourquoi dis-tu cela ?

— Je n'ai pas confiance en Castro. Il me semble retors.

— Tu ne le connais même pas.

— Il n'a pas un regard franc. Je n'ai jamais fait confiance à un homme qui ne sait pas vous regarder dans les yeux.

— Il a un œil qui louche, dit Miguel en riant. C'est pour ça qu'il regarde de travers.

— Je ne lui fais toujours pas confiance.

— Tes soupçons sont sans fondement. Le document est signé par Diaz en personne, déclara Miguel en reprenant le papier. C'est décidé. Je vais accepter l'offre de Diaz et nous partirons au Mexique.

La décision de Miguel stupéfia la jeune femme. Elle avait pensé que Miguel réfléchirait encore à la proposition mexicaine. Brusquement, ses appréhensions devinrent plus grandes. Tel un voile étouffant, le pressentiment d'un désastre s'abattit sur elle avec violence.

— Non ! cria-t-elle alors que Miguel quittait le *wickiup*.

Sa voix paniquée arrêta net le Chef apache.

— Tu ne dois pas le faire ! s'écria Alison, le regard fou.

— C'est parce que tu n'aimes pas Castro que tu es si déterminée.

— Non ! Quelque chose de terrible va se passer. Je le sais. Je le sens !

— C'est une autre prémonition ? murmura Miguel, un frisson glacé lui parcourant l'échine.

— Oui.

— Pourquoi ne pas l'avoir dit tout de suite ?

— Je ne l'avais pas senti. J'étais simplement mal à l'aise. Ce n'est qu'en apprenant ta décision que j'ai eu cet affreux pressentiment.

— Si tu sais vraiment lire l'avenir, pourquoi n'as-tu pas prévu le désastre qui est arrivé à Victorio et aux siens ?

— Je ne sais pas, déclara Alison, agacée. Ces choses étranges ne m'arrivent que lorsqu'il s'agit de toi. Ne me dévisage pas ainsi... Et je t'interdis de me traiter de sorcière ! Je ne sais pas comment, mais je sais qu'il va arriver un grave malheur si tu signes ce traité. Si tu insistes, je t'en empêcherai !

— C'est moi le Chef! rétorqua Miguel, furieux. C'est moi qui prends les décisions pour la tribu. Personne ne me donne des ordres. Je vais accepter l'offre de Diaz.

Très énervé, il quitta le *wickiup*. Alison s'aperçut de son erreur : pour le raisonner, elle aurait dû discuter calmement avec lui, mais les mots lui avaient échappé. Sa peur l'avait rendue imprudente et maintenant l'orgueil de Miguel l'empêcherait de reconsidérer sa position. Un sentiment d'impuissance et de crainte profonde envahit la jeune femme.

Tard dans la nuit, Miguel revint au *wickiup*. Son absence prolongée avait permis à Alison de réfléchir. Elle n'arrivait pas à croire que Miguel sacrifierait sa liberté sans se battre. C'était la chose à laquelle il tenait le plus au monde. Plus elle réfléchissait, plus elle était persuadée que Miguel allait contre son instinct... Il se laissait influencer et Alison craignait que ce ne fût à cause d'elle. Ne lui avait-elle pas déclaré qu'elle était à bout de forces, qu'elle ne supportait plus cette fuite en avant ? S'ils restaient dans ces montagnes, pourchassés par les Blancs, leur vie serait un enfer. Miguel pensait peut-être que l'existence sur une réserve lui serait plus agréable. Alison était désemparée. Elle était heureuse que l'amour de Miguel l'incitât à penser à elle avant le bien-être de sa tribu, mais elle se sentait aussi coupable. C'était égoïste d'espérer que Miguel serait plus attaché à elle qu'aux siens. A cause d'elle, la tribu risquait de courir à sa perte. Cela, elle ne pourrait jamais l'accepter : elle devait à tout prix le faire changer d'avis.

Lorsque Miguel entra dans le *wickiup*, Alison était allongée sur leur paillasse. S'étant déshabillé, il se coucha auprès d'elle. Dès qu'il eut posé la tête par terre, elle se retourna et lui mit la main sur la poitrine. Sous ses doigts, elle le sentit se contracter.

— Non, je t'en prie... murmura-t-elle. Ne sois pas en colère... Quand j'ai dit que je t'empêcherais de signer ce traité, mes paroles ont dépassé ma pensée. Je ne cherchais pas à usurper ta place. Je me sentais simplement obligée de t'arrêter. Je suis terrifiée, Miguel, pour toi, pour moi, pour toute cette tribu.

Miguel restant silencieux, la jeune femme insista :

— Pourquoi fais-tu une chose pareille ? A cause de moi ? Est-ce parce que je t'ai déclaré que j'étais épuisée ? Ce jour-là, je ne savais même pas ce que je disais. J'étais à bout et je mourais de soif. C'était un cri du cœur, un éclat temporaire. Mais je suis beaucoup plus résistante que tu ne le crois. Je ne veux pas que tu signes ce traité à cause de moi.

En vérité, Alison avait joué un grand rôle dans la décision de Miguel. En premier lieu, Benito essayait de rendre Alison responsable des maux qui s'abattaient sur la tribu. En emmenant la tribu dans un endroit sûr, Miguel protégerait sa femme de la vindicte du vieillard. En second lieu, Miguel pensait qu'Alison resterait plus volontiers avec lui sur une réserve où ils mèneraient une vie facile. Il était prêt à sacrifier sa liberté pour la garder et la rendre heureuse.

— Quand tu disais que tu ne me pardonnerais jamais d'avoir pris ta liberté, est-ce que tu le pensais vraiment ? demanda Miguel.

— Oui, répondit Alison en toute sincérité. Et je le pense encore. C'est pourquoi je ne peux pas te laisser faire la même chose pour moi. Sacrifier ta liberté ne me rendra pas la mienne. Cela ne changera rien.

La seule chose que Miguel ne pouvait pas offrir à Alison, c'était sa liberté. Il ne pensait pas pouvoir survivre sans elle et il n'osait pas lui donner le choix entre rester avec lui et les siens, ou reprendre son ancien mode de vie.

— Je ne te laisserai pas partir, déclara-t-il.

Les larmes vinrent aux yeux d'Alison.

— Je sais, murmura-t-elle. Mais cela ne regarde que nous, alors que ce traité concerne la tribu entière.

— Il est vrai que j'ai pris ma décision en pensant à toi, admit Miguel. J'espérais qu'une vie sur une réserve serait un compromis entre nos deux façons de vivre. Mais je n'ai pas pour autant oublié les miens. Si nous n'obéissons pas, on viendra nous pourfendre et je crains qu'il n'y ait beaucoup de morts. En signant ce traité, nous pouvons au moins dire que c'était un choix librement consenti, même si ce n'est pas vrai.

— Bats-toi pour ton pays ! l'encouragea Alison.

— Je crains qu'il ne soit trop tard. Nous n'avons presque plus de munitions et comme l'armée nous surveille de si près que les raids sont impossibles, nous n'avons pas les moyens de nous en procurer d'autres. En restant ici, nous sommes encerclés.

Il lui caressa le bras.

— Dis-moi le désastre que tu prévois.

— Je n'ai pas de vision, répondit tristement Alison. J'ai simplement ce sentiment oppressant qu'il va se passer une chose horrible.

— Je vais tout de même accepter l'offre de Diaz, mais en prenant beaucoup de précautions. Nous avons survécu toutes ces années en étant très méfiants. Je ne suis pas un imbécile.

« Certes, Miguel s'est montré très capable à travers les années », se dit Alison. Sous sa conduite, la tribu avait réussi à se maintenir. Ils avaient dû connaître d'autres moments de grands dangers, mais Miguel les avait toujours sauvés. Elle aurait dû avoir confiance en lui, mais rien ne pouvait endiguer la terrible prémonition qui lui serrait le cœur.

Alison ouvrit la bouche pour le supplier une dernière fois, mais Miguel posa un doigt sur ses lèvres.

— C'est décidé ! dit-il. Nous n'en parlerons plus.

Se levant, il l'attira à lui.

— Nous ne serons plus très longtemps dans ces montagnes, murmura-t-il. Le temps qu'il nous reste, nous en profiterons autant que possible. Viens. Nous allons installer notre paillasse dehors, dans l'enceinte abritée. Il y a une pleine lune ce soir...

Lorsque Miguel lui prit la main, Alison ne lui résista pas.

22

Fidèle à sa parole, Miguel resta sur ses gardes. Il fit demander à Castro d'autres preuves de sa bonne foi et une rencontre fut organisée à San Carlos entre les représentants du gouvernement mexicain et les Apaches. Au lieu de s'y rendre lui-même et de prendre le risque de tomber dans un guet-apens, Miguel délégua l'un de ses lieutenants et deux autres Indiens.

Les délégués apaches revinrent quelques jours plus tard et racontèrent qu'ils avaient été escortés jusqu'à une maison du centre ville et reçus par des militaires en uniformes chamarrés. Pendant deux jours, ils avaient discuté des conditions du traité et il avait été décidé que le gouvernement mexicain procurerait à chaque Apache une couverture et quelques provisions avant le voyage vers leur nouvelle demeure dans les sierras. Suivant les instructions de Miguel, une date avait été fixée au mois suivant, pendant la pleine lune.

Trois semaines plus tard, les Apaches quittèrent les montagnes Chisos qu'ils avaient tant aimées. Alison jeta un dernier regard aux pics enneigés, sachant qu'elle ne reverrait plus cette belle vallée qui avait été sa maison, ni la petite vallée magique. Puis, apercevant un arc-en-ciel qui s'étendait dans le ciel d'un pic à l'autre, elle fut saisie par une grande tristesse et une larme glissa le long de sa joue. Alison n'était pas la seule à souffrir. La plupart des femmes et des enfants pleuraient en silence et même les guerriers les plus endurcis semblaient désespérés.

Cette nuit-là, ils établirent leur campement près du Rio Grande et le lendemain, Miguel expédia des éclaireurs au Mexique pour leur ouvrir le chemin. A quelques kilomètres de San Carlos, Miguel leur demanda de s'arrêter.

— Pourquoi ? demanda Alison, montée sur un cheval à ses côtés.

— Je veux être certain qu'ils ne nous ont pas tendu un piège, expliqua-t-il en saisissant un petit miroir dans sa poche et en l'inclinant vers le soleil.

Une lumière éclatante lui répondit d'un pic de montagne qui dominait la ville et le désert.

— Sommes-nous en sécurité ? s'enquit Alison.

— Oui. Ma sentinelle se trouve là-haut depuis l'aube. Elle n'aperçoit ni soldats ni *rurales* et elle restera à sa place pour nous protéger. Au moindre mouvement suspect, nous serons avertis.

Miguel avait insisté pour faire le voyage pendant la pleine lune, afin que sa sentinelle pût veiller sur eux même pendant la nuit.

— Et s'ils se cachaient dans la ville ?

— J'ai envoyé des éclaireurs pour vérifier, répliqua Miguel. Ils n'ont vu personne. Les seuls étrangers à San Carlos sont les officiers envoyés par Diaz.

Les précautions prises par Miguel calmèrent quelque peu les inquiétudes d'Alison, mais elle éprouvait toujours cette terrible prémonition.

Lorsqu'ils entrèrent dans San Carlos, les citoyens vinrent accueillir leurs amis avec des cris joyeux et en leur jetant des fleurs. Les cloches de l'église se joignirent à la joie des Mexicains et leur carillon résonna dans la ville et dans le désert aux alentours. Même les représentants du gouvernement les accueillirent poliment, traitant Miguel comme s'il était l'émissaire respectable d'un pays étranger.

Tandis que Miguel parlementait avec les officiers sur la grande place devant l'hôtel de ville, Alison l'observait à distance. Très droit, l'imposant Chef apache qu'elle avait appris à aimer dominait de la tête et des épaules les petits Mexicains et chaque parcelle de son corps exprimait la confiance et la puissance. C'était la même aura qu'elle avait perçue lorsqu'elle l'avait vu la première fois à Presidio. Miguel ne ressemblait pas à un homme en train d'abandonner sa liberté, mais plutôt à un roi venu réclamer son royaume. Alison en éprouva une intense fierté.

Ensuite, Miguel donna l'ordre aux siens d'installer leur campement sur la place pour la nuit et d'attacher leurs chevaux derrière la vieille église désaffectée. Le lendemain, on les guiderait vers leur nouvelle demeure. La générosité du gouvernement mexicain stupéfia Alison : on donna des provisions plus qu'abondantes aux Apaches. Des chariots furent conduits l'un après l'autre sur la place, remplis de couvertures, de vêtements, d'ustensiles de cuisine, de sacs de maïs et de grain, de barils de sel et de viande séchée. Puis, l'on demanda aux Apaches de s'asseoir car on désirait leur servir un repas de fête.

— Qu'y a-t-il? murmura Alison quand elle sentit Miguel tressaillir.

— Les Mexicains ont déjà invité les nôtres à des festins où l'on servait de la nourriture empoisonnée.

Horrifiée, Alison remarqua cependant que les citadins se joignaient à eux.

— Mais les Mexicains restent avec nous. Ils ne mangeraient tout de même pas de la nourriture empoisonnée.

— Maintenant c'est moi qui vois des fantômes partout, déclara Miguel, soulagé. Les gens de San Carlos sont nos amis, ils ne nous feront pas de mal. Ils veulent simplement s'associer à notre bonheur.

Alison trouvait que Miguel avait tort de ne pas prendre son pressentiment au sérieux, mais elle commençait aussi à se demander si elle n'avait pas exagéré. La joie des Mexicains semblait sincère et les officiels se montraient affables. Peut-être Castro avait-il dit la vérité? Parce qu'il était aussi un Indien, Diaz veillerait à ce que les tribus qui acceptaient de se rendre paisiblement dans leurs réserves fussent traitées avec des égards.

Lorsqu'un des officiels vint demander à Miguel de s'asseoir à la table d'honneur, celui-ci répliqua qu'il ne viendrait qu'avec sa femme.

Lors de l'arrivée de la tribu à San Carlos, fasciné par l'imposant Chef apache dont il avait tant entendu parler, l'officiel n'avait pas remarqué Alison dans la foule. Même lorsqu'il parlementait avec Miguel, la jeune femme n'avait pas attiré son attention, car elle était aussi brune que les autres, avec de longs cheveux noirs. Or, maintenant qu'il la regardait, il était frappé par sa taille et par l'intensité de ses yeux bleus.

— C'est votre femme? déclara-t-il d'une voix choquée.

— Oui, répondit calmement Miguel.

— Elle est mexicaine?

— Non, je suis américaine, répliqua Alison.

Mal à l'aise, le Mexicain était confronté à un dilemme qu'il ne savait pas comment résoudre. Il n'osait pas demander à Miguel de relâcher sa prisonnière, par crainte de compromettre les négociations et cependant, en tant qu'homme blanc et délégué du gouvernement, il était obligé de le faire. Miguel lui ayant affirmé à maintes reprises qu'il ne la laisserait jamais partir, Alison eut peur que le militaire n'eût à employer la force pour la faire délivrer.

— Je suis son épouse par ma propre volonté, déclara-t-elle haut et fort.

C'était à se demander qui des deux hommes fut le plus stupéfait. Parce que Miguel la regardait bouche bée, il ne vit pas le mépris se peindre sur le visage de l'officiel, mais l'expression dédaigneuse, aussitôt voilée, n'avait pas échappé à Alison: une femme blanche qui s'attachait librement à un Indien était pire qu'une traînée. «Maudit soit-il!» pensa Alison. Comment osait-il la mépriser? S'il pensait l'humilier, il se trompait amèrement. Elle était fière de l'amour qu'elle éprouvait pour son mari apache qui valait tous ces Mexicains rassemblés. Se redressant, elle le défia du regard.

Alison ne sut jamais si c'était sa taille ou son regard qui avait impressionné le Mexicain. Il fit un pas en arrière comme s'il avait reçu une gifle.

— Votre épouse peut bien entendu dîner avec nous, marmonna-t-il.

— Pourquoi lui as-tu dit que tu m'avais épousé par ta propre volonté? demanda Miguel à voix basse.

— Parce que je savais ce qui se passerait s'il te demandait de me libérer. Je ne veux pas qu'il y ait de sang versé à cause de moi.

— C'était une réponse sage, dit Miguel, déçu qu'elle ne lui eût toujours pas pardonné. Personne ne t'enlèvera jamais à moi.

Lorsqu'ils arrivèrent à la table, Castro les y attendait, un large sourire aux lèvres.

— Je vous l'avais bien dit, lança-t-il à Miguel. Diaz vous traite très bien.

— Jusqu'à maintenant, il a été parfait, admit Miguel.

Sur la place, des femmes servaient les citadins et leurs invités apaches. Miguel n'avait jamais vu de si grands plats de viande ni autant de casseroles fumantes de légumes et de *frioles*.

— Le gouvernement a-t-il aussi procuré toute cette nourriture? demanda-t-il. Les gens de cette ville sont trop pauvres pour offrir un pareil festin.

— Oui, le gouvernement a tout payé, répondit l'un des officiers. Et il a invité les gens de San

Carlos pour les remercier d'avoir abattu des bêtes et d'avoir préparé la nourriture.

Un doute s'insinua dans l'esprit de Miguel : à sa connaissance, le gouvernement n'avait jamais payé les péons pour quoi que ce soit, et encore moins pour leur travail.

Ils festoyèrent toute la journée et l'après-midi, l'on organisa des courses de chevaux, des combats de coqs et des jeux de hasard qu'appréciaient les Indiens. La ville était en liesse et l'on ne savait pas qui s'amusait le plus, des Apaches ou des habitants de San Carlos.

Miguel ayant été habilement distrait par les officies, il ne fut conscient qu'on avait servi de l'alcool pendant le festin qu'en s'éloignant tard dans la journée de la table d'honneur, en compagnie d'Alison et de Castro. Quand il s'aperçut que tous les adultes mâles de la tribu étaient presque ivres, il se tourna d'un air furieux vers Castro.

— D'où vient cet alcool ? demanda-t-il.

— C'est un cadeau du gouvernement. Il n'y a pas de fête sans alcool.

— On ne nous en a pas offert à notre table, déclara Miguel, soupçonneux.

— Parce qu'il ne s'agit que de mescal et de tequila. Les officiels ne voulaient pas insulter un grand Chef comme vous en offrant des boissons aussi bon marché.

— Je ne veux pas que mes hommes boivent.

— Mais pourquoi ? Il faut boire pour faire la fête.

— Je ne veux pas qu'ils s'enivrent.

— Ils ne sont pas ivres. Ils passent un bon

moment, c'est tout. D'ailleurs, que craignez-vous ? Vous êtes entre amis, ici. Venez, ajouta le Mexicain d'une voix doucereuse qui fit frémir Alison, allons prendre un verre nous-mêmes. Si quelqu'un doit célébrer ce jour, c'est bien nous. Après tout, c'est notre réussite.

— Tu as suffisamment participé à nos raids pour savoir que nous ne célébrons pas ce genre de choses, répliqua Miguel d'un air menaçant.

— Voyons, cher ami, reprit Castro, soudain nerveux. Nous méritons de célébrer le travail que nous avons accompli avec ce traité. Nous parlementons depuis des semaines et j'ai fait le voyage entre ici et Chihuahua City au moins une douzaine de fois pour plaider votre cause.

— Je ne boirai pas, déclara Miguel, décidé à ne pas se laisser enivrer par le Mexicain pour le remercier de son aide.

— Je n'insisterai pas, dit Castro en haussant ses maigres épaules. Mais je n'ai pas l'intention de refuser la générosité du gouvernement. C'est un grand jour aujourd'hui et je vais le célébrer avec les autres.

— Vas-tu empêcher tes hommes de boire ? demanda Alison quand Castro se fut éloigné.

— Je vais essayer, mais j'ai bien peur qu'il ne soit trop tard. L'alcool est la grande faiblesse des Apaches, surtout celui concocté à partir de mescal. Maintenant qu'ils ont commencé, ils ne s'arrêteront que lorsqu'ils seront ivres morts.

— Puis-je t'aider ?

— Non, j'aimerais que tu m'attendes près de la vieille église abandonnée. De là, tu peux apercevoir le sommet de la montagne où est postée ma sentinelle. Si elle fait un signe, viens me prévenir.

Comme il l'avait craint, Miguel et une demi-douzaine d'Apaches encore sobres ne parvinrent pas à empêcher les autres de se ruer sur l'alcool qui coulait à flots. Même le rappel du massacre des Apaches ivres à Ramos ne les effraya pas. Dépité, Miguel abandonna, saisit sa carabine et retourna auprès d'Alison.

— As-tu remarqué quelque chose ? lui demanda-t-il.

— Non, mais comment puis-je voir dans le noir ?

— La sentinelle allumera un feu. As-tu vu Jacita ou mon père ? ajouta Miguel en s'adossant comme Alison au mur de l'église.

— Ils sont à l'intérieur avec les femmes et les enfants. Ils essayent probablement de dormir malgré ce bruit infernal.

— Je ferais mieux de partir d'ici avec eux et de laisser ces abrutis se débrouiller ! s'exclama Miguel, furieux.

— Mais tu ne le feras pas.

La survie de la tribu était d'une importance capitale pour Miguel. C'était la règle première des Apaches, et l'on n'hésitait pas à sacrifier quelques-uns pour le bien-être de tous. Mais dans le cas présent, il aurait fallu abandonner la majorité des guerriers et une tribu apache dépendait de ses guerriers pour survivre.

— Non, je ne le ferai pas… A moins que ce ne soit indispensable, ajouta-t-il fermement.

— Peut-être qu'il ne se passera rien de grave, dit Alison, sans y croire.

— Je me répète sans cesse que ces gens sont nos amis, mais je n'aime pas le déroulement de cette fête. Elle a un air de déjà vu. Les Apaches qui ont été massacrés à Ramos croyaient aussi se trouver entre amis. As-tu toujours ton mauvais pressentiment ?

— Oui, pas aussi fortement qu'au début, mais je suis toujours mal à l'aise.

— Si le sentiment est moins fort, c'est peut-être bon signe.

— Peut-être...

« Ou alors, c'est comme une blessure, se dit Alison. Après quelque temps, on ne la sent plus. Le corps s'habitue à la douleur. »

Un long moment, ils restèrent silencieux, écoutant les cris des Apaches ivres et regardant en direction de la montagne où guettait la sentinelle. Les uns après les autres, les Mexicains qui avaient participé à la fête rentrèrent chez eux. Mais les Apaches continuèrent à boire jusqu'à ce qu'ils fussent allongés inconscients sur la place.

— Tu es épuisée, dit Miguel à Alison. Endors-toi. Je ne crois pas que nous risquions quelque chose tant que nous sommes dans cette ville. Je vais surveiller la montagne. Au premier signe de feu, nous partons. Ceux qui ne peuvent pas suivre resteront ici.

— Aurons-nous le temps de nous enfuir ?

— Par une nuit aussi claire, on voit très loin du haut de cette montagne. Nous aurons le temps si nous ne traînons pas. Mets-toi à l'abri dans l'église, ajouta Miguel alors qu'Alison s'étendait sur sa couverture. La paille sera plus confortable.

— Je préfère rester ici, dit-elle. Je n'ai plus la force de faire un pas.

Quelques heures plus tard, Alison poussa un cri et se réveilla en sursaut.

— Que se passe-t-il ? demanda Miguel, effrayé de voir le visage blême de sa bien-aimée.

— J'ai rêvé... Non, ce n'était pas un rêve, c'était une vision. J'ai vu des soldats entourer la ville.

— C'est impossible, je n'ai pas cessé de regarder la montagne et il n'y a eu aucun signal.

— Nous sommes encerclés ! Ils sont tous autour de nous !

Miguel ne comprenait pas comment une chose pareille pouvait se réaliser. Par ce clair de lune, la sentinelle n'aurait pas manqué de voir des mouvements de troupe.

— Ecoute-moi ! s'écria Alison en le frappant de ses poings. Tu dois me croire ! Nous sommes en danger de mort !

Voyant le regard fou de sa femme, Miguel la crut.

— Réveille les femmes et les enfants, ordonna-t-il. Emmène-les auprès des chevaux.

Alison se dépêcha de lui obéir tandis que Miguel courait vers la place. Croisant un Apache couché par terre, il se baissa et lui secoua rudement l'épaule.

— Debout ! Nous allons être attaqués !

L'Apache resta inerte et Miguel le saisit par sa tunique. Lorsque la tête de l'Apache tomba en arrière, Miguel le reconnut : c'était la sentinelle qu'il avait postée sur la montagne. Un court instant, il la contempla sans y croire. Puis, il comprit ce qui avait dû se passer : le guerrier s'était probablement lassé de guetter les soldats et, voyant que la fête se déroulait sans heurts, il avait décidé de s'y joindre, permettant ainsi aux soldats de les encercler. Furieux, Miguel saisit son poignard et trancha la gorge de l'Apache enivré.

Les quelques Apaches qui n'étaient pas ivres se levaient lentement. Soudain, des centaines de soldats mexicains se jetèrent sur eux. Ce n'était pas une patrouille, mais plusieurs compagnies...

Avec un juron, Miguel courut vers sa Winchester qu'il avait laissée près de l'église. Il entendit un coup de feu, suivi par une fusillade. L'Apache qui avait tiré en premier fut déchiqueté par les balles. Près du mur où Miguel avait été assis quelques minutes auparavant, Castro pointait la carabine du Chef apache dans sa direction.

— Ne bouge pas ou je tire ! cria le Mexicain.

Du coin de l'œil, Miguel vit trois soldats qui le tenaient en joue. Dans l'église désaffectée hurlaient des femmes affolées ; elles avaient été capturées avant d'avoir pu s'enfuir avec les chevaux. Il y eut un bref échange de coups de feu, suivi d'un silence. Miguel sut que ses guerriers encore sobres avaient été abattus.

— Fils de sorcière ! lança-t-il à Castro, le cœur plein de haine et de colère.

Le Mexicain blêmit : l'insulte était la plus forte injure apache, car les Apaches pensaient que les sorcières commettaient le crime le plus abominable, l'inceste, et une injure aussi grave ne se lavait que dans le sang. Le regard enragé de l'Apache fit frémir le Mexicain, brusquement obnubilé par le poignard sanglant que Miguel tenait à la main.

— Je ne me battrai pas avec vous... dit Castro d'un ton mal assuré, craignant que Miguel ne l'attaque en dépit des armes braquées sur lui.

Lorsque trois autres soldats prirent position derrière Miguel, Castro se sentit rasséréné :

— Je ne vous donnerai pas la possibilité de me tuer, dit-il avec un sourire satisfait. Sinon, je ne pourrai pas profiter de la récompense promise par Diaz.

— Diaz est partie prenante dans cette trahison ? demanda Miguel.

— C'est lui qui a tout planifié. Il te surveille depuis un bon bout de temps. Il était décidé à exterminer ta tribu et toutes celles qui pillent les régions du nord du Mexique.

Miguel pouvait accepter la trahison de Castro, mais pas celle de Diaz, l'homme en qui il avait placé toute sa confiance.

— Tu mens ! Diaz est un Indien de pure souche. Il ne trahira jamais les siens...

— Tu es bien naïf, lança Castro. Il se fiche des Indiens de ce pays. Il tient avant tout à rester président.

— Pendant la guerre de Juarez contre les Français, il a mené une armée composée uniquement d'Indiens. S'il se fichait des Indiens, pourquoi l'aurait-il fait ?

— Juarez l'a fait général, car il savait que Diaz était le seul à pouvoir contrôler ces sauvages. Diaz ne s'intéressait pas aux Indiens sous ses ordres, surtout s'ils gênaient sa carrière. Savais-tu que lorsqu'un régiment a refusé de se battre lors d'une bataille suicidaire où ils n'avaient aucune chance de l'emporter, Diaz les a fait exécuter? Il forçait les Indiens à tirer les canons. Ils n'étaient pas ses soldats, mais ses esclaves!

Les révélations de Castro atterraient Miguel et il se maudit d'avoir été un pareil imbécile. Il n'aurait jamais dû faire confiance à quiconque.

— Comment savait-il que nous te pensions notre ami et notre allié? demanda Miguel, intrigué.

— Il a fait passer le mot chez ses *rurales* qu'il cherchait un homme en qui tu avais confiance, un homme qui pourrait attirer ta tribu dans un piège, déclara Castro en riant. Beaucoup de ses *rurales* sont d'anciens hors-la-loi. L'un d'entre eux m'avait rencontré quand nous étions tous deux des *bandidos* et il s'est souvenu que je lui avais parlé de toi. Il m'a retrouvé.

— Et t'a découvert dans une fosse d'excréments! lança Miguel.

— Pire encore! Dans une prison à Chihuahua. Diaz n'aurait même pas eu besoin de m'offrir une récompense, ma liberté m'aurait suffi, mais maintenant j'aurai les deux.

Miguel était effondré. Si seulement il avait écouté Alison! A la pensée de sa femme, son cœur se mit à battre la chamade. Il chercha son visage parmi les femmes et les enfants rassemblés par les soldats. Dominant les autres d'une tête, elle se tenait droite et fière. Un intense soulagement le submergea. Sachant quel prix Alison attachait à sa liberté, Miguel avait eu peur qu'elle ne résistât farouchement.

Une autre peur l'envahit et un instant, il n'osa pas la regarder en face. Mais quand il croisa enfin son regard, il n'y lut aucun reproche mais de la compassion. Relevant le menton, Alison lui sourit, et ce sourire radieux lui insuffla la détermination nécessaire pour obtenir la liberté de sa tribu. Miguel ne l'aima jamais plus qu'à cet instant-là.

23

A l'aube, les Apaches furent emmenés de San Carlos sous escorte armée. En tête de la triste procession s'avançait Miguel, la tête haute, avec des menottes aux poignets. Derrière lui trébuchaient les guerriers qui s'étaient réveillés encore abrutis après leur nuit d'ivresse, l'air désorientés ; les femmes et les enfants fermaient la marche.

Seul un homme eut le droit de rester avec les femmes — José — et seulement parce que Alison avait demandé la permission d'aider le vieil aveugle. Voyant les Mexicains sur le point de lui attacher les mains, elle avait fait un commentaire si insultant que les soldats s'étaient rétractés, craignant que cette grande femme au regard bleu furibond n'incitât les autres femmes à la rébellion.

Tandis qu'ils avançaient dans les rues de San Carlos, les habitants s'alignèrent le long des maisons pour les regarder passer. Les larmes des femmes et les expressions stupéfaites des hommes prouvaient qu'ils n'avaient rien su de la trahison, et Miguel fut heureux qu'ils ne l'eussent pas trahi eux aussi. Pour dénoncer le traitement injuste et cruel infligé aux Indiens par le gouvernement, le prêtre sortit de son église pour les bénir, alors que les cloches sonnaient le glas.

Les Apaches furent contraints de traverser le désert jusqu'à une petite ville nommée Santa Rosa, où ils furent parqués dans un enclos. Dès que les soldats se furent retirés, les guerriers se précipitèrent vers leurs familles et les embrassèrent en pleurant. Alison serra Miguel contre son cœur, puis s'aperçut que ses mains étaient toujours attachées.

— Assieds-toi, dit-elle en voyant les poignets blessés. Je vais essayer de retirer les menottes.

— Ça ne sert à rien. Il faudrait une lime ou une clé.

— Mais pourquoi t'ont-ils enchaîné alors qu'ils se sont contentés d'attacher les autres avec des cordes ?

— C'est l'un des désavantages d'être un Chef. On me juge beaucoup plus dangereux.

« Et avec raison », pensa Alison. Déchirant un morceau de sa jupe, elle glissa le chiffon entre l'acier des fers et les poignets de Miguel.

— Où est Santo ? demanda Miguel à Jacita.

— Il est là-bas, lui répondit sa sœur. Il a trop honte pour te parler.

— C'est inutile. Je n'en veux à aucun des guerriers. Ce qui est fait est fait. Il faut l'oublier et penser à l'avenir.

— Qu'ont-ils prévu pour nous ? demanda José.

— Ils nous ont emmenés ici dans l'attente de notre départ pour la Cité de Mexico.

— Ils veulent nous faire marcher jusqu'à Mexico ? s'indigna Alison. Mais c'est à des centaines de kilomètres. Nous n'y survivrons jamais !

— Ne sous-estime pas notre résistance, répondit Miguel. Des Apaches ont été emmenés de force jusqu'aux colonies pénitentiaires de Basse Californie et ils ont survécu. Certains se sont même échappés et sont revenus chez eux.

— Que nous feront-ils quand nous serons à Mexico ? s'inquiéta Jacita.

— Ce qu'ils font d'habitude avec leurs prisonniers apaches, répondit Miguel d'un ton amer. Ils nous emmèneront au Yucatan, avant de nous séparer et de nous vendre comme esclaves. Mais je ne le permettrai pas. D'une façon ou d'une autre, je vais trouver un moyen de fuir.

— Tu as dit que nous étions à Santa Rosa ? demanda soudain José.

— Oui, répondit son fils. Pourquoi ?

— Je viens de me rappeler que mon frère habite une *hacienda* proche de cette ville. C'est là que j'ai été capturé pendant ma jeunesse. Il pourrait peut-être obtenir notre libération.

— Cela fait des années que ton frère ne t'a pas vu, déclara Miguel. Et nous ne savons même pas s'il est encore en vie. Pourquoi crois-tu qu'il t'aiderait ?

— Nous étions très proches autrefois, presque inséparables. Et notre famille était influente dans la région.

— Il faut essayer, dit Alison en voyant Miguel hésiter. Quel mal y a-t-il ?

— Très bien. Je vais demander aux soldats de

lui faire dire que son frère disparu veut le rencontrer. Comment s'appelle-t-il ?

— Don Manuel Ramirez.

Le lendemain, don Manuel Ramirez vint à l'enclos où étaient enfermés les Apaches et fut amené jusqu'à Miguel. Elancé, vêtu d'un superbe costume brodé, il ressemblait au parfait aristocrate.

Lorsque son escorte lui indiqua Miguel, il sembla furieux.

— Quel tour essayez-vous de me jouer ? demanda-t-il. Vous n'êtes pas mon frère.

— Non, je suis votre neveu. Voici mon père qui est aussi votre frère, répliqua Miguel en faisant un pas de côté.

Don Manuel scruta le visage de José. Avec sa peau bronzée et ses cheveux blancs, le vieil homme ne ressemblait pas au jeune garçon qu'il avait connu.

— Qui êtes-vous ? demanda-t-il d'un air soupçonneux. Si vous êtes mon frère, dites-moi votre nom.

— Je suis don José.

Surpris, don Manuel reconnut le nom de son frère et l'écouta raconter comment il avait été capturé par les Apaches.

— Si vous êtes vraiment mon frère José Ramirez, vous avez six doigts au pied droit, déclara don Manuel, toujours prudent.

— Les sentiers montagneux sont rudes et pleins de pierres, répliqua l'aveugle en retirant son mocassin. Il y a longtemps que j'ai perdu le sixième doigt, mais tu peux voir la cicatrice.

Soudain, les yeux de don Manuel furent remplis de larmes. Il saisit José dans ses bras et l'embrassa.

— Mon frère ! s'écria-t-il. J'avais perdu l'espoir de te revoir vivant.

Miguel et Alison laissèrent les deux hommes parler en privé. Ils furent rejoints par Jacita et son mari, encore honteux de s'être laissé enivrer par les Mexicains. Une heure passa.

— Pourquoi parlent-ils si longtemps ? demanda Jacita.

— Ils doivent remonter de longues années, dit Alison.

Enfin, les deux hommes se joignirent à eux, Manuel guidant son frère. José lui présenta sa famille, et Alison s'émerveilla du talent de l'aveugle qui avait deviné que Jacita et Santo se trouvaient devant lui.

— Mon frère m'a expliqué le drame qui vous arrive, dit don Manuel. Je vais tout faire pour vous aider.

Bien que cet homme fût son oncle, Miguel ne l'aimait pas. Don Manuel était le parfait *hidalgo* et personnifiait tout ce que Miguel détestait chez l'homme blanc.

— Je ne pense pas que vous puissiez faire grand-chose, répliqua-t-il sèchement.

— N'en soyez pas si sûr. Le Général Blanco est un de mes amis intimes et il est membre du Conseil général du Mexique et quelqu'un de très puissant. En mentionnant son nom et notre amitié, je pourrai peut-être obtenir votre libération.

Don Manuel quitta l'enclos et ne revint que beaucoup plus tard, mais en voyant la colère de son oncle, Miguel en déduisit qu'il avait essuyé un échec.

— Ils ont refusé de nous relâcher ? dit Miguel à l'*hidalgo*.

— Oui ! L'imbécile qui commande est si ignorant qu'il n'a même jamais entendu parler du Général Blanco. Mais j'ai réussi à obtenir la libération de José qui est un prisonnier blanc. Il ne pouvait pas refuser ma demande. Mais vous, il ne vous relâchera pas.

— De toute façon, je ne quitterai jamais ma tribu, déclara Miguel.

— Je l'avais deviné. Mais j'espérais qu'en étant libre, vous auriez pu trouver un moyen d'aider les vôtres.

— Et comment l'aurais-je fait, sans guerriers ni armes ?

— C'est juste, admit don Manuel avec un soupir.

— Je ne partirai pas non plus, dit José.

— Mais pourquoi ? s'affola don Manuel. Ta présence ici ne changera rien.

— J'ai choisi la vie des Apaches ; je ne vais pas les abandonner maintenant.

— Pas question ! lança Miguel fermement. Ton frère a raison, père. Ça ne servirait à rien de renoncer à ta liberté. Tu es vieux et aveugle, ajouta-t-il plus gentiment en voyant l'air obstiné de son père. Nous avons une longue marche devant nous. Tu nous ralentirais. Certains dans la tribu me demanderaient alors de te rejeter ; tu sais bien que c'est une coutume apache. Ne m'oblige pas à choisir entre toi et mon devoir envers la tribu.

Bien qu'il donnât raison à son fils, José ne voulait pas quitter sa famille. Voyant sa détresse, Alison compatit avec le vieillard et fut brusquement saisie par un pressentiment.

— Vous devez rester ici, dit-elle. Vous serez plus utile à la tribu en restant avec votre frère.

— Comment cela ? demanda José.

— Je ne sais pas, avoua Alison. Je le sens, c'est tout.

— Tu dois la croire, insista Miguel. Elle prévoit des choses dans l'avenir. Par deux fois déjà, elle m'a mis en garde contre des dangers mais je ne l'ai pas écoutée et je m'en veux maintenant amèrement.

Jacita et Santo dévisageaient Alison avec effroi.

— Elle n'est pas une sorcière ! ajouta Miguel. Son pouvoir n'est pas maléfique, mais bon. Je crois qu'il lui vient de la Femme Peinte en Blanc. Mais il ne faut pas en parler aux autres.

Hochant la tête, le jeune couple sembla admiratif. José crut aussi son fils, car il avait pressenti un pouvoir chez la jeune Blanche depuis son arrivée au campement.

— J'irai avec toi, dit-il à son frère.

— Dieu soit loué ! répondit don Manuel, soulagé. Je craignais de t'avoir retrouvé pour te perdre une nouvelle fois. Je vais revenir avec une lettre pour le Général Blanco, mais il faudra la garder précieusement et la lui remettre en main propre à Mexico. Je ne fais pas confiance aux autres.

— Pourquoi nous aidez-vous ? se méfia Miguel.

— D'abord parce que vous êtes de ma famille et qu'un Mexicain privilégie toujours sa famille. José le savait quand il m'a demandé de venir. Ensuite, je crois être un homme d'honneur et la traîtrise de Diaz me révolte. J'espère que mon aide rétablira un peu de justice.

Pour la première fois de sa vie, Miguel admira un *hidalgo* et lui fit confiance. Ces derniers jours, les sentiments qu'il éprouvait envers les Blancs et les Peaux-Rouges avaient évolué. Il avait découvert des alliés et des ennemis inattendus.

— Je vous suis reconnaissant pour votre aide, dit-il avec un sourire.

Le lendemain, don Manuel apporta la lettre pour le Général Blanco et conseilla à Miguel d'y veiller avec le plus grand soin.

— Promis, répondit Miguel en faisant attention à la prendre alors que personne ne les regardait.

— Je voudrais vous aider d'une autre manière, ajouta don Manuel. Mais José m'a fait promettre de vous en parler en premier.

— Je vous écoute.

— Puisque votre femme est blanche, je suis certain de pouvoir la faire relâcher, elle aussi.

— Non, je vais rester, déclara aussitôt Alison.

— Mais pourquoi ? demanda don Manuel.

— Je ne peux pas abandonner mon mari et son peuple en ces heures terribles. Ce serait lâche.

Miguel et don Manuel s'inclinèrent devant sa décision. Alison croyait fermement ce qu'elle avait affirmé, car sa liberté n'aurait de prix que si Miguel la lui offrait.

Le lendemain, les Apaches quittèrent Santa Rosa, les hommes attachés les uns aux autres. Alors que la tribu était pourchassée par les soldats, Alison avait pensé toucher le fond du désespoir, mais rien n'était comparable à l'atrocité de cette longue marche à travers le désert jusqu'à Chihuahua City. Le jour, le soleil s'abattait sur eux sans merci et la nuit, ils devaient se serrer les uns contre les autres pour essayer de se réchauffer. On leur donnait très peu d'eau et encore moins de nourriture. La faim et la soif devinrent leurs compagnes de route et après une semaine, leurs mocassins étaient en lambeaux et le sol pierreux coupait leurs pieds et les faisait boitiller. Ils maigrissaient à vue d'œil, n'ayant bientôt plus que la peau sur les os.

Les bébés et les enfants furent les premiers à mourir, succombant comme des mouches. Alison accueillit leur mort comme une délivrance, leurs cris et leurs souffrances étant devenus insupportables. Ensuite vint le tour des vieillards, dont Benito. Certains des adultes attrapèrent les fièvres et la dysenterie et beaucoup périrent eux aussi. Sur plus de cent kilomètres s'alignèrent les tombes et Alison éprouva une haine féroce envers les gardes mexicains qui les harcelaient sans relâche. Ce fut cette colère qui lui donna la force de continuer. Lorsque les clochers de Chihuahua City apparurent dans le lointain, les deux tiers de la tribu avaient été supprimés par les conditions inhumaines de leur détention.

Dans les faubourgs de Chihuahua City, on enferma les Apaches dans la terrible prison de l'Acordo, au fond du plus sombre des cachots. Alison fut horrifiée... Elle n'avait pas pensé qu'il pût exister un endroit aussi sordide. C'était froid et humide ; les torches dessinaient des ombres inquiétantes sur les murs et l'odeur de la mort vous prenait à la gorge. Sentant quelque chose lui mordiller la chevelure, elle s'aperçut que la paille était infestée de vermine. La jeune femme se sentit désespérée.

— Nous survivrons, dit Miguel en la faisant sursauter, car les hommes avaient été séparés des femmes et des enfants pendant le long trajet.

Alison fut choquée de le voir si amaigri, avec ses vêtements en lambeaux et ses mocassins défaits. Des cernes noirs lui dévoraient le visage, creusé de lignes de souffrance. Hâve, il ressemblait encore davantage à un faucon. Sur ses poignets dont on avait retiré les menottes, elle vit les plaies suppurer. Toute sa vie, Miguel porterait les cicatrices de ces chaînes.

Lorsqu'il la prit dans ses bras, elle sentit pourtant la force vitale qui animait cet homme étonnant.

— Nous serons libres, lui murmura-t-il à l'oreille. Je te le promets. Je trouverai le moyen.

Les Apaches furent gardés dans le cachot pendant une semaine. Se forçant à avaler l'infâme bouillie qu'on leur donnait, ils reprirent des forces et leurs plaies se guérirent lentement. Lors de la deuxième semaine, ils commencèrent à s'agiter car ils n'avaient pas l'habitude de rester inactifs. Miguel demanda enfin la raison de ce délai.

Un instant, il pensa que le gardien, de l'autre côté des barreaux, ne répondrait pas, puis le Mexicain lui apprit à contrecœur qu'ils attendaient l'arrivée du Conseil général du Mexique qui venait juger le Chef apache.

— Tu te rends compte, Alison ! s'écria Miguel, très excité. Le Général Blanco appartient au Conseil. Nous n'aurons pas à aller jusqu'à Mexico pour lui montrer la lettre de mon oncle.

Pour la première fois depuis des mois, la jeune femme reprit espoir.

24

Quelques jours plus tard, Miguel fut appelé par le gardien qui lui passa des vêtements propres à travers les barreaux et lui ordonna de se changer pour se présenter devant le Conseil général.

— Pourquoi t'ont-ils donné d'autres vêtements ? demanda Alison, tandis que Miguel se dépêchait de les enfiler dans un coin discret du cachot.

— Les autorités qui nous ont si maltraités ne veulent probablement pas que le Conseil l'apprenne, de peur qu'il n'ait pitié de nous.

— Crois-tu que leur décision pourrait être influencée ?

— Je l'espère et dans le cas contraire, je compte sur ceci, dit-il en montrant la lettre de son oncle.

Alison l'embrassa sur la joue.

— Bonne chance, lui souffla-t-elle.

— J'aurai besoin de davantage de chance que cela, dit-il en l'attirant contre lui.

Ce fut d'abord un long et tendre baiser qui

trahissait son amour pour elle, puis un baiser qui devint brusquement ardent et dévastateur et qui lui prouvait sa passion. La promiscuité de la prison interdisant toute intimité, Alison avait oublié comme les baisers de Miguel pouvaient être excitants. Elle eut l'impression qu'une éternité s'était écoulée, et pas seulement quelques mois, depuis qu'il lui avait fait l'amour. Sa passion pour Miguel refit surface et elle colla son corps contre le sien, regrettant de ne pouvoir se fondre en lui pour ne jamais plus le quitter.

Ce fut Miguel qui interrompit le baiser. Ses mains sur les épaules d'Alison tremblaient et sa voix était rauque de désir.

— Si je ne m'arrête pas maintenant, dit-il, je ne pourrai plus me maîtriser. Mais ce baiser a renforcé ma détermination de nous voir libres.

Lorsqu'il traversa le cachot, les yeux de tous les Apaches se fixèrent sur lui. Jamais Miguel n'avait autant senti le poids de ses responsabilités envers eux. Près de la grille, il appela le capitaine de la garde et lui déclara qu'il était prêt à affronter le Conseil.

Grinçant sur leurs gonds, les grilles d'acier furent ouvertes et Miguel quitta le cachot. Derrière lui, il entendit les barreaux se refermer avec un claquement lugubre. Il était entouré de six gardiens qui pointaient leurs armes dans sa direction. En haut des marches de pierre, d'autres gardiens et d'autres fusils s'alignaient le long du corridor éclairé par des torches qui fumaient sur les murs humides. A la pensée qu'on le considérait comme un homme dangereux, Miguel éprouva une grande satisfaction.

Miguel fut guidé dans l'escalier par le capitaine de la garde; ils montèrent trois niveaux avant d'arriver au rez-de-chaussée où ils traversèrent un hall sombre au fond duquel se dressaient des doubles portes. Le capitaine de la garde saisit une poignée et ouvrit la porte en grand. Après des semaines d'incarcération dans les ténèbres du cachot, la lumière blessa les yeux de Miguel. On le poussa brutalement dans la pièce.

Lorsque ses yeux se furent habitués à la lumière, Miguel vit que la pièce était remplie de gardes armés et qu'une longue table se trouvait devant lui. Par les hautes fenêtres étroites et grillagées, il apercevait les murs de la prison. D'un seul coup, l'ampleur des précautions prises par les Mexicains pour le garder lui sembla ridicule. Même s'il parvenait à s'échapper de cette pièce, il ne franchirait jamais ces murs. Miguel eut un sourire ironique.

Une porte s'ouvrit sur un côté.

— *Attention!* appela le capitaine de la garde.

Alignés le long des murs, les soldats se mirent au garde-à-vous, leurs fusils plaqués sur la poitrine. Cinq hommes pénétrèrent dans la pièce, dans des uniformes militaires rutilants, couverts de médailles. Miguel fronça les sourcils: il avait espéré la présence de civils au Conseil. Il connaissait trop bien la nature des hommes qui s'asseyaient derrière la longue table: c'étaient des soldats endurcis, insensibles à la pitié ou à la compassion.

Lorsque le Conseil se fut installé, le président fit les présentations. Miguel ne prêta pas attention à leurs noms, excepté pour l'un d'entre eux.

Il jeta un coup d'œil précis en direction du Général Blanco et ne se sentit pas pour autant rasséréné : le Général avait l'air aussi farouche et sévère que les autres.

— Vous êtes El Halcon, le Chef de la tribu apache des Chisos ? demanda le président.

C'était davantage une affirmation qu'une question, mais Miguel acquiesça néanmoins.

— Vous avez été accusé de crimes envers la population mexicaine de Coahuila, Chihuahua et Sonora.

Ses guerriers n'ayant jamais poussé leurs expéditions aussi loin que Sonora, Miguel fut surpris. Puis, en écoutant réciter la longue liste des crimes dont il était accusé, il comprit qu'on lui imputait non seulement ses propres raids, mais aussi chaque raid, chaque massacre, chaque escarmouche sanglante commis par la nation apache contre les Mexicains. Empli d'amertume, il décida de faire une chose qu'il n'aurait jamais faite pour lui-même. Lorsque la lecture des crimes fut terminée, Miguel demanda au Conseil de bien vouloir l'écouter. Avec éloquence, longuement, il plaida pour son peuple, montrant que la tribu ne constituait plus un danger pour les Mexicains et que les Apaches chisos avaient déjà payé pour leurs errements en perdant beaucoup des leurs. Enfin, il demanda la chance de vivre dans leurs chères montagnes et promit de ne plus jamais poser le pied au Mexique.

Ayant terminé son ardent plaidoyer, Miguel comprit que le Conseil n'avait pas été ému. Leurs visages semblaient gravés dans la pierre. Ce tribunal entier était une comédie. Sa tribu et lui avaient été jugés et condamnés avant même que ces militaires ne s'installent à cette table. Il ne lui restait qu'un seul espoir.

S'avançant vers le Général Blanco, Miguel retira la lettre de sa chemise et la lui tendit.

— Cette lettre est de mon oncle, don Manuel Ramirez. Il m'a enjoint de vous la remettre en main propre.

Les sourcils du Général se levèrent d'étonnement en apprenant que Miguel était le neveu de son ami. Ouvrant la lettre, il la parcourut. Pendant sa lecture, Miguel scruta son visage. L'officier resta parfaitement impassible, ne trahissant pas la moindre émotion tandis que son ami plaidait par écrit la cause des Indiens. Avant même que le Général lui rendît la lettre, Miguel sut que tout était perdu: cet homme ne lèverait pas le petit doigt pour aider la tribu.

— Notre décision vous sera notifiée, déclara le président.

La séance était terminée. Parce qu'il avait été momentanément aveuglé en entrant dans la pièce, Miguel n'avait pas remarqué le portrait du Président Diaz qui trônait au-dessus de la table. Il comprit alors pourquoi le tribunal l'avait jugé avant même de l'entendre: ils n'étaient que les marionnettes de Diaz. Jetant un regard haineux au portrait, Miguel tourna les talons et quitta la salle la tête haute, en fier et indomptable Chef apache.

De retour au cachot, Miguel apprit les mauvaises nouvelles aux siens. Une heure plus tard, le capitaine de la garde revint leur annoncer que la demande de Miguel avait été exaucée et qu'ils seraient ramenés à leur *rancheria* dans les Chisos.

L'annonce du capitaine provoqua un silence stupéfait.

— Tu as dû te tromper, murmura Alison à l'oreille de Miguel. Ton plaidoyer a dû les émouvoir.

— Je ne me suis pas trompé. C'est un piège ! Ils essayent encore une fois de nous tromper avec de fausses promesses.

— Mais quel serait leur intérêt ?

— Pour que nous allions à l'abattoir doux comme des agneaux. Je ne crois pas une seconde à leurs promesses.

— Pour être sincère, moi non plus.

— As-tu un autre pressentiment ? demanda Miguel, relevant si brusquement la tête qu'il fit osciller ses boucles d'oreilles.

— Non, et pourtant je donnerais cher pour prédire l'avenir ! Le bon sens me dit qu'ils manigancent quelque chose. C'est un retournement suspect. Qu'allons-nous faire ?

— Ce que j'ai prévu depuis le début : nous échapper !

Dans le recoin le plus sombre du cachot, Miguel rassembla sa tribu. Il leur fit part de ses soupçons avant d'ajouter :

— Nous n'avons plus qu'une solution : nous devons nous échapper. Tôt ou tard, ils relâcheront leur surveillance, surtout si nous feignons de les croire. Je vais attendre le bon moment et quand je donnerai le signal, vous vous éparpillerez. Mais je vous préviens, ce sera chacun pour soi.

— Mais où irons-nous ? demanda un homme.

— Nous retournerons aux Chisos. Le premier arrivé allumera des feux pour guider les autres. Nous sommes vaillants, insista-t-il en voyant les autres hésiter. Nous avons survécu à la marche depuis Santa Rosa parce que nous sommes les plus forts de la tribu. Nous y arriverons.

La détermination de Miguel donna confiance aux Apaches qui reprirent espoir. Un silence s'établit dans le cachot, chacun se rappelant la beauté sauvage de leurs montagnes adorées pour se donner du courage.

Le lendemain matin, on vint les chercher à la prison. Comme l'avait décidé Miguel, les Apaches feignirent de croire aux promesses des Mexicains et ils les suivirent docilement et dans la bonne humeur.

Lorsqu'ils furent placés dans des chariots sans être attachés, Miguel eut de la peine à dissimuler sa joie. Dans leur effort de convaincre les Apaches qu'ils ne leur voulaient que du bien, les Mexicains leur facilitaient la tâche.

Sortis de la ville, les chariots s'engagèrent sur une grande route et les soupçons de Miguel se confirmèrent. Ces imbéciles de Mexicains pensaient-ils que les Apaches étaient trop bêtes pour reconnaître le sud du nord ? Comment les Indiens auraient-ils mené avec succès leurs différents raids s'ils n'avaient pas eu le sens de l'orientation ? Les chariots, en effet, se dirigeaient vers la Cité de Mexico.

Tandis qu'ils avançaient sur la mauvaise route, Miguel étudiait attentivement le paysage. Ses guerriers donnaient l'impression d'être détendus, mais Miguel sentait leur tension et devinait qu'ils attendaient son signal. Lorsque les chariots atteignirent une région de collines boisées, Miguel se leva brusquement et cria :

— Maintenant !

Prenant l'escorte par surprise, les Apaches sautèrent des chariots et essaimèrent dans les collines. Bercés par le chaud soleil et la bonhomie des Apaches, les soldats s'étaient à moitié assoupis en selle. L'un d'entre eux n'avait toujours pas compris ce qui se passait, lorsqu'on le tira à bas de son cheval en lui prenant son arme. D'un bond, Miguel fut à cheval et le soldat tué par une balle de son propre fusil.

Au signal de Miguel, Alison avait sauté pardessus le bord du chariot et s'était enfuie vers les collines avec les autres femmes, entendant les cris et les coups de feu dans son dos. Arrivée en lisière de la forêt, elle se retourna : les Apaches disparaissaient les uns après les autres et certains avaient même réussi à s'emparer des chevaux de leurs gardiens.

Puis, elle aperçut Miguel à cheval sur une petite colline. Bien qu'il eût dit que c'était chacun pour soi, Alison devina qu'il la cherchait. Ne lui avait-il pas déclaré qu'il ne l'abandonnerait jamais ? Une nouvelle fois, elle éprouva cette vieille rancœur qui empoisonnait leur amour.

Miguel la vit et leurs regards se croisèrent. Tandis qu'il restait immobile sur son cheval, Alison se demanda pourquoi il ne venait pas la chercher. Soudain, elle comprit... Au prix de son propre bonheur, Miguel lui rendait sa précieuse liberté. Elle avait le choix de rester avec lui ou de partir. Si elle choisissait de retourner vers les siens, il lui suffisait de faire demi-tour, de se rendre aux Mexicains puis de s'identifier comme étant une prisonnière blanche des Apaches. Ils n'oseraient pas mettre sa parole en doute. Son oncle habitait Chihuahua City et portait un nom illustre.

Maintenant qu'Alison avait à la fois sa liberté physique et sa liberté de choix, elle hésitait. Si elle restait avec Miguel, elle abandonnait la vie dont elle avait l'habitude, ses amis et sa famille, sa culture blanche et son héritage avec tous ses conforts et sa sécurité. Comme le père de Miguel, une fois qu'elle aurait opté pour le mode de vie apache, elle deviendrait une Indienne à part entière et partagerait leur destin, un destin qui semblait bien morose à présent, puisqu'ils risquaient d'échouer dans leur tentative d'évasion. Alison mettrait davantage en péril que sa liberté retrouvée, elle risquerait sa vie. Et même si les Apaches parvenaient à s'échapper, voulait-elle retourner à une vie de bête traquée, obligée de fuir à tout moment, raclant la terre pour une misérable pitance? Il n'y aurait aucun retour possible. Jamais! Une fois qu'Alison aurait pris sa décision, Miguel ne la laisserait jamais repartir. Son choix engageait toute sa vie.

Mais si Alison retournait vers les Blancs, elle quittait Miguel, leur amour incroyable, leur intense passion, le bonheur inouï qu'elle n'avait trouvé qu'avec lui. En fait, Alison n'avait pas le choix. Même si leur vie ensemble ne durait qu'une heure, une journée, un mois, aussi brève fût-elle, elle serait dans ses bras, les bras de l'homme qu'elle aimait corps et âme, et c'était là que se trouvait le véritable bonheur. Aucune femme ne pouvait refuser le paradis. Ayant fait son choix de sa propre volonté, Alison poussa un cri de joie et courut vers son époux.

Tandis qu'Alison courait vers lui, un sourire radieux illuminant son visage, ses longs cheveux déployés comme une bannière, Miguel sut qu'il avait gagné son pari insensé et une joie intense l'envahit. Le temps qu'avait mis Alison pour prendre sa décision, même s'il avait été très court, avait été un enfer pour Miguel. Il savoura son bonheur et son triomphe, puis d'un coup de talon, guida le cheval vers elle, sans prêter attention aux balles qui lui sifflaient aux oreilles. Lorsqu'il la rejoignit, il ne ralentit même pas son cheval, mais se penchant sur la selle, il lui saisit la taille et l'enleva derrière lui.

Alison accrochée à Miguel, ils galopèrent au-delà des collines. A un moment, ils virent d'autres chevaux et leurs cavaliers foncer à travers les bois. Reconnaissant un couple à califourchon sur le même animal, Alison s'écria :

— Jacita et Santo ! Ils ont réussi, ils sont derrière nous !

Soulagé, Miguel ne répondit pas, trop occupé à fuir au plus vite. D'un coup de talon, il encouragea sa monture à accélérer.

Tandis qu'ils galopaient dans la nature, le vent soulevant les cheveux noirs de son mari et sa jupe rapiécée, Alison posa la tête contre le dos puissant de Miguel. Maintenant qu'elle avait fait son choix, les doutes concernant son avenir s'étaient envolés. Elle avait toute confiance en ce Chef magnifique, ce guerrier farouche, ce merveilleux amant. Miguel la ramènerait à la maison, là où les montagnes flottaient dans les airs, où les sommets jouaient à cache-cache avec les nuages et où les arcs-en-ciel attendaient la pluie. Quelle importance si les soldats venaient ! Les Chisos regorgeaient de cachettes. Seuls comptaient Miguel et leur liberté. Alison avait choisi son mode de vie, l'homme qu'elle aimait avec toutes les fibres de son être, et elle ne le laisserait jamais partir.

La promesse de son arc-en-ciel avait été tenue.

ÉPILOGUE

Miguel et Alison furent les premiers à rejoindre leurs montagnes. Sur le promontoire devant la grotte où étaient cachées leurs provisions, ils allumèrent des feux pour guider les autres jusqu'aux Chisos. Des mois durant, les membres de la tribu continuèrent à arriver, parfois en petits groupes, parfois seuls. Mais, au bout de quelques mois, ne voyant pas revenir les derniers, Miguel fut obligé d'admettre, la mort dans l'âme, qu'ils avaient été faits prisonniers. Sa tribu avait été réduite à moins de soixante-dix personnes.

Pendant cette période, Miguel s'était demandé pourquoi les *pindahs* n'avaient pas envoyé de patrouilles dans les montagnes, puisqu'ils avaient dû voir les feux et les signaler. S'ils savaient que la tribu était revenue, pourquoi ne pas la pourchasser ? Dévoré par la curiosité, il quitta une nuit ses montagnes et traversa le désert jusqu'à Santa Rosa, apparaissant tel un fantôme au milieu de la nuit chez son oncle.

C'est alors qu'il comprit pourquoi son père et

son oncle semblèrent si abasourdis de le voir et pourquoi les *pindahs* l'avaient ignoré : le gouvernement mexicain avait fait savoir que sa tribu et lui avaient été exécutés. En ce qui concernait les *pindahs*, les Apaches chisos avaient cessé d'exister ! Avant de quitter l'*hacienda* de son oncle, Miguel conclut avec les deux hommes de retrouver son père et certains des *vaqueros* les plus fidèles de son oncle, deux fois par an, dans un lieu isolé à quelques kilomètres au sud de la frontière, pour un commerce très secret. Comme l'avait indiqué son oncle, les marques sur les chevaux et le bétail des *pindahs* pouvaient facilement être maquillées pour ressembler aux siennes et les animaux pouvaient ensuite être vendus sans éveiller de soupçons.

Quand Miguel retourna aux Chisos, il emmena sa tribu dans la grande vallée, sachant qu'ils y seraient en sûreté.

Après quelque temps, Lionecio Castro revint dans le petit village mexicain au pied des montagnes. C'est là qu'il apprit la sinistre rumeur qui s'était répandue dans tous les alentours des Chisos. On disait que le fantôme d'El Halcon était revenu hanter les montagnes, que certains gardiens de moutons solitaires l'avaient vu, une fois chevauchant sur les pentes des montagnes Del Carmen et une autre fois, se dressant sur un promontoire qui dominait le Rio Grande. On l'avait si souvent aperçu près d'une grotte que les Mexicains l'appelaient désormais la Grotte d'El Halcon.

Castro ne croyait pas aux superstitions des Mexicains. Pour les confondre, il se rendit dans les Chisos. Deux jours plus tard, il revint le visage blême, disant qu'il avait aperçu le fantôme dans la grotte. Cette nuit-là, le feu que les Mexicains avaient aperçu des mois plus tôt brilla une nouvelle fois sur le promontoire devant la grotte. Terrifié, Castro quitta le pays.

La rumeur que le fantôme d'El Halcon hantait les montagnes s'intensifia et les Mexicains n'osèrent plus s'approcher des Chisos. Les autorités de San Carlos envoyèrent une patrouille en reconnaissance. Elle fouilla les montagnes, mais, ignorant l'existence de la vallée au cœur des Chisos, elle ne s'aventura pas aussi loin. Puis, elle se rendit à la grotte, y découvrit de l'herbe qu'on avait utilisée pour un lit, des os de lapins et d'autres petits animaux et les restes d'un feu. Sachant qu'un fantôme n'aurait pas besoin de ces objets, la patrouille rebroussa chemin et déclara dans son rapport que les rumeurs n'étaient pas fondées.

Ayant pris connaissance du rapport, Castro revint au petit village. Dès son arrivée, les feux devant la grotte s'allumèrent à nouveau. Pensant que le fantôme le poursuivait afin de se venger, Castro s'enfuit pour ne jamais revenir.

Ainsi la tribu apache vécut paisiblement dans la vallée isolée. Par crainte des fantômes, les Mexicains n'osaient pas s'aventurer trop avant et les montagnes austères n'attiraient pas les Blancs. Si quelques chevaux et têtes de bétail disparaissaient de temps à autre des ranchs américains, on attribuait les méfaits aux bandits mexicains, puisqu'on savait qu'il n'y avait plus d'Indiens dans la région et que les traces menaient toujours jusqu'au Rio Grande. Même lorsqu'un vieux prospecteur revint des montagnes en disant que les Apaches cultivaient des légumes dans une grande vallée et élevaient un petit troupeau de chèvres, personne ne le crut. Tous savaient que les Apaches n'étaient ni des fermiers, ni des éleveurs et l'on se moqua de lui en le traitant de vieux sénile.

Les années passèrent, les enfants qui naquirent dans la vallée la quittèrent pour s'intégrer dans la population mexicaine, au Texas comme au Mexique. Même les fils de Miguel et d'Alison partirent réclamer l'*hacienda* près de Santa Rosa, que leur grand-oncle leur avait laissée en héritage. Mais ceux qui avaient autrefois échappé aux griffes des Mexicains restèrent dans leurs belles montagnes, car ils avaient fait serment de ne plus jamais les quitter.

Alison et Miguel vécurent très vieux, l'immense passion qui les unissait grandissant encore avec le temps. Elle mourut la première. Miguel emporta son corps jusqu'à la grotte et l'y enterra. Puis, il s'assit près de la tombe de celle qu'il avait aimée avec toute son âme et attendit la mort, sans jamais quitter la femme qu'il avait juré de ne pas laisser partir.

Je ne pouvais pas terminer ce livre sans donner quelques explications intéressantes. La majeure partie du récit est basée sur la vie d'un grand Chef apache méconnu nommé Alsate, qui dirigeait les Apaches chisos et dont j'ai découvert l'histoire alors que je menais des recherches pour un autre livre. Miguel fut copié sur lui ; le procès et la trahison décrits à la fin du livre sont véridiques, de même que sa fuite et son retour aux montagnes avec sa femme et les histoires de fantômes. Le dernier paragraphe de l'épilogue est vrai lui aussi. On a découvert les restes momifiés d'Alsate dans la grotte qui porte son nom.

Cependant, l'histoire d'amour de Miguel et d'Alison est tirée de mon imagination. La femme d'Alsate était une Mexicaine de San Carlos et l'on ne parle guère d'elle dans les documents concernant le Chef apache. Comme il m'avait fascinée, j'ai inventé ma propre histoire d'amour.

Les rumeurs de fantôme autour du personnage d'Alsate n'ont pas disparu avec les années. Des voyageurs égarés dans les Chisos sont revenus pour raconter qu'ils avaient été guidés par des apparitions qu'ils pensaient être une femme et un homme. Des campeurs installés dans des coins isolés le long du Rio Grande prétendent avoir découvert des empreintes de mocassins d'un homme et d'une femme à quelques mètres de leurs lits, mais sans avoir entendu un seul bruit. Jusqu'à ce jour, des lumières mystérieuses ont été vues près de la grotte d'Alsate. Des centaines de personnes les ont aperçues. Elles ont même été observées d'avion. Mais si quelqu'un s'approche pour les examiner de plus près, elles disparaissent. Personne n'a réussi à les expliquer. Les anciens racontent qu'il s'agit des signaux allumés par le fantôme d'Alsate pour guider ceux de son peuple qui ne sont jamais revenus.

J'en ai tiré mes conclusions. Je vous laisserai en tirer les vôtres.

Aventures et Passions

Quand les passions se déchaînent, quand elles entraînent des êtres prêts à tout pour les vivre dans un tourbillon d'aventures tumultueuses, elles sont dans la collection Aventures et Passions.

De l'Angleterre moyenâgeuse à la Louisiane déchirée par la guerre de Sécession, des îles Caraïbes aux rivages de l'Inde, Johanna Lindsey, Julie Garwood, Jennifer Blake, Kathleen Woodiwiss et tous les meilleurs auteurs du genre dressent pour vous des décors historiques somptueux. Suivez les aventures de leurs héroïnes rebelles que seul l'amour parvient à dompter.

BLAKE Jennifer

Sérénade en Louisiane
3169/5
Les chaînes de l'amour
3240/5
Un éden sauvage
3347/6
Le vengeur créole
3415/5
Le temps d'une valse
3758/6 (Septembre 94)

Bien qu'ayant fait un mariage de convenance, Amélie n'aura pourtant de cesse qu'il soit consommé. MAis au matin, elle s'apercevra qu'elle a pris, sans le savoir, un amant !

BRANDEWYNE Rebecca

La lande sauvage
3018/5
Duel sur la lande
3055/4
Pour l'amour d'un comanchero
3159/7
La passion du conquistador
3285/5

Pour échapper aux intrigues perverses de Don Rodolfo, Aurora est prête à s'enfuir au bout du monde !

Les amants hors la loi
3397/6
Un mari en héritage
3543/5

BUSBEE Shirley

Le quiproquo de minuit
2930/5

Ayant malencontreusement compromis Melissa, Dominic est contraint de l'épouser. Mais au cours de ce bel été, la Louisiane se mobilise contre les Anglais. Et entre la trop belle Melissa et son turbulent époux , c'est aussi bientôt la guerre car aucun ne veut être dupe de l'autre.

Au-delà du pardon
2957/5
L'appel de la passion
3056/8
Sous le sceau de l'amour
3287/7

CAMDEN Patricia

Sous la coupe du Sultan
3704/6 Inédit

COPELAND Lori

Hannah l'indomptable
3260/2
Les traîtrises de l'amour
3414/5

DAILEY Janet

Le solitaire
1580/4

DEVERAUX Jude

La saga des Montgomery
- Les yeux de velours
2927/5
- Un teint de velours
3003/5
- Une mélodie de velours
3049/4
- Un ange de velours
3127/4

Les dames de Virginie
- Kidnappée par erreur
3180/5
- La fiancée délaissée
3181/4
- Mariage forcé
3182/5
- Le pays enchanté
3372/5

Duel de femmes
3447/4
L'homme au masque
3523/4
Les entraves de l'amour
3643/5
La duchesse infidèle
3683/6 Inédit
Un mari par procuration
3794/4 (Novembre 94)

Directrice d'une agence matrimoniale, Carrie tombe amoureuse d'un de ses clients en voyant sa photo...

FEATHER Jane

La favorite du sérail
3448/6

A Grenade, à la fin du XVe siècle, la belle Sarita succombe au charme d'Abdul, le seigneur maure qui règne sur l'Andalousie. Cependant dans le sérail de l'Alhambra, de sombres complots se trament contre la favorite.

La nuit de Saint-Petersbourg
3560/6
La favorite afghane
3664/7 Inédit

3663

Composition Interligne B-Liège
Achevé d'imprimer en Europe (France)
par Brodard et Taupin à La Flèche (Sarthe)
le 21 novembre 1994. 6464 K-5
Dépôt légal novembre 1994. ISBN 2-277-23663-2
1er dépôt légal dans la collection : mars 1994
Éditions J'ai lu
27, rue Cassette, 75006 Paris
Diffusion France et étranger : Flammarion